Klarant Verlag

AF288216

Thorsten Siemens lebt mit seiner Frau und beiden Kindern in Sande / Landkreis Friesland. Als gebürtiger Ostfriese (Emden) schreibt der Autor mit Vorliebe spannende Krimis, die sowohl in seiner alten, als auch in seiner neuen Heimat spielen. Seine Begeisterung für die Bewohner der ostfriesischen Halbinsel und deren einzigartige Kulissen finden sich in seinen Friesland-Thrillern und Ostfrieslandkrimis wieder. Genau richtig für die Leser, die den ostfriesischen Charme und Lokalkolorit lieben!

Thorsten Siemens

Tod in Neermoor

Ostfrieslandkrimi

Klarant Verlag

1. Kapitel

Dienstag, 11. Juli 2017

Orientierungslos

Hedda schaute zunächst auf ihre Armbanduhr und anschließend auf den Zugfahrplan, den sie sich zu Hause sicherheitshalber ausgedruckt hatte. Gemeinsam mit ihren Eltern hatte sie schon oft ihren Onkel Willm in Neermoor besucht, aber noch nie war sie alleine mit dem Zug zu ihm gefahren.

Es ist schon 15:54 Uhr. In wenigen Minuten soll der Zug bereits in Augustfehn halten, und danach kommt ja dann schon der Leeraner Bahnhof, überlegte sie.

Da der Bahnhof in Neermoor schon 1979 stillgelegt worden war, musste sie bereits im etwa zehn Kilometer entfernten Leer aussteigen. Glücklicherweise hatte ihr Onkel Zeit, um sie vom Bahnhof abzuholen. Ansonsten hätte sie auf den nächsten Bus warten müssen. Seit sie mit ihren Eltern nach Bremen ziehen musste, sehnte sich Hedda nach ihrer alten ostfriesischen Heimat. Sie war einfach kein Großstadtmensch. Ihr fehlten das Meer, das platte Land und die vielen Kühe auf den Weiden. Aber den öffentlichen Nahverkehr, bei dem man gerne auch mal mehrere Stunden auf den nächsten Bus warten musste, hatte sie überhaupt nicht vermisst.

Ostfriesland, das war genau der Tapetenwechsel, den sie jetzt brauchte. Auf jeden Fall würden ihr hier Jan und Vanessa nicht ständig über den Weg laufen. Dass ihr Exfreund sie kurz vor ihrer Abiturprüfung betrügen musste, war ohnehin schon echt mies von ihm gewesen. Aber dass er es ausgerechnet mit ihrer allerbesten Freundin treiben musste, hatte ihr dann doch vollkommen den Boden unter den Füßen weggerissen. Wie sollte sie nur jemals wieder irgendeinem Typen vertrauen können?

Trotz des Trennungsschmerzes hatte sie die Abiturprüfungen bestanden. Die Ergebnisse waren zwar nicht so gut ausgefallen, wie sie es sich erhofft hatte, aber unter den gegebenen Umständen war sie heilfroh, dass sie die Schule nun endlich hinter sich lassen konnte. Für ihren weiteren beruflichen Werdegang war ihr Abschlusszeugnis auf jeden Fall gut genug. Hier war eher die

5

Auswahl des Berufes ihr Problem. Denn während andere junge Frauen in ihrem Alter Lehrerin, Erzieherin oder Ärztin werden wollten, waren Heddas Berufswünsche doch eher ungewöhnlich.

So weit sie sich zurückerinnern konnte, hatte der Tod schon immer eine magische Anziehungskraft auf sie gehabt. Bereits im Kindesalter hatte sie gerne Grabsteine gemalt oder aus Eisstielen gleich einen ganzen Friedhof gebastelt. Im Konfirmationsunterricht hatte sie gleich mehrere Referate über das Leben nach dem Tod gehalten und in ihrer Freizeit Bücher über spirituelle Erfahrungen und Geisteswissenschaften gelesen. Niemand in ihrer Familie wusste, woher das lebensfrohe Kind dieses ungewöhnliche Interesse hatte.

Da sie aber ansonsten ein vollkommen normales Mädchen gewesen war, das sich mit Freundinnen getroffen, mit Puppen gespielt und in der Pubertät Interesse an Jungs entwickelt hatte, hatte man sie irgendwann einfach gewähren lassen. Sie hatten wohl gehofft, dass sich das Ganze von alleine wieder legen würde. Doch da hatten sie sich alle getäuscht.

So hatte sich auch niemand gewundert, als sie etwa ein Jahr vor ihrem Schulabschluss ihre beruflichen Zukunftspläne verkündet hatte. Schon damals hatte sie gewusst, dass sie unbedingt etwas machen wollte, was irgendwie mit dem Tod zu tun hatte. Sie wollte entweder in einem Bestattungsinstitut arbeiten oder Altenpflegerin werden. Aber auch ein Forensik-Studium oder eine Karriere als Krimi-Autorin reizten sie.

Ursprünglich hatte sie eigentlich vorgehabt, vor dem Start ins Berufsleben mit Jan für ein halbes Jahr nach Australien zu gehen, um dort Land und Leute kennenzulernen. Aber nachdem sie die wochenlange Affäre zwischen ihrem damaligen Freund und Vanessa zufällig herausgefunden hatte, war dieser Plan natürlich gestorben. Seitdem hatte sie eigentlich nur noch zu Hause herumgesessen und war unglücklich gewesen. Sie hatte sich damals gefühlt, als sei ihr sorgfältig ausgearbeiteter Lebensplan einfach zerrissen worden.

Zum Glück war ihr Onkel Willm eines Tages auf die aberwitzige Idee gekommen, dass sie doch, anstatt um die halbe Welt zu reisen, auch ein paar Monate bei ihm in Neermoor verbringen könnte. Anfangs hatte Hedda das für einen seiner blöden Scherze gehalten, aber ihr Onkel hatte seinen Vorschlag nur wenige Tage später noch weiter konkretisiert. Er hatte sich darum gekümmert, dass sie für sechs Monate in einem der dort ansässigen Pflegeheime arbeiten konnte. Und damit war es noch nicht genug. Im Anschluss an die freiwillige soziale Tätigkeit hatte er ihr auch noch einen Praktikumsplatz bei einem Bestattungsinstitut besorgt.

Letztlich war es eine spontane Bauchentscheidung gewesen, bei der die Tatsache, Jan und Vanessa für mehrere Monate nicht sehen zu müssen, wohl den endgültigen Ausschlag dafür gegeben hatte, dass sie jetzt in diesem Zug saß. Sie klappte den Laptop zu, den sie die ganze Zeit über auf ihrem Schoß liegen gehabt hatte, und steckte ihn zurück in ihren Rucksack. Sie hatte während der letzten 20 Minuten nicht einen brauchbaren Gedanken niedergeschrieben. Wenn das so weiterging, würde es nie etwas werden mit ihrem ersten Kriminalroman.

Mit der Kamerafunktion ihres Smartphones überprüfte sie ihr Make-up. An ihrer Oberlippe hatten sich vor ein paar Tagen wieder einmal hässliche Herpes-Bläschen gebildet, die sie irgendwie zu verstecken versuchte. Ein lebenslanges Andenken an ihren Exfreund. Da niemand in ihrer Familie unter dieser Krankheit litt, war Hedda sich sicher, dass Jan sie mit dieser lästigen Viruserkrankung infiziert haben musste. Da die Symptome unter anderem bei Krankheit und Stress immer wieder auftreten konnten, würde sie dadurch wohl ihr Leben lang immer wieder an ihren untreuen Ex erinnert werden. Eine Vorstellung, die sie gerade jetzt sehr wütend machte.

Ansonsten war sie mit ihrem Äußeren eigentlich sehr zufrieden. Besonders mochte sie ihre neue Frisur. Nach der Trennung von Jan hatte sie sich endlich den Haarschnitt gegönnt, den sie schon immer einmal hatte ausprobieren wollen. Ihr glattes naturblondes Haar, das ihr vorher bis auf den Rücken gereicht hatte, war einer modischen pechschwarzen Kurzhaarfrisur gewichen. Ihre Stirn war nahezu vollständig unter ihrem langen Pony versteckt. Hedda fand, dass ihr neuer Look einfach perfekt zu ihrem zierlichen Gesicht passte. Außerdem hatte sie durch die Veränderung endlich den Mädchenlook abgelegt, den sie getragen hatte, seit sie 14 Jahre alt gewesen war. Jetzt hingegen fühlte sie sich endlich wie eine richtige Frau.

Zwischenzeitlich hatte der Zug Augustfehn bereits weit hinter sich gelassen und eine mechanische Stimme verkündete die Einfahrt in den nächsten Bahnhof. Hedda stand auf, schulterte ihren Rucksack und zog ihren Trolley durch den Mittelgang zum nächsten Ausstieg. Während sie darauf wartete, dass der Zug endlich zum Stehen kam, betrachtete sie die vorbeiziehende Landschaft. Sie sah viele Wiesen und Felder, einige Kühe und Pferde, aber nur wenige Häuser und kaum einen Menschen.

Endlich zu Hause! Ihr entfuhr ein zufriedenes Seufzen.

Nachdem der Zug zum Stillstand gekommen war, öffnete sie per Knopfdruck die Türen des Waggons, die sofort automatisch zu beiden Seiten aufschwangen. Sie trat auf den Bahnsteig hinaus und schaute sich suchend um. Es dauerte nur wenige Sekunden, bis sie ihren Onkel hinter einer Armee aus bunten Luftballons entdeckte. Er schien ebenfalls nach ihr Ausschau zu halten, hatte sie aber noch nicht entdeckt.

Typisch Onkel Willm! Sie schüttelte breit grinsend den Kopf. *Auf so einen Quatsch kann auch nur er kommen!*

Als auch ihr Onkel sie endlich entdeckt und die beiden einen Blickkontakt hergestellt hatten, ließ Hedda ihren Trolley stehen und rannte die verbliebenen Meter auf ihn zu. Sie fiel ihm so schwungvoll in die Arme, dass ihm einige der Ballons entglitten und sich auf ihren Weg zu den Wolken machten.

»Na, das nenne ich aber mal eine Begrüßung.« Ihr Onkel lachte herzlich auf und drückte seine Nichte an sich.

Nach einigen Sekunden löste sich Hedda aus der Umklammerung, baute sich vor ihrem Onkel auf und musterte ihn prüfend von oben bis unten. »Kann es sein, dass du noch ein wenig dicker geworden bist?«, fragte sie ihn mit einem Augenzwinkern und knuffte ihn grinsend in den stattlichen Bauch.

Schon aus frühester Kindheit hatte sie ihren Onkel als stark übergewichtig in Erinnerung. Aber das hatte sie nie gestört. Im Gegenteil, sie liebte diesen lebenslustigen, humorvollen Mann, dem es egal war, was Andere über ihn dachten. Er lebte sein Leben so, wie er es für richtig hielt. Sollten die Nachbarn und Kollegen sich doch ruhig das Maul über ihn zerreißen. Er fühlte sich wohl, und wer ihn wirklich mochte, der störte sich auch nicht an seinen überflüssigen Kilos. Auch Hedda war es viel wichtiger gewesen, dass ihr Onkel immer für sie da war, wenn sie ihn gebraucht hatte. Denn egal, ob sie als Kind einen Spielkameraden oder als Teenager jemanden zum Reden oder einfach nur zum Zuhören gebraucht hatte, ihr Onkel war immer für sie da gewesen.

Daran hatte sich auch nichts geändert, als sie vor vier Jahren mit ihren Eltern von Emden nach Bremen umziehen musste. Ihr Vater hatte dort eine leitende Position bei einer Privatbank angenommen. Seitdem hatte er noch weniger Zeit für seine Tochter, als es ohnehin schon der Fall gewesen war. Auch das Verhältnis zu ihrer Mutter hatte sich durch den Umzug nicht verbessert. Sie konnte einfach nicht akzeptieren, dass ihre kleine Tochter nach und nach zu einer eigenständigen Frau herangewachsen war.

Bereits in Emden hatte die einsetzende Pubertät häufig zu Streitigkeiten zwischen Mutter und Tochter geführt. Deshalb war schon damals Heddas Onkel ihr engster Vertrauter gewesen. Mit ihm konnte sie immer über alles reden. Er hörte ihr zu und gab ihr das Gefühl, dass er sie verstand. Ein Gefühl, das ihre Eltern ihr zu diesem Zeitpunkt schon lange nicht mehr geben konnten. Immer wenn ihr zu Hause die Decke auf den Kopf gefallen war, hatte sie sich in den Bus gesetzt und war einfach zu ihrem Onkel gefahren. Auch nach ihrem Umzug hatte sich daran nichts geändert. Der einzige Unterschied bestand lediglich darin, dass sie fast ausschließlich miteinander telefonierten, da Hedda ja nicht mehr ohne weiteres mit dem öffentlichen Nahverkehr zu ihm fahren konnte.

»Sarinya kocht einfach zu gut!« Ein stolzes Lächeln erstrahlte auf Willms Gesicht und er rieb sich demonstrativ mit seinen Händen über den Bauch. »Du hast dich aber auch ein wenig verändert!« Er musterte seine Nichte von Kopf bis Fuß. Ihren neuen Look kannte er bisher nur von den Fotos, die sie ihm auf sein Handy geschickt hatte.

Heddas Lächeln hingegen erstarb augenblicklich. Sie hatte Sarinya erst ein einziges Mal persönlich getroffen. Das war auf der Hochzeit vor etwa einem Jahr gewesen. Ansonsten wusste sie nur das, was Willm ihr über sie vorgeschwärmt hatte. Aber da waren eben auch die Gespräche ihrer Eltern, die von Anfang an ein eindeutiges Urteil über die junge Ausländerin gefällt hatten. Und auch Heddas Misstrauen gegenüber der 20 Jahre jüngeren Frau, die ihr Onkel in einem seiner Thailand-Urlaube kennengelernt hatte, wollte einfach nicht verschwinden. Auch wenn sie fand, dass ihr

Onkel durchaus liebenswert war, zweifelte sie doch an den ehrlichen Absichten ihrer neuen Tante.

Willm tat so, als habe er die Reaktion seiner Nichte nicht bemerkt. Er kannte die Blicke, die die Leute ihm und seiner Sarinya zuwarfen, wenn sie Händchen haltend durch den Ort liefen. Er hörte ihr Getuschel, wenn sie ihnen den Rücken zukehrten. Aber all diese Leute waren ihm egal. Heddas Meinung war ihm hingegen sehr wichtig. Sie sollte seine Frau genauso kennenlernen, wie sie war. Hedda sollte selbst erkennen, wie wundervoll Sarinya war. Auch das war einer der Gründe, warum er seine Nichte für die nächsten Monate zu sich geholt hatte.

»Ich fahre dich jetzt erst mal in dein neues Zuhause!« Lächelnd drückte er ihr die verbliebenen Luftballons in die Hand und ging an ihr vorbei, um ihren Koffer zu holen.

Die Autofahrt vom Bahnhof in Leer zum Haus ihres Onkels dauerte nur etwa 15 Minuten. Während der Fahrt schaute Hedda gedankenverloren aus dem Fenster. Als sie den *Ems-Park*, ein großes Einkaufszentrum, das auf halber Strecke zwischen Leer und Neermoor lag, passierten, staunte Hedda über den nahezu leeren Parkplatz. Normalerweise platzte dieser an einem Wochentag doch aus allen Nähten.

»Ist der *Ems-Park* heute geschlossen?«

»Vor ein paar Monaten haben der *famila-Supermarkt* und der *Telepoint-Elektromarkt* geschlossen. Seitdem ist hier kaum noch was los!«

»Wieso das denn?«, fragte Hedda fassungslos. Unzählige Male war sie mit ihrem Onkel zum Einkaufen hier gewesen.

»Hat wohl geschäftspolitische Gründe. Ist aber nicht so schlimm. Dafür haben wir jetzt einen *Netto-Markt* direkt in Neermoor. Da gehe ich jetzt immer einkaufen.«

Hedda runzelte fragend die Stirn. »Wie lange bin ich nicht mehr bei dir gewesen?«, fragte sie lächelnd.

»Zu lange!«, antwortete Willm und lächelte zurück.

Willms modernes Einfamilienhaus lag etwas abseits der Ortschaft in direkter Nähe zum Badesee des Ortes. Ihr Onkel hatte es gebaut, nachdem er einen größeren Geldbetrag im Casino in Bad Zwischenahn gewonnen hatte. Wie hoch der Gewinn tatsächlich gewesen war und wie er es geschafft hatte, einen so abgelegenen Bauplatz direkt in der Nähe des Sees zu bekommen, war bis heute sein Geheimnis. Heddas Eltern gingen jedoch davon aus, dass er von seinem Gewinn eine hohe Spende oder vielleicht sogar ein Schmiergeld gezahlt haben musste, damit ihm dieses Sonderrecht gewährt worden war.

Hedda stieg aus dem Wagen und betrachtete ihr vorübergehendes Zuhause, während Willm ihren Koffer und die Luftballons aus dem Auto holte. Ihr Blick fiel zunächst auf das gelbe Schild, das am Gartentor angebracht worden war und vor einem bissigen Hund warnte. Dann bemerkte sie die Hundehütte im Vorgarten, vor der ein Napf, ein Hundespielzeug, ein abgekauter Knochen und eine lange Eisenkette auf dem Boden lagen.

»Seit wann hast du denn einen Hund?«, schrie sie ihren Onkel wütend an. »Und warum hältst du das arme Tier an der Kette? Weißt du nicht, dass das verboten ist? Hat deine Frau dich etwa zu dieser Tierquälerei überredet?« Trotzig verschränkte sie die Arme vor ihrer Brust und fixierte ihren schwer beladenen Onkel mit einem bösen Blick.

Willm schaute sie irritiert an. Er brauchte einen Moment, bis er begriff, was seine Nichte überhaupt meinte. »Ach das!« Er machte eine wegwerfende Handbewegung. »Komm erst mal mit rein, dann erkläre ich dir alles!« Er stapfte an ihr vorbei, öffnete das Tor zum Vorgarten und marschierte auf die Haustür zu.

Hedda überlegte noch einen Moment, ob sie ihm wirklich folgen oder lieber Wurzeln schlagen wollte, lief ihm dann aber doch hinterher.

»Wir sind da!« Willm schrie so laut durch das Haus, dass Hedda sich erschrocken die Ohren zuhielt. Sie hatte ganz vergessen, was für ein lautes Stimmorgan er hatte.

Fast im selben Augenblick betrat Sarinya den Hausflur. Etwas verschüchtert blieb sie in einigen Metern Abstand vor Willm und Hedda stehen. Sie lächelte Hedda verlegen an und neigte ihren Kopf zur Begrüßung leicht nach vorne.

Willm ging auf seine Frau zu, legte ihr seinen Arm um ihre zierlichen Schultern und zog sie einige Schritte mit sich, bis sie schließlich direkt vor Hedda standen. Es war ein wirklich komischer Anblick, denn Willm war nicht nur zwei Köpfe größer, sondern auch mindestens 80 Kilo schwerer als seine Frau, die neben ihm wie ein zerbrechliches Schulmädchen wirkte.

»Das ist meine Lieblingsnichte, Hedda!«, stellte Willm sie vor.

»Was nicht viel zu sagen hat, schließlich bin ich ja auch deine einzige Nichte!«, konterte Hedda und streckte Sarinya die Hand entgegen. »Ich freue mich, dich kennenzulernen. Auf der Hochzeit hatten wir ja kaum Gelegenheit dazu.«

Sarinya schaute zunächst etwas irritiert, nahm dann aber doch die ihr dargebotene Hand. Ihr fester Händedruck überraschte Hedda. So viel Kraft hatte sie der zierlichen Frau überhaupt nicht zugetraut.

»Ihr werdet bestimmt noch ganz dicke Freundinnen!« Willm schlang seinen freien Arm um Heddas Nacken und presste die beiden Frauen so nahe an sich, dass ein Außenstehender annehmen musste, er würde beide im Schwitzkasten halten.

Freundinnen? Vom Alter her könnte sie wirklich eher meine Freundin als meine Tante sein, dachte Hedda, nachdem ihr Onkel sie wieder aus seiner Umklammerung entlassen hatte und sie einen weiteren prüfenden Blick auf ihre Tante werfen konnte.

»Komm, ich zeige dir dein Zimmer!« Er hob den Trolley an und ging die Treppenstufen hinauf.

Hedda folgte ihm. Als sie den Raum betreten hatte, der für die nächsten Monate ihr Zimmer sein sollte, kam sie aus dem Staunen nicht mehr heraus. Die komplette Frontseite war verglast, sodass jede Menge Sonnenlicht in den etwa 16 Quadratmeter großen Raum fiel. Über eine Terrassentür hatte sie direkten Zugang zu einem großzügigen Balkon.

Sie stellte sich an das Geländer und ließ den Blick schweifen. Hinter dem Grundstück ihres Onkels lagen etwa einhundert Meter Wiese. Darauf folgten einige hochgewachsene Büsche und kleinere Bäume, hinter denen direkt das Wasser des Badesees zu erkennen war.

»Ein Zimmer mit Meerblick! Wie geil ist das denn!«, scherzte sie vergnügt, ohne dabei den wunderschönen Ausblick aus den Augen zu lassen.

»Schön, oder? Weißt du eigentlich, wie dieser See entstanden ist?«

Hedda zuckte fragend mit den Schultern. »Keine Ahnung! War der nicht schon immer da?«

Willm schmunzelte. »Nein!«, antwortete er. »Hier wurde der Sand abgebaut, der für den Bau des Emstunnels benötigt wurde. Hinterher hat die Gemeinde dann dieses Naherholungsgebiet für ihre Bürger geschaffen.«

»Wann wurde denn der Emstunnel eigentlich gebaut?«, fragte Hedda neugierig nach.

»Das war Ende der 80er. Man wollte damals eine bessere Verkehrsanbindung zwischen Ostfriesland und dem Ruhrgebiet herstellen, um daraus wirtschaftliche Vorteile für die Region zu generieren.«

»Ende der 80er. Da war ich ja noch nicht einmal geboren. Woher soll ich das denn auch wissen?« Hedda winkte ab und richtete ihren Blick wieder auf den See. »Der Ausblick ist wirklich fantastisch!«

»Wahrscheinlich ist es damit aber bald vorbei!« Willm klang auf einmal sehr bedrückt.

Hedda schaute ihren Onkel fragend an. »Wieso? Müsst ihr wegziehen?«

»Nein.« Willm schüttelte den Kopf. »Aber die Gemeinde ist kurz davor, den Bau eines großen Hotels mit Freizeitanlage direkt am See zu genehmigen. Und der Klotz würde dann wahrscheinlich genau dort stehen und uns die Sicht versperren.« Er zeigte auf die freie Fläche, die sein Haus und den See voneinander trennten.

Hedda legte nachdenklich ihre Stirn in Falten. »Ein großes Hotel in Neermoor, lohnt sich das denn?« Sie kannte den Ort aus der Zeit, als sie mit ihren Eltern noch in Emden gewohnt hatte. Es war sicherlich ein ganz nettes Fleckchen, aber wollten hier wirklich Leute ihren Urlaub verbringen? Außerdem gab es doch bereits einige Hotels in der Gegend.

»Das Ganze hängt wohl mit der Ostfriesland-Olympiade zusammen, die hier im letzten Jahr zum ersten Mal ausgetragen wurde. Das Ereignis war wohl viel erfolgreicher, als man sich das damals erhofft hatte. Sie soll jetzt jedes Jahr stattfinden. Außerdem sind weitere kreative Maßnahmen geplant, um den Tourismus zu fördern. Anscheinend hat man in den Urlaubern eine ganz neue Einnahmequelle entdeckt. Und der Hotelinvestor sieht das wohl genauso.«

»Aber bekommt man denn für so etwas ohne Weiteres eine Baugenehmigung?«

Willm schmunzelte müde. »Das ist leider alles eine Frage des Geldes. Niemand weiß das besser als ich.«

Erst jetzt erinnerte sich Hedda wieder daran, dass ja auch ihr Onkel vermeintlich nur deshalb hier hatte bauen dürfen, weil er die Gemeinde mit einer großzügigen Spende bedacht hatte.

Wie fies!, dachte sie. *Erst lassen die ihn für viel Geld ein Grundstück mit traumhafter Aussicht kaufen, nur um ihm dann einige Jahre später ein großes Hotel vor die Nase zu setzen.*

»Kannst du denn nichts dagegen unternehmen?«

»Ich habe doch schon alles versucht! Aber die Argumente der Investoren sind einfach besser, verstehst du?« Er hielt ihr seine Hand vors Gesicht und rieb mit dem Daumen an seinem Mittel- und dem Ringfinger seiner rechten Hand, um so den finanziellen Aspekt zu visualisieren.

»Aber jetzt lass uns über etwas anderes reden! Wir wollen uns doch die gute Stimmung nicht kaputtmachen lassen.«

Beim Stichwort "Stimmung" fiel Hedda die Eisenkette im Vorgarten wieder ein. »Wieso kettest du euren Hund an eine Eisenkette? Das ist Tierquälerei!«

Willm lachte seine Nichte an.

»Was gibt es denn da zu lachen? Ich finde das überhaupt nicht witzig!«, reagierte sie gereizt.

»Wir haben überhaupt keinen Hund. Sarinya hat sogar panische Angst vor Hunden, seit sie als Kind mal von einem streunenden Köter gebissen worden ist.«

Hedda hob skeptisch die Augenbrauen. »Und was sollen dann die Hundehütte und die anderen Utensilien im Vorgarten?«

»Die Leute sollen glauben, dass wir einen gefährlichen Hund haben«, antwortete Willm ihr. »Und anscheinend funktioniert das ja auch!« Er lächelte Hedda vielsagend an.

»Das verstehe ich nicht. Warum?«

»Deine Eltern haben dir doch sicher auch von meinem gigantischen Casino-Gewinn erzählt?«

Hedda nickte.

»Ich habe tatsächlich eine größere Summe beim Glücksspiel gewonnen und davon dieses Haus bezahlt. Aber übrig ist von dem Geld nichts mehr. Trotzdem variieren die Gerüchte über die Höhe der gewonnenen Summe sehr stark. Es gibt immer noch Leute, die glauben, ich wäre steinreich. Und da wir hier so abseits wohnen, haben wir uns halt einen Wachhund ...«, er deutete mit seinen Händen zwei Gänsefüßchen an, »... zugelegt.«

»Ach so, und ich dachte schon, du wärst zum Tierquäler mutiert.« Sie umarmte ihren Onkel, presste ihren Kopf an seine weiche Brust

14

und schaute auf den See hinaus. »Ich freue mich wirklich, hier zu sein«, seufzte sie zufrieden.

»Das ist schön!« Er streichelte ihr sanft über den Hinterkopf. »Ich möchte, dass du dich hier so zu Hause wie möglich fühlst. Darum habe ich auch für heute Abend ein paar Freunde zum Grillen eingeladen.«

Hedda löste sich von ihrem Onkel und schaute ihn fragend an. »Eine Begrüßungsparty? Extra für mich?« Sie wusste nicht recht, ob sie sich geschmeichelt fühlen oder ärgern sollte, denn eigentlich hatte sie keine Lust auf den Trubel.

»Es sind nur ein paar wenige, wirklich enge Freunde aus dem Dorf. Du sollst dir hier einfach nicht so verloren vorkommen.«

Hedda atmete tief ein und sortierte ihre Gefühle. *Eigentlich ist es ja eine ganz nette Idee von ihm*, dachte sie.

»Okay, ich bin einverstanden!«

»Das freut mich! Komm, wir gehen in die Küche. Sarinya hat bestimmt schon den Tee fertig. Außerdem wollte sie zu deiner Begrüßung extra ihre leckeren *Banana Pancakes* machen.«

»Was ist denn das?«

»Das sind dünne, in Fett gebadete Pfannkuchen. In Thailand gibt es die Dinger an fast jeder Straßenecke. Die musst du unbedingt probieren!« Er rieb sich mit den Händen über seinen dicken Bauch und gab einige schmatzende Laute von sich.

Als sie in die Küche kamen, war der Tisch bereits gedeckt. Die Luft des Raumes war durchtränkt mit einem süßlich-fettigen Geruch.

Sarinya hatte sich eine Schürze umgebunden und stand noch am Herd, um die letzten *Banana Pancakes* fertig zu braten. »Essen gleich fertig! Setzen doch bitte!«

Hedda und ihr Onkel setzten sich an den Küchentisch. Während Willm die Teetassen füllte, begutachtete Hedda erneut ihre neue Tante.

Sie ist wirklich wunderschön.

Sarinya trug ihr glattes pechschwarzes Haar offen. Es reichte ihr bis zu den Schulterblättern. Als sie sich umdrehte, um die letzten *Banana Pancakes* auf den Tisch zu stellen, konnte sie ihre typisch asiatischen Augen bewundern. Sarinya lächelte Hedda an, als sie ihr direkt in die Augen schaute. Dabei entblößten ihre Lippen eine

Reihe strahlend weißer Zähne, die einen tollen Kontrast zu ihrer leicht gebräunten Haut bildeten.

Kein Wunder, dass Willm sich in sie verliebt hat!

Sarinya setzte sich zu ihnen an den Tisch.

»Danke, mein Schatz!« Willm beugte seinen Oberkörper zu seiner Frau hinüber, um ihr einen Kuss geben zu können.

Was war denn das? Hat sie etwa gerade die Augen verdreht, als Willm sie küssen wollte? Auch wenn Sarinyas Reaktion allenfalls den Bruchteil einer Sekunde gedauert hatte, so glaubte Hedda doch, eine Art Ablehnung in ihrem Verhalten ausgemacht zu haben.

Ihr Onkel schien allerdings nichts davon bemerkt zu haben. Er hatte bereits einen *Banana Pancake* auf seinem Teller und schob den ersten Bissen genüsslich in sich hinein.

Ich sollte Sarinya eine Chance geben und nicht gleich am ersten Tag nach Anzeichen dafür suchen, dass sie nur wegen des Geldes mit ihm verheiratet ist, dachte Hedda und nahm sich fest vor, in den nächsten Tagen erst einmal nicht mehr an der Echtheit von Sarinyas Gefühlen zu zweifeln.

*

Gegen 18:00 Uhr trudelten so langsam die ersten Gäste ein. Hedda war ziemlich aufgeregt. Sie mochte es nicht besonders, im Mittelpunkt zu stehen. Aber als Hauptattraktion der Grillparty würde sie darum wohl kaum herumkommen. Artig begrüßte sie daher die ankommenden Leute und ließ sich von ihrem Onkel vorstellen. Niemals würde sie sich die ganzen Namen auf einmal merken können.

Natürlich gab es von den Gästen auch immer wieder Fragen nach dem Grund ihres Aufenthaltes. Ihre Gesprächspartner dabei zu beobachten, wie sie reagierten, als sie ihnen unter anderem auch von ihrem Praktikumsplatz beim Bestatter erzählte, machte Hedda hingegen richtig Spaß. Die meisten Menschen hatten ein sehr distanziertes Verhältnis zum Tod. Sie taten zwar alle so, als wären sie neugierig und interessiert, aber in ihren Gesichtern konnte Hedda genau erkennen, was sie in Wirklichkeit über ihre beruflichen Pläne dachten.

Als einer der letzten Gäste kam der Bestatter, bei dem sie das Praktikum absolvieren durfte. Er kam in Begleitung eines jungen

Mannes, der nach Heddas Schätzung nur wenige Jahre älter war als sie selbst.

»Moin, mein Name ist Bento Frerichs, und das ist mein Sohn Enno.« Er streckte zunächst Hedda seine Hand entgegen und dann ihrem Onkel. Sein Sohn tat es ihm gleich. »Mir gehört das Bestattungsunternehmen im Ort. Gehe ich recht in der Annahme, dass Sie die junge Dame sind, die sich für ein Praktikum in meinem Unternehmen beworben hat?« Er schaute Hedda direkt in die Augen.

»Das stimmt! Ich bin Hedda. Freut mich, Sie kennenzulernen!« Sie lächelte ihn verlegen an. Sein bohrender Blick machte sie schon ein wenig nervös. Er war ein Mann von großer, hagerer Statur. Sein Kopf war kahl rasiert und seine Augen lagen so tief in ihren Höhlen, dass sie von einem bedrohlich wirkenden Schatten verdunkelt wurden.

»Hast du dir das wirklich gut überlegt?«, stieg jetzt auch Enno in das Gespräch ein und gab ihr so die Möglichkeit, den Blickkontakt mit seinem Vater zu lösen.

Hedda wandte sich ihm zu. Er hatte die blauesten Augen, die sie jemals gesehen hatte. Die Ärmel seines T-Shirts spannten sich um seine durchtrainierten Oberarme. Sein kurzes blondes Haar hatte er mit etwas Haargel gestylt. Er war ganz und gar ihr Typ.

»Ich weiß auch nicht, was bei mir falsch gelaufen ist, aber irgendwie interessiert mich das Thema. Ich muss einfach ausprobieren, ob der Beruf etwas für mich sein könnte«, antwortete sie schulterzuckend.

Während Bento Frerichs ihre Aussage mit einem leicht verkniffenen Gesichtsausdruck quittierte, entlockte sie seinem Sohn ein freches Grinsen.

»Für mich war es jedenfalls nichts! Darum bin ich lieber zur Polizei gegangen.«

Hedda bemerkte, wie Bento Frerichs seinen Sohn für diese Aussage mit einem missbilligenden Blick bedachte. Er hatte wahrscheinlich immer darauf gehofft, dass sein Filius eines Tages den Betrieb übernehmen würde.

»Polizei, das klingt aber sehr spannend! Davon musst du mir nachher unbedingt noch erzählen!«

»Ich glaube, wir gehen lieber mal weiter!« Bento Frerichs packte seinen Sohn am Handgelenk und zog ihn mit sich. »Bevor du mir auch noch meine potentielle Nachfolgerin vergraulst.«

Er hatte versucht, seine Worte scherzhaft klingen zu lassen, aber Hedda konnte deutlich die Enttäuschung in seiner Stimme hören. Sie schaute den beiden nach. Dabei blieb ihr Blick ungewollt auf Ennos knackigem Hintern kleben.

»Na, gefällt er dir?« Willm knuffte seiner Nichte augenzwinkernd in die Seite.

»Was du schon wieder denkst! Die Trennung von Jan ist doch gerade mal ein paar Wochen her. Männer im Allgemeinen können mir gerne noch eine Zeitlang gestohlen bleiben. Die machen doch ohnehin nur Ärger.«

»Wie du meinst!« Ihr Onkel legte grinsend seinen Arm um sie und zog sie mit sich hinter das Haus.

Hedda ließ ihren Blick durch den Garten schweifen. Insgesamt verteilten sich etwa 20 Gäste auf der Rasenfläche. Ihr Onkel hatte also tatsächlich nur seine engsten Freunde eingeladen.

»Wo ist eigentlich Sarinya?«, fragte sie ihn, nachdem sie ihre Tante nirgendwo entdecken konnte.

»Sie hat gerade schlimme Kopfschmerzen bekommen und hat sich etwas hingelegt. Sie leidet leider unter Migräne, und die Anfälle kommen immer ohne lange Vorwarnzeit.«

»Das ist ja blöd!« Heddas Mutter hatte auch oft mit migräneartigen Kopfschmerzen zu kämpfen. Sie wusste daher genau, wie schlecht es Sarinya gerade ging.

Vielleicht hat sie ja auch nur deshalb beim Teetrinken so komisch reagiert?, dachte sie und hatte gleich ein schlechtes Gewissen.

»Ich muss jetzt den Grill anschmeißen, bevor noch eine Panik unter den Gästen ausbricht!«, scherzte Willm. »Ich habe mir gedacht, du könntest dich vielleicht um die Getränke kümmern? Dann hättest du immer einen guten Grund, um mit den Leuten ins Gespräch zu kommen.«

»Wird erledigt, Onkelchen!« Zum Spaß straffte Hedda ihren Körper und salutierte wie ein folgsamer Soldat.

»Na dann: weggetreten!«

Hedda steuerte direkt auf den Bereich zu, in dem ihr Onkel die Getränke aufgebaut hatte. Neben Bier und Sekt gab es auch Wasser, diverse Limonaden und auch härtere Alkoholika im

Angebot. Willm hatte wirklich für jeden Geschmack etwas besorgt. Sie nahm ein Tablett und bestückte es mit ein paar Schnapsgläsern und Plastikbechern. Dann stellte sie noch einige Getränke dazu, steckte sich einen Flaschenöffner in die Gesäßtasche ihrer Jeans und steuerte die erste Gesprächsgruppe an. Das Tablett war so schwer, dass sie große Schwierigkeiten hatte, das Gleichgewicht zu halten. Sie hatte sich eindeutig zu viel zugemutet.

»Darf ich Ihnen vielleicht etwas zu trinken anbieten?«

Erst als sie direkt vor der Gruppe zum Stehen gekommen war, schaffte sie es, von ihrem Tablett aufzublicken. Das Erste, was sie dabei sah, waren Ennos wundervolle blaue Augen.

»Das ist doch viel zu schwer für dich. Komm, Mädchen, ich helfe dir!«, scherzte einer der älteren Männer aus der Runde, dessen Namen Hedda schon wieder vergessen hatte. Er nahm sich gleich vier Bierflaschen vom Tablett und verteilte sie an die Umstehenden.

»Danke!« Hedda spürte sofort, dass ihr Tablett merklich leichter geworden war. »Ich gehe dann mal die übrigen Gäste bewirten«, sagte sie und wandte sich zum Gehen.

»Halt!«, sagte einer der anderen Männer aus der Runde. »Gibt es denn heute keinen *Kruiden*?«

Heddas Blick musste Bände gesprochen haben. Denn ohne eine Antwort abzuwarten, setzte der Mann schon zur Erklärung an. Er musste erkannt haben, dass sie noch nie etwas von diesem Getränk gehört hatte.

»*Kruiden* ist ein Kräuterbitter, der von diversen Herstellern in Leer produziert wird. Es gibt nichts Besseres vor dem Essen«, sagte er und erntete für seine Antwort das zustimmende Nicken der übrigen Männer.

»Ach so! Ich werde gleich mal nachsehen, ob wir so was dahaben«, sagte Hedda und wandte sich zum Gehen.

»Moment!«, sagte Enno und zog mit einer flinken Handbewegung den Flaschenöffner aus ihrer Gesäßtasche.

Hedda spürte sofort, wie ihr die Röte ins Gesicht schoss. Dabei hatte er ihren Hintern nicht einmal berührt.

Nun reiß dich mal zusammen! Vergiss nicht, du hast von Männern zurzeit die Schnauze voll, beschwor sie sich selbst.

Sie wandte sich wieder der Gruppe zu, vermied es dabei aber, Enno direkt anzusehen. Er sollte keinesfalls bemerken, dass sie wegen ihm errötet war.

»Soll ich ihn wieder zurückstecken?«, fragte Enno, nachdem er alle Bierflaschen geöffnet hatte. Ein kaum sichtbares Grinsen umspielte seine Mundwinkel.

»Leg ihn auf das Tablett. Da ist ja jetzt wieder Platz!«, antwortete Hedda und versuchte, dabei möglichst uninteressiert zu klingen.

Den restlichen Abend verbrachte Hedda damit, die Gäste zu bewirten. Hin und wieder blieb sie auch stehen und beantwortete geduldig die neugierigen Fragen, die mit zunehmendem Alkoholpegel immer direkter wurden. Gegen Mitternacht verabschiedete sie sich jedoch von den noch Anwesenden. Es war ein aufregender, aber auch sehr anstrengender Anreisetag gewesen, und sie wollte jetzt nur noch in ihr Bett.

2. Kapitel

Mittwoch, 12. Juli 2017

Geheimnisse

Heute musste Heddas Onkel nur gegen späten Nachmittag für ein paar Stunden zur Baustelle fahren. Seine Kollegen und er waren gut im Zeitplan und es gab nur noch einige Arbeiten, die unbedingt vor dem morgigen Donnerstag abgeschlossen sein mussten.

Sein Arbeitgeber hatte den Zuschlag für die aufwendigen Erdarbeiten bekommen, die notwendig waren, um die Bahnstrecke zwischen Oldenburg und Wilhelmshaven auch für schwere Güterzüge befahrbar zu machen. Nur so konnte der *JadeWeserPort*, der einzige Tiefwasserhafen Deutschlands, optimal an das Hinterland angebunden werden. Schließlich konnten die größten Containerschiffe der Welt nur hier anlegen, und irgendwie mussten die schweren Container ja schließlich ihren Weg in die übrigen Regionen des Landes finden.

Nach einem gemeinsamen Frühstück hatte Willm daher noch Zeit, seiner Nichte noch kurz den Ort zu zeigen, es hatte sich in den letzten Jahren doch einiges verändert. Anschließend fuhr er sogar extra noch mit ihr nach Emden, um mit ihr einen gemütlichen Spaziergang durch ihre alte Heimat zu machen und ein paar Dinge einzukaufen, die Hedda in ihrem neuen Zuhause noch vermisste.

Emden war zwar nicht mit Bremen vergleichbar, aber mit knapp 51.000 Einwohnern, war es immerhin die größte Stadt Ostfrieslands. Außerdem fühlte es sich für Hedda auch irgendwie vertraut an, nach so vielen Jahren mal wieder in ihrer alten Heimat zu sein. Auch wenn sich das Bild der Innenstadt in den letzten vier Jahren natürlich verändert hatte, waren die Besonderheiten der Stadt selbstverständlich geblieben: Das *Otto Huus;* das Hafentor, das auch auf dem Wappen der Stadt zu finden ist; das Rathaus; und das Feuerschiff *Deutsche Bucht*, das wie immer im Emder Hafen lag.

*

Gegen 15:00 Uhr war Willm zu seiner Arbeitsschicht ins rund 70 Kilometer entfernte Wilhelmshaven aufgebrochen. Hedda saß auf ihrem Bett und surfte mit ihrem Smartphone in den sozialen Netzwerken herum, als das Gerät in ihren Händen plötzlich zu vibrieren begann.

Auf dem Display erschien das Foto von Jan und signalisierte ihr so einen eingehenden Anruf. Erschrocken ließ sie das Handy auf die Matratze fallen. Ungläubig starrte sie das Foto ihres Exfreundes an.

Was will der denn von mir?

In den ersten Tagen, nachdem sie alles über die Affäre von ihm und ihrer bis dahin besten Freundin erfahren hatte, hatte er noch mehrfach versucht, sie anzurufen oder gar persönlich zu sprechen. Nachdem sie aber jeden seiner Versuche entweder ignoriert oder aber kompromisslos abgeblockt hatte, hatte er schlussendlich aufgegeben. Sein letzter Anrufversuch war daher auch bereits einige Wochen her. Warum also rief er gerade jetzt wieder an?

Am liebsten hätte Hedda ihn auch dieses Mal wieder ignoriert, aber sie wollte ihm auch gerne zeigen, dass er ihr zwischenzeitlich egal geworden war. Kurzentschlossen griff sie daher nach dem Smartphone und nahm das Gespräch entgegen.

»Was willst du?«, fragte sie und versuchte, dabei so gelangweilt wie möglich zu klingen.

»Hallo Hedda«, stotterte Jan. Er schien nicht wirklich damit gerechnet zu haben, dass sie ans Telefon gehen würde. »Ich ... ich wollte ...«

»Ich habe nicht viel Zeit!«, fiel sie ihm ins Wort. Sie wollte ihm zwar zeigen, dass es ihr nichts ausmachte, mit ihm zu telefonieren, aber sie wollte das Ganze trotzdem so schnell wie möglich hinter sich bringen.

»Wie geht es dir?«

Wie geht es dir? Hat er das jetzt echt gefragt? Wie soll es mir schon gehen, nachdem ich ein Sex-Video von meinem Freund und meiner besten Freundin gesehen und dadurch in ein und demselben Augenblick die beiden Menschen verloren habe, die bis dahin für mich am allerwichtigsten waren?

»Mir geht es gut«, antwortete sie knapp.

»Ich kann verstehen, dass du sauer auf mich bist. Ich möchte dir trotzdem erklären ...«

Erklären? Als Hedda dieses Wort hörte, verlor sie die Kontrolle über ihre so mühsam zurückgehaltenen Gefühle. »Was gibt es denn da zu erklären?«, keifte sie durchs Telefon. »Du warst notgeil und hast aus purer Verzweiflung meine beste Freundin besprungen. Dafür brauchst du dich doch nicht zu rechtfertigen. Das verstehe ich total.«

»Hedda, bitte! Für mich ist das gerade wirklich nicht leicht.«

»Aber für mich ist das leicht, oder was?« Noch ehe das letzte Wort ihren Mund verlassen hatte, ärgerte Hedda sich über ihre hochemotionale Reaktion. Sie wollte ihm doch eigentlich zeigen, dass er ihr egal war. Nun, das war ihr mal so richtig misslungen.

»Ich war verwirrt. Die ganze Sache mit dem Tod und so, das ist bei dir in der letzten Zeit halt immer mehr geworden. Ich wusste nicht, wie ich damit umgehen sollte«, stammelte Jan.

»Ach, und da hast du dir gedacht, ich ficke mal die Vanessa, vielleicht verstehe ich Hedda danach ja besser? Und als das nicht gleich geholfen hat, hast du es einfach wieder und wieder gemacht?« Mittlerweile war Hedda ihre Stimmlage vollkommen egal.

Für einen Moment schwieg Jan. Dann entschied er sich für einen Strategiewechsel. »Ich habe viel darüber nachgedacht, und ich glaube, ich verstehe dich jetzt besser. Meinst du nicht auch, wir sind es uns schuldig, nach den ganzen Jahren noch einmal miteinander zu reden? Du fehlst mir!«

Jetzt war Hedda für einen Moment lang sprachlos. *Hat er wirklich „du fehlst mir" gesagt?* Der in ihr tobende Sturm war plötzlich nur noch ein laues Lüftchen. Ihr wurde kalt und heiß zugleich. Sie brauchte einen Moment, bis sie sich wieder gefangen hatte. »Und dann? Wollen wir dann so tun, als sei nichts gewesen?«

»Warum nicht?«, antwortet Jan.

Der scheint es wirklich ernst zu meinen? Plötzlich schoss ihr ein Gedanke durch den Kopf. *Ob Vanessa mit ihm Schluss gemacht hat? Ob er mich nur deshalb anruft?*

»Was sagt denn eigentlich Vanessa zu deiner Idee?« Ihr innerer Sturm hatte wieder an Stärke gewonnen.

Jan schluckte. »Sie ... sie weiß nichts davon.«

»Du wolltest also erst mal deine Chancen bei mir checken, bevor du mit ihr Schluss machst. Oder willst du uns am liebsten beide gleichzeitig haben? So ein Dreier mit Vanessa und mir, das wäre doch das, was dir so vorschwebt, oder?« Hedda konnte es nicht fassen.

Und in den bin ich mal verliebt gewesen?

»Ich ...«, wagte Jan noch einen Erklärungsversuch, wurde dabei aber sofort von Hedda unterbrochen.

»Vergiss es, Jan! Bestelle Vanessa einen lieben Gruß von mir und rufe mich bitte nie wieder an.« Wutentbrannt beendete sie das Telefonat und schleuderte ihr Handy auf das Kopfkissen.

Sie sprang vom Bett auf und tigerte nervös in ihrem Zimmer auf und ab.

Ich brauche frische Luft!, dachte sie und ging hinaus auf den Balkon. Als sie hinunter in den Garten schaute, entdeckte sie ihre Tante, die damit beschäftigt war, die Blumenbeete hinter dem Haus mit neuen Pflanzen zu bestücken. Hedda beschloss, ihr dabei zu helfen. Das würde sie hoffentlich auf andere Gedanken bringen.

Sarinya schien sich über Heddas Gesellschaft ehrlich zu freuen. Im Anschluss an die Gartenarbeit saßen die beiden Frauen noch eine ganze Zeitlang zusammen in der Küche und unterhielten sich miteinander. Auch wenn Sarinyas Deutschkenntnisse noch lange nicht perfekt waren, kam es dennoch zu einem relativ flüssigen Gespräch zwischen den beiden. Hedda erfuhr auf diesem Wege einiges über Sarinyas Vergangenheit in Thailand. Als ihre Tante ihr dann auch noch von ihrer ersten Begegnung mit ihrem Onkel erzählte, glaubte sie, in ihren Augen sogar ein glückliches Funkeln auszumachen.

Vielleicht liebt sie ihn ja doch?, dachte sie in diesem Moment und fühlte sich gleich ein wenig erleichtert. Sie mochte ihren Onkel wirklich sehr gerne und fand daher, dass er eine Frau verdient hatte, die ihn über alles liebte.

Während sie mit Sarinya am Abendbrottisch saß, griff sich ihre Tante plötzlich an die Schläfe und machte dabei ein schmerzverzerrtes Gesicht.

»Ist alles okay?«, fragte Hedda besorgt.

»Ich kriegen Kopfweh!«, antwortete sie. »Ich glauben, ich muss mich hinlegen.«

»Natürlich, mach das ruhig. Ich räume noch das Geschirr ab und stelle es in die Spülmaschine. Dann gehe ich auch auf mein Zimmer. Du musst dir um mich also keine Gedanken mehr machen!«

»Danke!« Sarinya stand auf, nahm sich einen kleinen Zettel von der Arbeitsfläche der Küche und schrieb etwas darauf. Anschließend legte sie das Geschriebene mitten auf den Küchentisch. »Bitte Zettel nicht aufräumen«, sagte sie zu Hedda.

Hedda nickte und versuchte gleichzeitig, zu entziffern, was ihre Tante geschrieben hatte.

»Ist Nachricht für Willm. Wenn ich Kopfweh, ich brauchen Ruhe. Willm dann immer schlafen in Gästezimmer. Ist sehr guter Mann.« Sie lächelte gequält.

»Alles klar! Ich werde den Zettel genau dort lassen!« Hedda zeigte auf den Zettel und nickte heftig. Die holprigen Deutschkenntnisse ihrer Tante veranlassten sie immer wieder, ihre Aussagen mit überdeutlichen Gesten zu untermauern.

»Danke!« Sarinya verneigte sich höflich und ließ sie dann alleine in der Küche zurück.

Nachdem Hedda die Küche aufgeräumt hatte, ging sie in ihr Zimmer hinauf. Sie setzte sich an den Schreibtisch und klappte ihren Laptop auf. Vielleicht würde ihr ja heute endlich eine gute Idee für ihren Kriminalroman einfallen.

*

Als Hedda Stunden später wieder von ihrem Laptop aufblickte, war es draußen bereits dunkel geworden. Tatsächlich hatte sie mehrere Seiten vollgeschrieben, hatte dabei aber fast die ganze Zeit über an das Telefonat mit ihrem Exfreund denken müssen.

»So eine gequirlte Scheiße!«, fluchte sie, nachdem sie alles noch einmal durchgelesen hatte, markierte den gesamten Text und entfernte ihn mit einem einzigen Tastendruck.

Aufgebracht ging sie in ihrem Zimmer auf und ab.

So wird das nie etwas mit meinem ersten Buch. Es kann doch nicht so schwer sein, sich eine spannende Story auszudenken!

Plötzlich verspürte sie das unbändige Verlangen nach einer Zigarette. Eine lästige Angewohnheit, zu der Jan sie noch verführt hatte, kurz bevor seine Affäre mit Vanessa aufgeflogen war. Er selbst hatte erst wenige Wochen zuvor vollkommen unerwartet mit dem Rauchen angefangen. Wahrscheinlich hatte er es von Vanessa übernommen, die bereits vor mehreren Jahren der Nikotinsucht erlegen war.

Wieso habe ich diesen Zusammenhang nur nicht schon viel eher erkannt, ärgerte Hedda sich, während sie den Kleiderschrank öffnete und eine Schachtel Zigaretten zwischen ihren Slips hervorkramte. Sie hielt es für besser, die Glimmstängel zu verstecken, anstatt sie offen liegen zu lassen. Sie warf einen Blick auf ihre Armbanduhr. *Viertel vor elf. Willm müsste eigentlich noch bei der Arbeit sein.*

Auf leisen Sohlen schlich sie ins Erdgeschoss hinunter, zog sich ihre Schuhe an, öffnete die Haustür und schlüpfte hinaus in den Garten. Vorsichtshalber versteckte sie sich hinter der Garage, da sie keinesfalls riskieren wollte, von Willm oder Sarinya erwischt zu werden. Sie wusste zwar nicht, wie die beiden über das Rauchen dachten, aber da sie mit ihren Eltern schon mehrfach über dieses Thema heftig gestritten hatte, wollte sie lieber kein Risiko eingehen.

Sie entzündete ihr Feuerzeug, steckte sich eine Zigarette an und lehnte sich mit dem Rücken gegen die verklinkerte Garagenwand. Ihren Blick richtete sie zum Himmel und betrachtete die zahlreichen Sterne am nächtlichen Firmament.

Man kann hier viel mehr Sterne sehen, als in der Stadt.

Aufgrund der späten Uhrzeit und der Abgeschiedenheit des Grundstückes waren nur vereinzelt vorbeifahrende Autos zu hören.

Ich muss unbedingt wieder nach Ostfriesland ziehen!

Bei dem Gedanken an eine Zukunft auf dem Land musste sie über sich selbst schmunzeln. Sie sah sich am Wochenende mit ihrem Mann und den zwei Kindern im Garten des eigenen Einfamilienhauses herumtoben, während sie unter der Woche die Leichen der Verstorbenen für ihre letzte Ruhestätte vorbereitete. Eine skurrile, aber irgendwie auch schöne Vorstellung.

Für einen Moment genoss sie mit geschlossenen Augen die herrliche Stille. Doch plötzlich wurde sie von einem Geräusch aufgeschreckt. Es war nicht besonders laut, aber sie konnte es auch keiner nächtlichen Lärmquelle zuordnen. Auf jeden Fall war es weder ein Tier noch eines der wenigen Fahrzeuge.

Da, da war es schon wieder!

Jetzt war Hedda neugierig. *Was kann das nur sein? Vielleicht ein Einbrecher?*

Sie warf ihre Zigarette auf den Boden, trat sie mit dem Schuh aus und schob etwas Erde über den übriggebliebenen Stummel. Dann schlich sie langsam in die Richtung, aus der die Geräusche gekommen waren. Vorsichtig lugte sie hinter der Garagenwand hervor.

Ist da etwa jemand im Vorgarten?

Sie erkannte eine dunkle Gestalt, die sich an der Hundehütte zu schaffen machte.

Hat der eine Schaufel in der Hand?

Jetzt bekam sie es doch ein wenig mit der Angst zu tun. Aber warum sollte ein Einbrecher unter der Hundehütte eines nicht existierenden Wachhundes graben? Sicherheitshalber hielt sie sich weiter hinter der Garagenwand versteckt und beobachtete das merkwürdige Schauspiel.

Für einen kurzen Augenblick schaltete die Gestalt eine Taschenlampe ein, löschte das Licht aber sofort wieder. Trotzdem hatte Hedda dieser Moment ausgereicht, um einen stark übergewichtigen Mann zu erkennen, dessen Rückansicht sie doch sehr an ihren Onkel erinnerte.

Wie ist er denn hierhergekommen? Ich habe sein Auto überhaupt nicht gehört. Und wieso buddelt er mitten in der Nacht in seinem Garten Löcher?

Sie überlegte, ob sie einfach zu ihm gehen und ihn fragen sollte. Aber wie sollte sie ihm dann erklären, warum sie zu so später Stunde nicht in ihrem Bett lag? Sicher würde er bemerken, dass sie geraucht hatte. Hedda entschied, lieber in ihrem Versteck zu warten, bis er, mit was auch immer er da machte, fertig war.

Plötzlich spürte sie etwas an ihrem linken Knöchel. Erschrocken sprang sie zur Seite, konnte ihren reflexartigen Aufschrei aber nicht mehr unterdrücken. Die Katze, die sich eben noch an ihre Beine geschmiegt hatte, ergriff sofort die Flucht und rannte in den Vorgarten.

Angespannt hielt Hedda sich die Hände vor den Mund. Sie hoffte, dass ihr Onkel die Katze für die Quelle ihres Aufschreis halten würde.

»Guten Abend, junge Dame!« Der Kopf ihres Onkels lugte um die Ecke.

»Äh... Hallo!«, gab Hedda verschüchtert zurück. »Was machst du denn hier?«

»Ich bin gerade von meiner Schicht nach Hause gekommen. Und was machst du hier ... mitten in der Nacht... hinter der Garage?«

»Ich… ich wollte mir nur die Sterne ansehen. Die leuchten hier nämlich viel heller als bei uns in der Stadt«, war Heddas zögerliche Antwort. »Ich habe dein Auto gar nicht kommen gehört!«

»Ich habe mit meinen Kollegen eine Fahrgemeinschaft gebildet. Heute musste Brad fahren. Er lässt mich dann immer an der Kreuzung raus, damit er nicht wenden muss«, erklärte er ihr. »Und du wolltest dir also nur die Sterne ansehen? Und dafür musstest du dich hinter der Garage verstecken?« Willm musterte seine Nichte mit einem skeptischen Blick.

»Na gut, ich gestehe, ich habe heimlich eine Zigarette geraucht«, stöhnte Hedda genervt. »Kriege ich jetzt Ärger?«

Sie wartete auf eine Reaktion ihres Onkels. Doch der wirkte auf sie ungewohnt nachdenklich und angespannt.

»Quatsch, du bist volljährig. Ich kann dir überhaupt nichts mehr vorschreiben oder gar verbieten.« Er machte eine wegwerfende Handbewegung. »Außerdem gehe ich davon aus, dass meine Lieblingsnichte klug genug ist, um selbst zu wissen, was ihrer Gesundheit schadet und was nicht.«

»Danke!« Sie lächelte ihren Onkel verlegen an. »Ich weiß doch selbst, dass das nicht gut für mich ist. Ich bin ja auch schon dabei, es mir abzugewöhnen. Aber es ist echt verdammt schwer.«

»Du schaffst das schon!« Er nickte ihr aufmunternd zu. »Aber jetzt solltest du schnell ins Bett gehen!«

»Ich dachte, du kannst mir überhaupt nichts mehr vorschreiben?« Hedda lachte und knuffte dabei ihren Onkel in die Seite.

Willm musste ebenfalls lachen. »Nimm es einfach als gut gemeinten Ratschlag.« Er legte seinen Arm um sie und ging mit ihr zur Haustür.

Hedda spürte, dass ihr Onkel krampfhaft versuchte, sie so ins Haus zu geleiten, dass sie die Hundehütte dabei nicht sehen konnte. Aus den Augenwinkeln konnte sie aber dennoch einen kurzen Blick darauf werfen. Die Erde war frisch aufgewühlt, die Schaufel wurde nur notdürftig von dem kleinen Holzhaus verdeckt.

Was hat er dort nur vergraben?

*

Hedda hatte wirklich versucht, zu schlafen, aber die Neugierde ließ ihre Gedanken einfach nicht zur Ruhe kommen. Warum hatte ihr Onkel mitten in der Nacht den Garten umgegraben?

Sie schlüpfte aus ihrem Bett, steckte ihr Smartphone ein, das neben ihr auf dem Nachttisch lag und schlich barfuß die Treppe hinunter. Die Tür zum Gästezimmer war verschlossen, aber dennoch konnte sie das Schnarchen ihres Onkels hören.

Mal abgesehen von Sarinyas Migräne wäre allein das ein Grund für getrennte Schlafzimmer, dachte sie bei sich und schlich weiter zur Haustür.

Sie zog ihre Schuhe an, presste die Türklinke vorsichtig herunter, öffnete die Tür gerade so weit, dass sie hindurchpasste, und schlüpfte hinaus in die Nacht. Aus der Hosentasche ihres Schlafanzuges zog sie ihr Handy heraus und aktivierte die Taschenlampen-App. Die Hundehütte stand unverändert im Vorgarten. Der Rasen ringsherum sah vollkommen unbeschädigt aus.

Merkwürdig, dachte sie. *Man müsste doch noch irgendetwas sehen können.*

Sie hockte sich neben das kleine Holzhaus und betrachte es genauer. Dabei entdeckte sie einen schmalen Streifen frischer Erde. Es waren nur wenige Millimeter, die direkt neben dem Holzboden der Hütte zu erkennen waren.

Hat er etwa unter der Hütte gegraben?

Hedda legte ihr Handy auf den Rasen, packte die Hundehütte mit beiden Händen und versuchte, sie zur Seite zu stellen. Sie war schwerer, als sie aussah. Aber nach mehreren Anläufen hatte sie schließlich die Fläche unterhalb des Holzhäuschens freigelegt. Sie hob ihr Handy auf und begutachtete den Boden. Das Gewicht der Hütte hatte das Erdreich zwar wieder plattgedrückt, aber es war eindeutig zu erkennen, dass hier vor wenigen Stunden jemand gegraben hatte. Das quadratische Loch war nicht besonders groß gewesen. Hedda schätze die Seitenlängen auf maximal 20 Zentimeter.

Ich muss wissen, was da drin ist!

Ohne zu zögern, marschierte sie auf den Holzschuppen zu, in dem ihr Onkel die Gartengeräte aufbewahrte. Die Tür war nicht verschlossen. Verständnislos schüttelte Hedda den Kopf. *Aus Angst vor Einbrechern halten sie sich einen Fake-Hund, aber die Gartenhütte schließen sie nicht ab.*

Beim Öffnen der Tür entstand ein lautes, quietschendes Geräusch. Erschrocken schaute Hedda zur Eingangstür hinüber, aber als auch nach mehreren bangen Sekunden im Haus kein Licht eingeschaltet wurde, betrat sie die Gartenhütte und schaute sich suchend um.

Irgendwo muss hier doch die verdammte Schaufel hängen!

An der Wand hingen mehrere große Gartengeräte. Das grelle Licht ihres Smartphones fuhr die Werkzeuge von links nach rechts ab. Eine Harke, ein Rechen, ein Kantenschneider, ein Besen, ein Schneeschieber und ein Fugenkratzer. Eine Schaufel war nicht zu entdecken, aber zwischen der Harke und dem Rechen klaffte eine Lücke, die auf jeden Fall groß genug für eine Schaufel war.

Warum hat er sie nicht zurückgehängt? Heddas Fantasie arbeitete plötzlich auf Hochtouren. *Ob er vielleicht jemanden damit erschlagen hat?*

Noch im selben Moment musste sie über sich selbst lachen. Ihr Onkel war einer der friedfertigsten Menschen, die sie kannte. Niemals könnte er jemanden erschlagen. Und nur, weil sie ihn nachts mit einer Schaufel im Garten erwischt hatte, hieß das noch lange nicht, dass er etwas zu verbergen hatte. Oder doch? Wo waren nur ihre kriminalistischen Gedanken, wenn sie an ihrem Laptop saß, um ihren Kriminalroman zu schreiben?

Sie schaute sich weiter im Schuppen um, entdeckte aber keinen anderen Gegenstand, der geeignet gewesen wäre, um damit ein Loch zu graben.

»So ein verdammter Mist!«, fluchte sie leise vor sich hin. *Was mache ich denn jetzt? Ich kann doch die Erde nicht mit meinen bloßen Händen durchwühlen.* Sie rieb sich mit den Fäusten die Müdigkeit aus dem Gesicht. *Irgendwo muss hier doch eine Schaufel herumliegen.*

In diesem Moment erinnerte sie sich an den Nachmittag mit Sarinya. Sie hatte doch zum Blumenpflanzen eine kleine Schaufel benutzt. *Ob die noch im Blumenbeet liegt?*

Um möglichst wenig Geräusche zu machen, machte sie die Tür des Geräteschuppens nur sehr langsam wieder zu. Dann ging sie zügigen Schrittes zu den Blumenbeeten hinter dem Haus.

Hier muss sie doch irgendwo liegen, dachte sie und leuchtete mit ihrem Handy-Licht die neu gepflanzten Blumen und Sträucher ab.

Und tatsächlich, unter einem Kirschlorbeer-Busch fand sie die kleine grüne Schaufel. Ihre Tante musste sie dort einfach vergessen haben.

Hedda schnappte sich das handliche Werkzeug und eilte zurück in den Vorgarten.

Hauptsache, Willm hat nicht zu tief gegraben!, hoffte sie, bevor sie die Schaufel zum ersten Mal in die Erde stieß. Sie gab sich große Mühe beim Ausstechen der Grasnarbe. Schließlich sollte der Erdboden hinterher wieder genauso aussehen wie vor ihrer Buddelei. Beim Graben spürte sie sofort, dass der Boden erst vor wenigen Stunden durchgewühlt worden war. Denn das Erdreich ließ sich relativ einfach ausheben. Da es in den letzten Tagen kaum geregnet hatte, hatte Hedda eigentlich mit deutlich mehr Aufwand gerechnet.

Bereits nach wenigen weiteren Schaufelstichen stieß sie gegen einen harten Gegenstand. Vorsichtig legte sie die runde Blechdose frei, in der sich früher einmal eine Feuchtigkeitscreme befunden hatte.

Soll ich wirklich nachsehen?

Sie wurde jetzt doch etwas nervös. Wollte sie wirklich wissen, was sich in der Blechdose befand? Mit der rechten Hand umfasste sie den Deckel, während sie mit der linken die Dose festhielt. Ihre Arme begannen zu zittern.

Eins, zwei, drei, zählte sie in Gedanken, kniff die Augen zusammen und riss den Deckel ab. Nachdem sie ihre Augen wieder geöffnet hatte, entdeckte sie einen rechteckigen, etwa fünf Zentimeter großen Gegenstand im Inneren der Dose. Vorsichtig nahm sie ihn in die Hand und betrachtete ihn genauer.

Ein Sturmfeuerzeug! Warum vergräbt Willm ein Sturmfeuerzeug?

Die Vorderseite des Feuerzeuges war schwarz. In silbernen Buchstaben war der Name des Herstellers auf dem Deckel zu sehen. Auf der Rückseite war etwas eingraviert worden. Das Bild zeigte eine brennende Fackel mit einem Schriftzug darunter.

Ostfriesland-Olympiade 2016, las Hedda sich den Schriftzug in Gedanken selbst vor.

Sie öffnete den Deckel des Feuerzeuges und betrachtete die kleine Flamme, die jetzt dem Licht ihrer Handykamera Konkurrenz machte.

Wieso hat er das Ding nur vergraben?

3. Kapitel

Donnerstag, 13. Juli 2017

Tödliche Verführung

Anuwat stand vor dem großen Kleiderschrank im Schlafzimmer und betrachtete sich im Spiegel. Er hatte sich seine beste Stoffhose und sein feinstes Hemd angezogen. Er war frisch geduscht und hatte seine kurzen, schwarzen Haare mit Gel in Form gebracht. Sogar seine Nasenhaare hatte er sich seit langer Zeit mal wieder gestutzt. Vielleicht war das heute seine einzige Chance. Die durfte er auf keinen Fall vermasseln.

Als er in den Wohnungsflur trat, hörte er ein leises Schluchzen. Es kam aus der Küche. Seine Frau stand vor der Spüle und trocknete die Teller ab. Sie weinte nicht, weil sie ahnte, dass Anuwat sich gleich mit einer anderen Frau treffen wollte. Sie weinte wegen der Schläge, die er ihr verpasst hatte, bevor er fröhlich pfeifend im Badezimmer verschwunden war. Dabei hatte sie ihn doch nur gefragt, warum er zu so später Stunde noch duschen wollte.

Sie spürte seine Blicke in ihrem Rücken, versuchte aber krampfhaft so zu tun, als habe sie ihn nicht bemerkt. Sie wollte keinen weiteren Ausraster provozieren. Der zweite Wutanfall des Tages war meist noch viel schlimmer als der erste. Mit den Jahren war das aggressive Verhalten von Anuwat immer schlimmer geworden. Anfangs rutschte ihm nur hin und wieder die Hand aus, mittlerweile war seine Frau über jeden Tag froh, an dem er seine Wut nicht an ihr ausließ.

Anuwat betrachtete seine Frau abschätzig von hinten. Von den leidenschaftlichen Gefühlen, die er einst für sie gehegt hatte, war nichts mehr übrig geblieben. Seit sie sich vor einigen Jahren bei einem Fahrradsturz die Hüfte gebrochen hatte, hatte sie enorm an Gewicht zugelegt. Früher war sie eine sehr sportliche Frau gewesen, die mindestens viermal die Woche Ausdauersport betrieben hatte. Ihr zierlicher Körper war zu dieser Zeit durchtrainiert und schlank gewesen, genauso, wie er es mochte. Doch wenn er seine Frau heute ansah, empfand er statt leidenschaftlicher Begierde nur noch Hass und Ekel. Immer wieder fragte er sich, wie sie sich nur so hatte gehen lassen können.

Anuwat dachte kurz darüber nach, ob er ihr sagen sollte, mit wem er sich gleich treffen würde. Er wollte es nicht tun, um sie zu informieren oder gar zu beruhigen. Er wollte es tun, um sie noch weiter zu demütigen. Sie sollte wissen, wie sehr er sich darauf freute, endlich wieder mit einer Frau zu schlafen, deren Anblick ihn einfach nur geil machte. Er wollte ihr sagen, dass es genau diese Frau war, die er sich immer dann vorstellte, wenn er mit ihr die Ehe vollzog. Trotz seines Ekels kam das immer noch relativ häufig vor. Zum einen sah er selbst nicht gut genug aus, um laufend eine Affäre zu haben, zum anderen war sein monatliches Budget auch einfach nicht ausreichend, um sich regelmäßig mit einer Prostituierten vergnügen zu können. Darum legte er sich immer noch fast jede Nacht zu seiner Frau ins Bett, löschte alle Lichter im Schlafzimmer und dachte an eine andere, während er rücksichtslos und gewaltsam in sie eindrang, um sie wieder einmal zu vergewaltigen.

Aber er hatte seinem heutigen Date versprechen müssen, dass er seiner Frau nichts verraten würde. Immerhin kannten sich die beiden Frauen sehr gut. Anuwat wollte auf keinen Fall das Risiko eingehen, seine Chance, dauerhaft bei dieser Traumfrau zu landen, durch eine unbedachte Äußerung zu gefährden. Darum hielt er sich an sein Versprechen, auch wenn es ihm unglaublich schwerfiel. Er würde ihr stattdessen, wie nach jedem Seitensprung, ein Zeichen der Schande verpassen. Es sollte sie daran erinnern, wohin sie ihn mit ihrer Hässlichkeit getrieben hatte.

Er ging zurück in den Hausflur, nahm den Autoschlüssel von der Kommode und verließ die Wohnung. Der zwanzig Jahre alte Mercedes parkte hinter dem sechsstöckigen Mehrfamilienhaus. Er steckte den Schlüssel in das Schloss, entriegelte es und öffnete die Fahrertür. Als er hinter dem Lenkrad saß, warf er einen nachdenklichen Blick auf den Beifahrersitz.

Ob er heute endlich bei ihr landen konnte? Ob sie bereits in wenigen Minuten in diesem Auto Sex haben würden?

Er schaute auf seine Armbanduhr. Es war bereits kurz vor Mitternacht. Zur Geisterstunde sollte er sie am vereinbarten Treffpunkt abholen. Wenn er nicht zu spät kommen wollte, musste er sich jetzt beeilen. Er startete den Motor und lenkte seinen Wagen zu dem abgelegenen Ort, den seine Angebetete als Treffpunkt vorgegeben hatte. Von hier aus war es nur ein Katzensprung zu ihrem Haus, aber dennoch war es so abgeschieden, dass die Gefahr, entdeckt zu werden, äußerst gering war.

Das Objekt seiner Begierde wartete bereits, als er sein Ziel leicht verspätet erreichte. Als sie aus dem dunklen Schatten der Bäume heraus und ins Licht seiner Scheinwerfer trat, stockte ihm der Atem. Sie trug ein kurzes schwarzes Kleid. Die dazu passenden hochhackigen Schuhe ließen ihre Beine noch länger wirken, als er sie ohnehin in Erinnerung hatte. Sie lächelte ihn durch die Windschutzscheibe hindurch an, als sie an der Motorhaube vorbei in Richtung der Beifahrertür ging. Als sie neben ihm Platz genommen hatte, galt sein erster Blick ihren verführerischen Augen und der zweite ihrem einladenden Dekolleté.

Wenn er bis eben noch an einem erfolgreichen Verlauf des heutigen Abends gezweifelt hatte, so war er sich jetzt absolut sicher. Heute Nacht würde er endlich mit dieser Frau schlafen.

»Fahr los!«, sagte sie, und legte ihre Hand auf die Innenseite seines Schenkel.

Ihr Lächeln wirkte verkrampft, aber das bemerkte Anuwat nicht. Er hatte nur Augen für ihren atemberaubenden Körper.

»Okay!«, sagte er. Seine Stimme klang dabei mindestens eine ganze Oktave tiefer als gewöhnlich.

In freudiger Erwartung steuerte er seinen Wagen die immer schmaler werdenden Wege entlang. Bereits nach kurzer Zeit gab ihm seine Beifahrerin das Zeichen anzuhalten. Abseits der Hauptverkehrswege gab es keine Straßenlaternen mehr, die die Umgebung erhellten und auch die Gefahr, von Passanten entdeckt zu werden, war allenfalls theoretisch gegeben.

Er stoppte den Motor, drehte den Kopf zu seiner Beifahrerin und wollte sie gerade fragen, wie es nun weitergehen sollte, da legte sie ihm bereits ihren Zeigefinger auf die Lippen. Sie schnallte sich ab, beugte sich über ihn und drehte an dem Drehrad seitlich des Fahrersitzes, um so seine Rückenlehne nach hinten zu kippen.

Anuwat grinste zustimmend. Er hatte nicht erwartet, dass die Frau, die er ansonsten eher als schweigsam und zurückhaltend kannte, so sehr die Initiative übernehmen würde. Genüsslich legte er den Kopf in den Nacken und schloss die Augen. Er spürte, wie sich ihre Hände zunächst an seinem Gürtel und dann am Reißverschluss seiner Hose zu schaffen machten. Mit einer ruckartigen Bewegung wurde ihm die Hose bis zu den Kniekehlen heruntergezogen. Das

Blut zwischen seinen Beinen pulsierte. Sehnsüchtig wartete er darauf, dass sie ihn genau dort berühren würde.

Doch es passierte nichts. Irritiert öffnete er die Augen und richtete seinen Oberkörper leicht auf. »Was ist los?«, fragte er.

Seine Begleiterin hatte sich auf ihren Sitzplatz zurückgezogen und kramte in ihrer Handtasche herum, die sie im Fußraum des Fahrzeuges abgelegt hatte.

Überrascht schaute sie ihn an. Dann legte sie den Finger über ihre verführerisch gespitzten Lippen, presste ihm die flache Hand auf den Brustkorb und beförderte ihn so in seine ursprüngliche Position zurück. »Entspann dich!«, hauchte sie ihm verführerisch ins Ohr.

»Okay, aber lass mich nicht zu lange warten. Ich halte es kaum noch aus.« Er warf einen flüchtigen Blick auf sein erigiertes Glied. Ein erster Lusttropfen hatte sich bereits auf der Spitze seiner Eichel gebildet. Sein Kopfkino hatte also schon ganze Arbeit geleistet.

Anuwat atmete tief ein, lehnte sich zurück, legte seinen Kopf in den Nacken und schloss die Augen. Endlich würde er für seine jahrelangen Annäherungsversuche belohnt werden.

Was sie wohl mit mir vorhat?, dachte er, als er plötzlich einen kühlen, harten Gegenstand an der linken Seite seines Halses spürte.

»Was ist das?«, stöhnte er genussvoll auf. Er ging fest davon aus, dass seine Gespielin ihm mit diesem Ding große Freude bereiten würde.

Ohne ihm zu antworten, presste seine Begleiterin die Klinge des Küchenmessers so fest gegen seinen Hals, dass sein Blut regelrecht aus der Wunde herausschoss und an die Scheibe der Fahrertür spritzte. Anschließend zog sie es mit einer ruckartigen Bewegung zur Seite und hinterließ dadurch eine Wunde, die von seiner linken bis zur rechten Halsschlagader reichte und dabei ein wenig wie ein lächelnder Mund wirkte.

Panisch riss Anuwat die Augen auf. Er sah das Blut, das sich bereits überall verteilt hatte und noch immer stoßartig aus der großen Wunde gespritzt kam. Dann blickte er seine Begleiterin an. Er wollte etwas zu ihr sagen, aber aus seinem Mund kamen nur noch gurgelnde Laute heraus. Er dachte noch darüber nach, wie seltsam er es fand, dass er keine Schmerzen spürte, dass er noch klar genug bei Verstand war, um seine Hände vor die Wunde zu pressen, um so die Blutung zu stoppen.

Dann spürte er nur noch eine große Gleichgültigkeit, die ihn anfiel, zu Boden riss und ihn anschließend mit sich in eine unendliche Dunkelheit hinabzog.

4. Kapitel

Freitag, 14. Juli 2017

Der Fund

Als Hedda erwachte, warf sie einen ungläubigen Blick auf ihren Radiowecker. Es war erst Viertel nach Fünf, aber sie fühlte sich so wach und ausgeruht, als hätte sie bereits mindestens neun Stunden lang geschlafen. Dabei war sie doch erst um halb zwölf ins Bett gegangen. Sie hatte also noch nicht einmal annähernd ihren nötigen Schlaf gehabt. Der gestrige Tag war so unerträglich heiß gewesen, dass sie die ganze Zeit nur faul am Sandstrand des Badesees gelegen und gedöst hatte.

Wahrscheinlich brauche ich deshalb heute weniger Schlaf als sonst, dachte sie.

Ihr Verstand riet ihr trotzdem, noch etwas im Bett zu bleiben. Aber Hedda kannte sich - wenn sie erst einmal wach war, war an Schlaf einfach nicht mehr zu denken. Jetzt noch liegen zu bleiben und darauf zu hoffen, eventuell noch einmal einzuschlafen, würde sie hinterher nur als vergeudete Zeit empfinden. Außerdem war die Luft in ihrem Zimmer derart stickig und verbraucht, dass es einfach nicht mehr angenehm war. Die Sommersonne des vergangenen Tages hatte den Raum so aufgeheizt, dass ihr ganzer Körper verschwitzt war.

Kurzentschlossen schälte Hedda sich aus ihrem Bett und stapfte in das kleine Gästebad, das direkt neben ihrem Zimmer lag. Nachdem sie sich geduscht und angezogen hatte, fühlte sie sich gleich deutlich besser.

»Und jetzt?«, fragte sie ihr Spiegelbild, nachdem sie zuvor einen flüchtigen Blick auf den kleinen Radiowecker geworfen hatte, der unterhalb des Spiegelschrankes stand. Es war gerade einmal Viertel vor sechs.

Willm muss heute erst sehr spät zur Arbeit. Er und Sarinya wollen sicherlich noch lange schlafen, überlegte sie. *Ob ich ein wenig an meinem Buch arbeiten soll?*

Auf Zehenspitzen schlich sie zurück zu ihrem Zimmer. Keinesfalls wollte sie ihren Onkel und seine Frau wecken. Sie sollten nicht nur wegen ihr eher aufstehen, als sie es an arbeitsfreien Tagen normalerweise taten. Als sie die Zimmertür öffnete, schlug ihr die warme, verbrauchte Luft wie eine unsichtbare Faust ins Gesicht.

In dem Mief kann ich ja keinen klaren Gedanken fassen.

Sie ging zu der Terrassentür, die hinaus auf den Balkon führte, schob die Gardine zur Seite und öffnete sie. Sofort drängte sich die kühle, erfrischende Morgenluft in den Raum. Hedda atmete tief ein.

Herrlich!

Sie ließ ihren Blick über das freie Feld und den Badesee schweifen. Die ersten Strahlen der gerade erst aufgegangenen Sonne färbten den Himmel in ein wunderschönes Orange.

Ich werde einen Spaziergang machen!, kam es ihr so spontan in den Sinn, dass sie von sich selbst überrascht war. Noch nie hatte sie freiwillig einen Spaziergang gemacht. Allenfalls zu der Zeit, als sie noch mit ihren Eltern in den Urlaub fahren musste, hatten diese sie hin und wieder zu dieser gleichermaßen langweiligen wie sinnlosen Art der Freizeitbeschäftigung genötigt.

Aber sie hätte sich schließlich auch nie vorstellen können, nach dem Abi für mehrere Monate bei ihrem Onkel zu leben, weil ihr Freund sie mit ihrer besten Freundin betrogen hatte. Also, warum sollte sie es nicht probieren? Sie schlich die Treppe hinunter, ging in die Küche und hinterließ eine kleine Notiz auf dem Küchentisch. Schließlich sollte sich ihr Onkel keine Sorgen machen, falls er doch kurzfristig erwachen sollte.

Hedda schlüpfte in ihre weißen Turnschuhe und öffnete die Haustür so geräuschlos wie möglich.

Aber wo lang soll ich nur gehen?, fragte sie sich. Sie war das letzte Mal auf der Hochzeit ihres Onkels in Neermoor gewesen. Sarinya und er hatten sich in der alten Mühle des Ortes trauen lassen.

Für den Anfang eine ganz akzeptable Strecke, dachte sie und marschierte mit strammen Schritten los. Sie musste ohnehin noch Geld abheben und würde auf dem Weg zur Mühle auch an einer Sparkasse vorbeikommen, bei der sie ihr Portemonnaie wieder auffüllen konnte.

Sie genoss die Ruhe und die angenehm kühle Luft. Aufgrund der frühen Uhrzeit waren selbst auf der Süderstraße kaum Autos unterwegs. Alles war so harmonisch und mit jedem Schritt fühlte sie sich etwas leichter. Sie hatte das Gefühl vorwärtszukommen – nicht nur auf ihrem Fußweg, sondern auch in ihrem Leben.

Hedda schaute nicht auf ihre Uhr, sie hörte auch keine Musik von ihrem Handy, wie sie es sonst immer tat, wenn sie irgendwohin laufen musste. Sie ging einfach weiter, Schritt für Schritt.

Als sie an der Mühle angekommen war, machte sie eine kurze Pause, um das historische Bauwerk zu bestaunen. Hedda konnte sich noch gut daran erinnern, wie sehr ihr damals die traditionelle ostfriesische Inneneinrichtung gefallen hatte. Nach der Trauung waren die Gäste gemeinsam mit dem Brautpaar in das nebenstehende Packhaus gegangen und hatten dort in gemütlicher Runde Tee getrunken. Am Abend gab es dort dann noch den leckersten Snirtjebraten, den sie je gegessen hatte.

Sie ging die Kirchstraße entlang und bog links in den Conrebbersweg ein, an dessen Ende der Badesee lag. Eine gute halbe Stunde Fußmarsch lag jetzt hinter ihr, aber Hedda wollte noch nicht aufhören. Es fühlte sich einfach zu gut an. Sie warf einen kurzen Blick auf ihre Armbanduhr. Es war noch genügend Zeit, um noch ein wenig weiter zu gehen.

Sie bog daher nicht links in die Stettiner Straße ein, sondern ging stattdessen nach rechts, den Sauteler Weg entlang. Schon bald war sie umgeben von Wiesen, grünen Feldern und vereinzelten Kühen. Häuser gab es hier weit und breit keine. Gerade deshalb erregte ein alter Mercedes ihre Aufmerksamkeit. Der Wagen parkte am Wegesrand, mitten im Nirgendwo. Aber das war es nicht, was Hedda neugierig machte. Vielmehr war es die Tatsache, dass, obwohl sowohl die Fahrer- als auch die Beifahrertür weit offen standen, weit und breit niemand zu sehen war. Sämtliche Fensterscheiben waren ebenfalls heruntergelassen worden.

Hedda überlegte, welchen Grund es geben könnte, sein Fahrzeug derart unverschlossen zurückzulassen. Da ihr aber partout keine logische Erklärung einfallen wollte, näherte sie sich dem Fahrzeug weiter. Bereits aus einigen Metern Entfernung konnte sie erkennen, dass jemand hinter dem Steuer saß. Seine Rückenlehne war aber so weit nach hinten geklappt, dass sie lediglich die Beine des Fahrers sehen konnte.

Schläft der etwa? Aber warum hat er dann die Türen offen?

Hedda erinnerte sich an einen früheren Schulfreund, der selbst im Winter nur bei weit offen stehendem Fenster schlafen konnte. Vielleicht war ja auch dieser Typ ein solcher Frischluftfanatiker? Vorsichtig näherte sie sich dem Fahrzeug. Wenn der Fahrer wirklich nur schlief, wollte sie ihn auf keinen Fall aufwecken. Immerhin hatte sie keine Ahnung, mit wem sie es zu tun hatte. Als sie aber nur noch wenige Schritte von dem Fahrzeug trennten, nahm sie plötzlich einen unangenehmen Geruch wahr. Hedda realisierte sofort, dass hier etwas nicht stimmte. Zügig absolvierte sie die letzten Schritte und steckte ihren Kopf ins Wageninnere.

Der Anblick der Leiche und die Unmengen Blut hätten so manche ihrer ehemaligen Schulkameradinnen zum Kotzen gebracht. Und auch der Großteil der Jungs hätte sicherlich seine Probleme damit gehabt, auch wenn sie das natürlich nie zugegeben hätten. Aber Hedda war in diesem Punkt nicht so wie die anderen. Sie erschrak zwar im ersten Moment, aber ihre Angst wurde fast zeitgleich von ihrer Neugierde überlagert.

Was mag dem armen Kerl wohl zugestoßen sein?

Sie begann, den leblosen Körper zu mustern, der, mit Blut überströmt und von Fliegen belagert, auf dem Fahrersitz kauerte. Sie wusste natürlich, dass sie die Polizei verständigen musste. Aber da der Typ definitiv tot war, kam es auf die paar Minuten nun auch nicht mehr an. Der Kopf des Mannes war nach hinten gebeugt, sodass sie die tiefe Schnittwunde unterhalb seines Adamsapfels gut erkennen konnte.

Ob das die Todesursache war?, fragte sie sich. Ihr Blick wanderte zu dem abgetrennten männlichen Genital, das in der Brusttasche seines Oberhemdes steckte. Der weiße Stoff hatte unterhalb der Tasche eine dunkelrote Farbe angenommen.

Scheint auf jeden Fall eine Beziehungstat gewesen zu sein. Vielleicht hat er seine Frau betrogen und die hat sich so an ihm gerächt. Oder aber, der gehörnte Ehemann hat ihm aufgelauert, als er sich hier mal wieder heimlich mit dessen Frau treffen wollte. Das würde dann auch die offene Beifahrertür erklären. Wahrscheinlich ist seine Frau in Panik aus dem Wagen geflohen, während ihr Mann noch damit beschäftigt war, ihrem Geliebten die Kehle durchzuschneiden. Aber wo ist sie dann? Ob er sie etwa auch ...?

Jetzt wurde Hedda doch etwas unruhig. Sie zog ihr Handy aus der Hosentasche und wählte den Notruf. Während sie auf das Eintreffen der Beamten wartete, warf sie einen letzten Blick auf die Leiche. *Armer Kerl*, dachte sie. *Auch wenn es natürlich nicht in Ordnung ist, mit der Frau eines anderen herumzumachen, hat so etwas wirklich niemand verdient. Nicht einmal Jan.*

In diesem Moment bemerkte sie ein Detail, das ihr bei dem ganzen Blut noch gar nicht aufgefallen war.

Was hat er denn da am Finger?

Sie bückte sich, um sich den Gummiring, der sich um den Ringfinger des Mannes spannte, genauer anzusehen. Er war weiß und saß so eng, dass er sich tief in die Haut des Toten eingeschnitten hatte.

Wieso trägt er ein weißes Gummiband am Ringfinger?

In diesem Moment hörte sie ein Fahrzeug, das sich ihr zügig näherte. Erschrocken drehte sie sich um und war erleichtert, als sie ein Polizeiauto auf sich zukommen sah. Die Beamten brachten den Wagen direkt vor dem Mercedes zum Stehen. Ein Polizist mittleren Alters stieg als Erster aus. Er hatte einen grauen Bart, trug eine Brille mit dicken Gläsern und war nicht sonderlich groß, schien für sein Alter aber noch ziemlich gut trainiert. Lediglich ein kleiner Bauchansatz war unterhalb der ledernen Polizeijacke zu erahnen. Er stellte sich ihr als Hauptkommissar Franke vor.

Während Hedda ihm noch schilderte, wie sie die Leiche gefunden hatte, achtete sie gar nicht auf den zweiten Staatsbeamten, der zunächst auf der Beifahrerseite des Polizeiwagens sitzen geblieben war. Erst nachdem auch er das Fahrzeug verlassen und sich direkt neben den Hauptkommissar gestellt hatte, erkannte sie ihn wieder. Es war Enno, und er gefiel Hedda in seiner Uniform richtig gut.

»Was machst du denn hier?«, fragte sie ihn erstaunt.

»Ich habe dir doch erzählt, dass ich Polizist bin. Hast du das etwa schon wieder vergessen?«

»Nein, ich… ich ...«

»Du stehst bestimmt noch unter Schock. Wie geht es dir denn? Kommst du klar?« Enno schaute sie mitfühlend an.

Hedda zuckte verlegen mit den Schultern. »Du weißt doch, dass ich kein Problem mit toten Menschen habe. Oder hast du das etwa schon wieder vergessen?« Sie grinste ihn frech an. Diese kleine Retourkutsche konnte sie sich einfach nicht verkneifen.

»Enno, komm mal her! Das musst du dir ansehen!«, rief der Hauptkommissar seinen jungen Kollegen. Er hatte sich zwischenzeitlich zum Tatort begeben, um die Leiche zu fotografieren.

»Bin gleich wieder da!« Enno ging zügigen Schrittes zu seinem Vorgesetzten.

Hedda beobachtete die beiden von ihrer aktuellen Position aus. Zunächst schien der Hauptkommissar Enno nur ein paar Dinge zu erklären, doch dann steckte auch der seinen Kopf in das Innere des Wagens, zog ihn aber kurz darauf bereits wieder heraus. Sein Gesicht war plötzlich kreideweiß, und Hedda konnte sehen, wie er um Fassung rang. Dann schlug er sich die Hand vor den Mund, rannte einige Meter die Straße entlang und übergab sich schließlich direkt am Wegesrand.

*

Nachdem auch die Spurensicherung am Tatort eingetroffen war, hatten die Polizisten Hedda mit auf die Wache genommen. Sie hatte den Wunsch geäußert, ihre Aussage sofort zu Protokoll zu geben. Im Anschluss hatte Enno sie mit dem Streifenwagen nach Hause gefahren. Als er vor dem Haus ihres Onkels anhielt, stürmte Willm bereits auf sie zu. Er war telefonisch über die Ereignisse informiert worden.

»Hedda, geht es dir gut? Ich habe mir solche Sorgen gemacht!« Er umarmte sie und drückte sie fest an seine breite Brust.

»Mir fehlt nichts«, antwortete Hedda, etwas genervter, als sie es eigentlich beabsichtigt hatte. Aber irgendwie war ihr das überschwängliche Getue ihres Onkels in Ennos Gegenwart peinlich.

»Ich fahre dann mal zurück. Wenn ich noch irgendetwas für dich tun kann, rufst du mich an, okay?« Enno lächelte Hedda unsicher an. Dann nickte er ihrem Onkel zu und fuhr davon.

Enno hatte Hedda seine private Handynummer gegeben. *Für alle Fälle*, hatte er gesagt. Dabei hatte Hedda das Gefühl gehabt, dass es ihm gar nicht so ungelegen kam, dass er einen Vorwand gefunden hatte, um ihr seine Nummer geben zu können. Sein Interesse an ihr war offensichtlich, und irgendwie gefiel ihr das mehr, als sie gedacht hatte. Dabei hatte sie sich doch fest vorgenommen, eine längere Auszeit von der Männerwelt zu nehmen.

»Komm schnell rein! Sarinya hat uns einen Tee gemacht. Soll ich vielleicht deine Eltern anrufen?«

»Bloß nicht!«, fiel Hedda ihrem Onkel sofort ins Wort. »Das mache ich lieber später persönlich. Aber erst einmal möchte ich selbst mit der Sache klarkommen.«

»Selbstverständlich, alles so, wie du es möchtest. Aber du solltest trotzdem kurz mit Sarinya darüber sprechen.«

»Warum denn mit der?«, fragte Hedda etwas zu abschätzig. Denn sie verstand beim besten Willen nicht, wie gerade ihre angeheiratete Tante ihr jetzt helfen könnte.

Willm war zum Glück nicht verärgert, auch wenn er ihren unpassenden Tonfall durchaus bemerkt hatte. Behutsam legte er ihr eine Hand auf die Schulter und sagte: »Sie kannte das Opfer. Hör ihr einfach gut zu, dann wird es dir bestimmt gleich etwas besser gehen.«

Als sie in die Küche kamen, erhob sich Sarinya sofort von ihrem Stuhl, ging auf Hedda zu und drückte sie zaghaft an sich. »Mir tut sehr leid, was dir passiert sein«, sagte sie und löste die Umarmung sofort wieder auf.

»Willm hat gesagt, du kanntest das Opfer?«, fragte Hedda neugierig.

Betroffen senkte Sarinya den Kopf, nickte kaum wahrnehmbar und setzte sich wieder.

Hedda nahm direkt neben ihr Platz. »Und?«, fragte sie ungeduldig.

Sarinya nahm die Teekanne und füllte etwas von dem ostfriesischen Nationalgetränk in Heddas Tasse. »Ich besser kennen seine Frau«, sagte sie, während sie sich jetzt auch selbst etwas einschenkte. »Sie und ihr Mann waren mit mir im ...« Sarinya suchte nach dem richtigen deutschen Wort.

»Verein«, kam ihr Willm zur Hilfe. »Alle drei waren im asiatischen Kulturverein. Sie haben sich einmal die Woche in Warsingsfehn getroffen.«

»Ja, Verein. Genau!«, stimmte Sarinya zu. »Seine Frau und ich sein sehr gute Freundinnen. Er sie sehr oft hat geschlagen. Er war nichts guter Mann«, erklärte sie weiter und senkte dabei erneut den Kopf.

Er war also verheiratet, überlegte Hedda. *Aber warum hat er dann keinen Ehering getragen? Ob er ihn abgenommen hat, damit seine Geliebte nicht misstrauisch wird? Aber was sollte dann dieses komische Gummiband an seinem Ringfinger?*

Hedda schaute nachdenklich zu ihrem Onkel hinüber. Sie fragte sich, ob dies bereits alles war, was ihre Tante ihr erzählen wollte.

»Ich ... wir dachten, du würdest dich vielleicht besser fühlen, wenn du wüsstest, was für ein schlechter Mensch das Opfer gewesen ist. Sarinya hat mir vorhin auch erst gebeichtet, was der Typ seiner Frau alles angetan hat. Ich erspare dir lieber die Details, aber glaube mir, es waren wirklich schlimme Dinge dabei. Sie hat mir heute erst davon erzählt, weil sie befürchtet hatte, dass ich den Kerl sonst zusammenschlagen würde. Weißt du, er hat meine Sarinya gelegentlich nach Hause gefahren, wenn ich sie nicht selbst von den Vereinstreffen abholen konnte. Wenn ich nur daran denke, zu was für einem Schwein sie immer ins Auto steigen musste, wird mir ganz schlecht.« Willm verzog angewidert das Gesicht.

»Okay, das hilft mir tatsächlich ein wenig. Ich würde jetzt trotzdem gerne auf mein Zimmer gehen. Ich möchte ein wenig alleine sein. Ist das okay?«, fragte Hedda.

»Aber natürlich! Ruf uns einfach, wenn du etwas brauchst!« Willm schaute seine Nichte besorgt an.

»Mach ich!«, versprach Hedda und verdrückte sich schnell in ihr Zimmer.

*

Als Willm und seine Kollegen die erste Pause einlegten, war es bereits 23 Uhr. Sie saßen an dem kleinen Tisch in ihrem Bauwagen und keiner sprach ein Wort. Das gemeinsame Geheimnis stand wie eine unsichtbare Mauer zwischen ihnen.

»Habt ihr von dem Mord in Neermoor gehört?«, fragte Willm, um endlich das eisige Schweigen zu durchbrechen.

Brad, ein fünfunddreißigjähriger Amerikaner, lebte mit seiner deutschen Frau in Oldersum. Als er mit Anfang 20 als US-Soldat in Deutschland stationiert gewesen war, hatten sie sich bei einem Konzertbesuch kennengelernt. Kobe, ein achtundzwanzigjähriger Hilfsarbeiter aus Nigeria, lebte bereits seit neun Jahren in Leer. In

Nigeria hatten er und seine Familie bei einem deutschen Farmer gelebt und gearbeitet, weshalb er hervorragend deutsch sprach.

Die drei Männer waren optisch wie charakterlich sehr unterschiedlich. Trotzdem verstanden sie sich erstaunlich gut. Sie waren vor eineinhalb Jahren von ihrem Chef in dieser Konstellation zusammengewürfelt worden und arbeiteten seitdem als Team auf den diversen Baustellen. Besonders zu Kobe hatte Willm ein fast schon freundschaftliches Verhältnis entwickelt. Der junge Nigerianer war schon ein paarmal bei ihm zu Hause gewesen, um mit Sarinya und ihm zu grillen.

Brad, der gerade von seinem Salami-Brötchen abgebissen hatte, nickte nur zustimmend und kaute dann weiter. Kobe hielt zwar ebenfalls ein Sandwich in der Hand, hatte aber, im Gegensatz zu Brad, noch kein einziges Mal davon abgebissen. Dennoch heftete er seinen Blick schon die ganze Pause über permanent auf die Tischplatte.

»Dem Typ hat man gestern während unserer Schicht die Kehle durchgeschnitten. Aber das habt ihr ja bestimmt schon aus den Medien erfahren. Ich habe aber außerdem noch gehört, dass ihm der Mörder den Schwanz abgetrennt und anschließend in seine Hemdtasche gesteckt haben soll.« Willm machte ein schmerzverzerrtes Gesicht. Alleine der Gedanke daran verursachte ihm körperliche Schmerzen. »Meine Frau kannte das Opfer aus dem Kulturverein. Also, wenn ihr mich fragt, war das bestimmt eine seiner Geliebten.«

Brad machte ein grunzendes Geräusch. Er hatte immer noch den Mund voll, schaute aber mittlerweile wenigstens zu Willm auf. Kobe hingegen schien geistig überhaupt nicht anwesend zu sein. Er starrte immer noch auf das Sandwich in seinen Händen, machte aber keinerlei Anstalten, es überhaupt essen zu wollen.

»Nun kommt schon, Jungs!« Willm knallte mit der flachen Hand so doll auf den Tisch, dass das Geschirr klapperte. »Wollt ihr eure Schweigegelübde etwa noch die ganze Woche durchhalten?«

Jetzt schaute auch endlich Kobe zu ihm auf. Er kniff die Augen zusammen und legte seinen Kopf leicht schief. »Du hattest doch den Vorschlag gemacht, dass wir über "die Sache"...« Er deutete mit seinen Fingern ein paar Gänsefüßchen an. »...bis zum nächsten Wochenende nicht mehr sprechen sollen.«

»Ich habe gesagt, wir sollten, jeder für sich, in Ruhe über das nachdenken, was uns da vorgestern passiert ist. Aber das bedeutet doch nicht, dass wir jetzt überhaupt nicht mehr miteinander reden können. Ich bin mir sicher, dass wir gemeinsam eine Lösung für unser Problem finden werden. Aber lasst uns doch solange einfach so tun, als wäre überhaupt nichts passiert«, schlug Willm vor.

»Du hast ja recht«, gab Brad zu. »Aber wir haben da wirklich eine schwerwiegende Entscheidung zu treffen. Und so gegensätzlich, wie unsere Positionen vorgestern noch waren, bin ich mir nicht ganz so sicher, ob wir in der kurzen Zeit tatsächlich einen gemeinsamen Nenner finden werden.«

»Ich habe ja immerhin schon einen Kompromiss vorgeschlagen, aber darauf wolltest du dich ja überhaupt nicht einlassen.« Kobe war von seinem Stuhl aufgesprungen, stützte sich auf den Tisch auf und beugte sich zu Willm herüber.

»Ich habe euch doch versprochen, dass auch ich alle Optionen sorgsam überdenken werde. Ich werde nichts von vornherein ausschließen. Dass ich das am Mittwoch so vehement getan habe, war nicht richtig von mir.« Willm holte tief Luft. »Aber du hast uns doch auch gleich klargemacht, dass es für dich nur die eine Lösung gibt«, konterte er schließlich.

Jetzt war auch er von seinem Stuhl aufgesprungen. Wie zwei Boxer während der finalen Pressekonferenz standen sich die beiden jetzt gegenüber. Es war nur eine Frage der Zeit, wann der Erste von ihnen seine Beherrschung verlieren würde.

Auch Brad sprang jetzt von seinem Stuhl auf. Er hatte von vornherein die neutralste Einstellung zu ihrem gemeinsamen Problem gehabt und konnte daher beide Seiten durchaus verstehen. Er legte den Kontrahenten jeweils seine flache Hand vor den Brustkorb und schob sie behutsam ein wenig auseinander. »Was haltet ihr davon, wenn wir erst einmal diese Schicht hinter uns bringen. Morgen ist endlich Wochenende. Vielleicht können wir bei unserem nächsten Zusammentreffen schon wieder etwas entspannter miteinander umgehen.«

5. Kapitel

Samstag, 15. Juli 2017

An der Knock

Dieses Mal erwachte Hedda erst am späten Vormittag. Hinter ihr lag eine unruhige und viel zu kurze Nacht. Sie war erst weit nach Mitternacht eingeschlafen. Vorher hatten sie die blutigen Leichenbilder, die sich in ihr Gedächtnis gebrannt hatten, einfach nicht zur Ruhe kommen lassen. Und auch in der Nacht waren sie in Form düsterer Albträume immer wieder zu ihr zurückgekehrt und hatten sie schweißgebadet aus dem Schlaf gerissen.

Jetzt saß sie am Frühstückstisch und kaute lustlos auf einem Toastbrot mit Marmelade herum, das Sarinya ihr geschmiert hatte. Ihre Tante hatte sich zwar zu ihr an den Tisch gesetzt, sprach aber kaum ein Wort mit ihr.

Wahrscheinlich weiß sie nicht, was sie zu mir sagen soll? Irgendwie haben wir wohl alle wenig Erfahrung mit dem Auffinden von grausam hingerichteten Mordopfern, dachte Hedda.

Ihr Onkel lag nach seiner Nachtschicht noch im Bett und schlief. Hedda schaute immer wieder auf die Uhr und lauschte in den Flur. Sie hoffte sehr, dass er bald aufstehen und sich zu ihnen gesellen würde. Irgendwie fühlte sie sich unwohl, wenn sie so ganz alleine mit Sarinya zusammen war. Sie wollte aber auch nicht unhöflich sein und den Tisch gleich wieder verlassen. Schließlich merkte auch sie, dass ihre junge Tante sich alle Mühe gab, um ein gutes Verhältnis zu ihr aufzubauen.

Vielleicht sollte ich einfach versuchen, ein Gespräch mit ihr zu beginnen?

»Wie geht es deiner Freundin?«

Sarinya schaute sie einen Moment lang unsicher an. Dann machte sie plötzlich einen Gesichtsausdruck, als wäre ihr gerade die richtige Antwort auf die 50 €-Frage bei *Wer wird Millionär* eingefallen. »Ich noch nicht haben mit ihr gesprochen.«

Der fiese Ehemann ihrer guten Freundin wird brutal ermordet aufgefunden, und sie hat noch nicht mit ihr gesprochen? Und das, wo auch noch ich – ihre Nichte – die Leiche gefunden hat? Hedda dachte darüber nach, wie sie sich wohl an Sarinyas Stelle verhalten hätte.

»Willm will fahren mich heute Nachmittag zu ihr. Dann ich kann vielleicht sprechen mit ihr«, fügte Sarinya noch schnell hinzu. Sie schien bemerkt zu haben, dass ihre erste Aussage Hedda irritiert hatte.

»Okay, dann bin ich heute Nachmittag alleine zu Hause?«, fragte Hedda.

Sarinya schüttelte verneinend den Kopf. »Du willst mitkommen?«

»Bloß nicht!«, entgegnete Hedda sofort und fuchtelte dabei wild mit ihren Händen, damit ihre Tante die Aussage nicht fehlinterpretieren konnte. »Ich habe nur gerade überlegt, was ich heute noch anstellen könnte.«

»Anstellen?« Sarinya zog die Augenbrauen hoch und neigte dabei den Kopf leicht zur Seite.

»Ich meinte, was ich heute noch unternehmen soll«, formulierte Hedda ihre Aussage neu, sodass auch Sarinya sie verstehen konnte.

»Ahhh!« Der Groschen war gefallen. »Wetter wieder soll werden gut. Du könntest legen dich an See«, schlug Sarinya ihr vor. »Oder du könntest anrufen netten Polizist«. Sie lächelte vielsagend.

Hedda fragte sich, ob ihr Verhalten gegenüber Enno so offensichtlich gewesen war, dass sogar ihre Tante bereits bemerkt hatte, dass sie sich für ihn interessierte.

»Nein, am See war ich erst vorgestern. Ich glaube, ich fahre heute Nachmittag zur Knock. Als Kind bin ich immer sehr gerne dort gewesen. Ein Spaziergang am Wasser wird mich sicherlich auf andere Gedanken bringen. Kann ich mir vielleicht dein Auto leihen?«

Hedda vermied bewusst eine Aussage zu Enno. Sie wollte nicht, dass er noch zum Thema innerfamiliärer Spekulationen wurde. Sie wollte nicht, dass *er* überhaupt ein Thema für *sie* wurde.

»Willm fahren mich mit sein Auto. Du kannst haben meins.«

»Danke«, sagte Hedda und biss nachdenklich in ihren Toast.

*

Als Knock bezeichnen die Ostfriesen eine südwestliche Landecke in der Krummhörn. Sie liegt etwa fünfzehn Kilometer westlich von Emden. Neben dem Siel, einem modernen Radarturm und dem

Schöpfwerk gibt es hier unter anderem auch einen Campingplatz. Die langen Deiche in Kombination mit der nahezu völligen Abgeschiedenheit laden besonders an den Wochenenden Einheimische und Touristen zum Spazierengehen ein. An einem kleinen Sandstrand kann man entspannen, baden oder einfach nur die Sonne genießen. Die frische Luft, die Abgeschiedenheit und die Bewegung taten Hedda so gut, dass sie für eine längere Zeit nicht mehr an das Mordopfer denken musste.

Es war Samstag und die Sonne lachte vom Himmel. Dementsprechend wimmelte es an der Knock nur so von Leuten. In ihrem Rucksack hatte Hedda ihren Laptop, ein Buch und ein großes Handtuch verstaut. Ihr standen also alle Möglichkeiten offen. Sie konnte sich sowohl auf die grüne Wiese legen und ihr Buch weiterlesen als auch ihren Laptop aufklappen und an ihrem Roman arbeiten. Auch die Vorstellung einfach nur dazusitzen, auf das Wasser zu schauen und die vorbeiziehenden Leute zu beobachten, stellte für sie eine reizvolle Alternative dar.

In der Nähe entdeckte sie einen kleinen mobilen Verkaufsstand, an dem die Leute sich mit Eis versorgen konnten. Hedda beschloss, sich auch erst einmal eine kühle Erfrischung zu gönnen. Danach wollte sie entscheiden, womit sie den weiteren Nachmittag verbringen wollte.

Sie stellte sich in der langen Schlange an, die sich vor dem Stand bereits gebildet hatte. Vor ihr standen so viele Leute, dass sie noch nicht einmal erkennen konnte, welche Eissorten angeboten wurden. Also nutzte sie die Zeit und begutachtete die Sommeroutfits der anderen Wartenden. Sie wunderte sich immer wieder, wie unvorteilhaft sich manche Leute kleideten, ohne auch nur zu ahnen, wie bescheuert sie dadurch aussahen.

Relativ weit vorne in der Schlange entdeckte sie einen Mann, der so aussah, wie sie einen klassischen deutschen Mallorca-Urlauber beschreiben würde. Seinen dicken Bierbauch versteckte er unter einem weißen Hemd, das er wiederum in eine viel zu eng sitzende, kurze Hose gestopft hatte. An seinen Füßen, die er trotz der heißen Temperaturen in weiße Tennissocken gezwungen hatte, trug er ein Paar sandfarbene Sandalen.

Nachdem er seine Bestellung entgegengenommen hatte, drehte er sich um und ging an der Schlange der Wartenden vorbei. Dabei schleckte er so ungeschickt an seinem Eis, dass die oberste Kugel hinunterfiel und auf seinem Hemd landete. Das Erdbeereis hinterließ einen großen, roten Fleck oberhalb der Brusttasche. Der Anblick erinnerte Hedda sofort wieder an die Leiche, die sie gestern gefunden hatte.

Vielleicht könnte ich diese Erfahrung ja irgendwie in meinem Roman verwenden, kam es ihr spontan in den Sinn.

Sie dachte an die blutüberströmte Leiche, die durchtrennte Kehle und das abgetrennte Genital in der Brusttasche des Mannes. Dann fiel ihr der Gummiring wieder ein, den das Opfer an seinem Ringfinger getragen hatte.

Eine gehörnte Ehefrau, die sich an allen untreuen Ehemännern der Stadt rächen will und als Symbol ihrer Rache einen Gummiring an den Ringfingern ihrer Opfer hinterlässt. Daraus müsste sich doch etwas machen lassen!

Spontan scherte sie aus der Reihe der Wartenden aus und suchte sich einen gemütlichen Platz abseits der übrigen Besucher, an dem sie ihre Picknickdecke ausbreiten konnte. Nachdem sie sich auf die weiche Decke gesetzt hatte, holte sie ihren Laptop aus der Tasche und legte ihn auf ihren Oberschenkeln ab. Während das Gerät hochfuhr, ließ sie ihren Blick wandern. An dem Radarturm, der wie ein Leuchtturm alles andere überragte, blieb er schließlich haften.

Ein Leuchtturm in der Brandung, das war Jan auch einmal für sie gewesen. Sie hatte geglaubt, dass sie sich immer auf ihn verlassen könnte. Sie war sich sicher gewesen, dass er immer für sie da sein würde. Aber gerade jetzt, wo sie so einen *Leuchtturm* in ihrem Leben besonders dringend brauchte, war sie vollkommen allein.

Als sie ein älteres Ehepaar in ihre Richtung kommen sah, wischte sie sich schnell die Träne weg, die sich gerade in ihrem Augenwinkel gebildet hatte. Im selben Moment klingelte ihr Smartphone. Hektisch kramte sie das Handy aus ihrer Handtasche. Bevor sie das Gespräch annahm, schaute sie kurz auf das Display.

Enno! Was will der denn von mir?

Sie hatte seine Nummer gleich in ihr Handy eingespeichert, nachdem er sie ihr gegeben hatte. »Ja?«, fragte sie zögerlich.

»Ich bin es, Enno.«

»Woher hast du meine Nummer?«

»Dein Onkel hat sie mir gegeben.«

Willm! Hedda wusste nicht so recht, ob sie sich über ihren Onkel ärgern oder sich bei ihm bedanken sollte.

»Ich habe heute frei. Und da habe ich mir gedacht, dass ich dir vielleicht ein wenig die Gegend zeigen könnte.« Ennos Stimme klang nervös.

»Du weißt aber schon, dass ich bis vor wenigen Jahren noch in Ostfriesland gelebt habe?«

»Doch, schon, aber ...«, stotterte Enno.

Hedda grinste leise in sich hinein. »Nun gib schon zu, dass du dir Sorgen um mich machst, weil ich gestern eine Leiche gefunden habe. War das Willms Idee, oder bist du von ganz alleine darauf gekommen?«

»Dein Onkel hat wirklich nichts damit zu tun«, erklärte sich Enno sofort. »Ich habe mir nur gedacht, dass du vielleicht jemanden zum Reden brauchen könntest, der mit solchen Sachen etwas mehr Erfahrung hat.«

»Besonders erfahren hast du aber nicht gerade ausgesehen, als du versucht hast, dein Frühstück wiederzukäuen.« Hedda ärgerte sich sofort über ihre unbedachte Äußerung. Sie sprach oft, bevor sie sich über die Wirkung ihrer Worte Gedanken gemacht hatte. »Sorry, so war das nicht gemeint!«, schob sie daher gleich eine ernstgemeinte Entschuldigung hinterher.

Enno schwieg für einige Sekunden. »Schon gut, den Spruch hätte ich mir auch nicht verkneifen können«, antwortete er nach einer gefühlten Ewigkeit. Er schien aber überhaupt nicht böse zu sein. »Also, wollen wir jetzt etwas zusammen unternehmen oder nicht?«

Jetzt ließ Hedda ein paar Sekunden verstreichen, ehe sie ihm eine Antwort gab. Nicht, weil sie über ihre Entscheidung nachdenken musste, sondern einfach nur, um ihn ein wenig zappeln zu lassen. »Ich habe noch nichts anderes vor. Was hältst du von Kino?«

»Wenn wir noch ein gemeinsames Essen dranhängen, bin ich einverstanden!«

»Du bist aber hartnäckig.« Hedda lachte. »Okay, abgemacht! Holst du mich um 18:00 Uhr bei meinem Onkel ab?«

»Alles klar, ich werde da sein. Bis später!«

»Bis später!« Hedda beendete das Telefonat und steckte zufrieden lächelnd das Handy zurück in ihre Handtasche. Sie schaute auf ihre Armbanduhr. Ihre neue Verabredung machte eine Änderung ihres ursprünglichen Plans notwendig. Sie klappte ihren Laptop zu und verstaute ihn wieder in ihrer Tasche. Als sie den Parkplatz fast schon erreicht hatte, klingelte ihr Handy erneut.

Das ist bestimmt nochmal Enno. Ob er noch etwas vergessen hat?

»Na, hast du doch keine Lust mehr?«

»Kein weiteres Wort zu den Bullen! Der Typ war nur der Erste, und wenn du nicht die Klappe hältst, bist du die Nächste!« Die männliche Stimme des Anrufers klang merkwürdig verzerrt und sehr bedrohlich. Hedda hatte keinen Zweifel daran, dass er es ernst meinte.

*

Hedda hatte ihr Handy mehrfach kontrolliert, aber bei dem Drohanruf war keine Rufnummer übertragen worden.

Was soll ich denn jetzt machen?

Den ganzen Nachhauseweg über hatte sie über dieser Frage gegrübelt. Sollte sie die Polizei anrufen? Sollte sie mit ihrem Onkel darüber sprechen? Oder war vielleicht Enno der richtige Ansprechpartner? Eines wusste sie aber zu diesem Zeitpunkt schon ganz genau: Sie würde nicht denselben Fehler machen, wie diese dummen Blondinen in den Filmen. Sie würde auf jeden Fall mit jemandem darüber sprechen. Sie musste nur noch entscheiden mit wem.

Als Hedda die Haustür aufschloss, bemerkte sie, dass Willm und Sarinya noch nicht wieder zu Hause waren.

Wahrscheinlich sind sie noch immer bei Sarinyas Freundin, dachte sie enttäuscht. Sie hätte sich sicherer gefühlt, wenn sie nicht alleine in dem großen Haus hätte sein müssen.

Sie zog ihre Turnschuhe aus und ging hinauf in ihr Zimmer. Nachdem sie sich aufs Bett fallen gelassen hatte, dachte sie erneut darüber nach, wer der anonyme Anrufer gewesen sein konnte, warum er ihr gedroht hatte und wie er an ihre Nummer gekommen war.

Ob es der Mörder gewesen ist? Aber wenn er es war, warum empfindet er mich dann als Bedrohung? Könnte ich etwas gesehen haben, was ihn belasten könnte? Habe ich vielleicht etwas übersehen?

Hedda versuchte, sich die Bilder des Mordopfers ins Gedächtnis zu rufen.

Aber alles, was ich gesehen habe, hat doch auch die Polizei gesehen. Warum also dieser Anruf? Was könnte ich schon erzählen, was die Beamten nicht auch selbst gesehen haben?

Plötzlich vernahm sie Geräusche aus dem Erdgeschoss. Hektisch sprang sie von der Matratze auf und näherte sich der Zimmertür. Irgendjemand machte sich an der Haustür zu schaffen. Angespannt hielt sie den Atem an. Ob der Anrufer auch wusste, wo sie wohnte? Warum hatte sie sich vorher noch keine Gedanken darüber gemacht?

Hedda hörte eine tiefe, männliche Stimme sprechen. Sie konnte nicht genau verstehen, was sie sagte, aber es war auf keinen Fall ihr Onkel! *So eine Scheiße,* fluchte sie innerlich und suchte ihr Zimmer gleichzeitig nach einer geeigneten Waffe oder einem guten Versteck ab.

Schritte hallten durch den Flur nach oben. Irgendwer bewegte sich im Erdgeschoss. Ob die auf der Suche nach ihr waren? Eine weibliche Stimme schrie hysterisch auf: »Du bist doch selber schuld! Du hast doch nur die Kontrolle verloren, weil du es nicht lassen kannst, den jungen Dingern nachzustellen!«

Heddas Herz schlug jetzt noch schneller. Ob einer der beiden der Mörder war? Gebannt hielt sie die Luft an.

»Ihre Räder habe ich jetzt in meinem Kofferraum verstaut. Hat meine Frau Sie noch nicht verarztet?«

Erleichtert atmete Hedda wieder aus. Es war unverkennbar die Stimme ihres Onkels. Sie ließ sich am Türrahmen entlang auf den Boden gleiten. Möglichst geräuschlos versuchte sie, die angestaute Luft wieder aus ihren Lungen entweichen zu lassen. Während sich ihr Herzschlag langsam wieder normalisierte, belauschte sie das weitere Gespräch.

»Ich habe Pflaster«, sagte Sarinya. Sie war es also, die durch das Erdgeschoss gelaufen war. Sie wollte nur etwas aus dem Medikamentenschrank holen. »Bitte halten still!«

»Ahrg!«, schrie der fremde Mann schmerzverzerrt auf.

»Nun stell dich bloß nicht so an! Wenn du den jungen Dingern nicht hinterhergeschaut hättest, wärst du mit Sicherheit auch nicht gestürzt. An dem blutigen Knie und dem verbeulten Vorderrad bist du ganz alleine schuld!« Die Stimme der fremden Frau klang weiterhin unversöhnlich.

»Nun seien Sie mal nicht so streng mit Ihrem Mann«, versuchte Willm zu vermitteln. »Wir Männer schauen halt gerne einmal, essen dann aber doch immer zu Hause«, scherzte er.

»Das glaube ich Ihnen sofort!« Die Antwort der Frau klang verachtend. Hedda konnte förmlich sehen, wie sie dabei Sarinya mit einem abschätzigen Seitenblick bedachte. Sie fragte sich, ob ihr Onkel wohl darunter litt, wenn sich die Leute über seine Ehe mit einer deutlich jüngeren Asiatin das Maul zerrissen.

»Wenn Sie dann so weit sind, fahre ich Sie schnell nach Hause. Bis nach Timmel ist es ja noch ein kleines Stückchen.« Seine Stimme klang so, als habe ihm die Bemerkung nichts ausgemacht. Aber Hedda kannte ihren Onkel gut genug, um zu ahnen, dass ihn die Worte doch getroffen haben mussten.

Während Willm mit den beiden Radfahrern zu seinem Auto ging, krabbelte Hedda zurück in ihr Zimmer und drückte die Tür zu. Sie hatte keine Lust, sich mit Sarinya zu unterhalten. Sie wollte lieber warten, bis Willm wieder zurückgekommen war.

Das Läuten der Türklingel ließ sie erneut zusammenfahren.

Was ist nur los mit mir, ich bin doch sonst nicht so schreckhaft.

»Hedda, Besuch für dich!«, schrie Sarinya von unten die Treppe hinauf.

Erschrocken schaute Hedda auf die Uhr. *18:00 Uhr. Ich habe komplett die Zeit vergessen.* »Komme gleich!«, schrie sie zurück, sprang auf die Beine und stellte sich vor die Spiegeltür ihres Kleiderschrankes. Eilig legte sie ein wenig dezente Schminke auf und tupfte sich ein paar Tropfen Parfüm hinter die Ohrläppchen. *Das muss reichen! Schließlich ist das ja kein Date*, redete sie sich selbst ein und eilte die Treppe hinunter.

*

Nachdem Enno seinen Wagen im Parkhaus abgestellt hatte, waren sie gemeinsam zunächst durch die Fußgängerzone von Leer und danach durch die wunderschöne Altstadt mit ihren urigen Geschäften gelaufen. Enno hatte für sie beide einen Tisch im Restaurant *Zur Waage* reserviert.

Anfänglich hatte Hedda sich ein wenig gewundert, dass Enno für ihr erstes gemeinsames Essen gleich ein so hochwertiges Restaurant ausgesucht hatte. Sie hätte mit einem Besuch beim

Italiener oder Chinesen gerechnet. Mittlerweile freute sie sich aber richtig auf ein Abendessen im ostfriesischen Ambiente.

Das historische Gebäude, in dem das Restaurant untergebracht ist, liegt direkt gegenüber dem alten Rathaus. Die abendlichen Temperaturen waren immer noch so angenehm warm, dass sie ohne Jacke auf der schönen Terrasse sitzen konnten. Der Blick auf den Hafen mit seinen traditionellen Segelschiffen war atemberaubend. Vor dem Essen gönnten sich beide einen *Cappuccino von der Nordseekrabbe.* Das Restaurant war berühmt für seine Fischspezialitäten. Als Hauptspeise wählten sie die *Fangfrische Kutterscholle.*

Den gleichen Geschmack scheinen wir ja schon mal zu haben, dachte Hedda. Sie hatte bei der Vorspeise und dem Hauptgericht extra Enno zuerst wählen lassen. Dass er sich für die gleichen Speisen entschieden hatte wie sie, deutete sie als weiteres gutes Zeichen.

Während er sichtlich bemüht war, das Gespräch am Laufen zu halten, war Hedda gedanklich immer noch mit dem Anruf vom Nachmittag beschäftigt.

»Ist alles okay mit dir?«, fragte Enno, dem ihre Abwesenheit natürlich nicht entgangen war.

»Ja, wieso?« Hedda war sich immer noch nicht sicher, ob sie mit ihm über den Vorfall sprechen sollte. *Kein Wort zu den Bullen,* ging es ihr immer wieder durch den Kopf.

»Ich bin vielleicht ein Mann, aber ich bin trotzdem nicht ganz blöd. Ich merke doch, dass du gedanklich gerade ganz woanders bist.«

Schuldbewusst versuchte Hedda sich in einem entschuldigenden Lächeln. »Tut mir leid.«

»Ist es wegen der Leiche?« Enno wollte das Gespräch eigentlich nicht selbst auf das unangenehme Thema lenken. Er hatte zunächst abwarten wollen, ob Hedda es von allein zur Sprache bringen würde. Nun entschied er sich aber doch für einen Strategiewechsel.

»Ja, nein, also... nicht direkt!«, druckste Hedda herum.

»Nun aber raus mit der Sprache! Oder muss ich dich erst aufs Revier vorladen lassen?«

Hedda fasste sich ein Herz und erzählte ihm von dem Drohanruf. Nachdem sie ihren Bericht beendet hatte, schaute sie Enno erwartungsvoll an. »Und? Was hältst du davon?«

Enno legte seine Stirn in Falten. »Ich verstehe das auch nicht. Wir haben doch alles gesehen, was du gesehen hast. Warum dann dieser Einschüchterungsversuch?«

Hedda zuckte mit den Schultern.

Enno nahm einen Schluck von seinem Wasser. »Und du sagst, es war definitiv eine männliche Stimme?«

Hedda wackelte unsicher mit dem Kopf hin und her. »Ich bin mir ziemlich sicher. Die Stimme war auf jeden Fall sehr tief. Es könnte aber natürlich auch eine Kettenraucherin gewesen sein. Die klingen ja manchmal auch sehr männlich.«

Enno rieb sich mit der Hand über sein Kinn. »Bisher sah alles nach einer reinen Beziehungstat aus«, sprach er seine Gedanken leise aus.

»Aber könnte das Opfer nicht vielleicht auch eine heimliche Beziehung mit einem Mann gehabt haben?« Heddas kriminalistischer Spürsinn war geweckt.

»Wir haben das Umfeld des Opfers überprüft. Er war verheiratet, schien es mit der Treue aber nicht allzu genau genommen zu haben. Seine Frau hat uns erzählt, dass ihr Mann sie bereits ein paarmal betrogen habe. Außerdem haben wir seine Kreditkartenabrechnungen überprüft und regelmäßige Abbuchungen von einem Bordell aus Aurich gefunden. Meine Kollegen waren bereits zur Befragung dort. Er hatte sich in dem Etablissement ausschließlich mit einer einzigen Dame vergnügt.«

»Und, ist sie zufällig Kettenraucherin?«, fragte Hedda gespannt.

»Nein, es ist eine zierliche Asiatin. Generell schien er nur auf Frauen aus seinem Kulturkreis zu stehen. Zumindest sind alle seine Sexualpartnerinnen, von denen wir bisher wissen, von entsprechender Herkunft.«

»Dann war es sicher einer der Ehemänner. Er hat von dem Seitensprung seiner Frau erfahren und wollte sich dann an ihm rächen.«

»Alle Affären des Opfers waren unverheiratet.« Nachdenklich schüttelte Enno den Kopf. »Außerdem hat die Spurensicherung auf dem Beifahrersitz ausschließlich lange, pechschwarze Haare gefunden.«

»Bestimmt von seiner Frau!«, schlussfolgerte Hedda.

»Nein, die hat sich schon vor Jahren für einen Kurzhaarschnitt entschieden.«

»Kommt sie denn nicht trotzdem als Täterin in Betracht? Vielleicht konnte sie die ständige Untreue ihres Mannes irgendwann einfach nicht mehr ertragen?«

»Sie hat für die Tatzeit ein Alibi. Sie hat ausgesagt, dass ihr Mann kurz vor Mitternacht die Wohnung verlassen habe, um mit dem Auto wegzufahren. Er habe ihr nicht gesagt, wohin er wollte, aber sie war sich ziemlich sicher, dass er sich wieder einmal mit einer anderen Frau treffen würde. Daraufhin hat sie ihre Schwester in Köln angerufen. Die beiden Frauen haben nachweislich über drei Stunden miteinander telefoniert. Der Zeitpunkt des Todes lag aber zwischen 00:00 und 2:00 Uhr.«

Hedda nippte nachdenklich an ihrem Wasser. Sie war froh, dass sie Enno von dem Anruf erzählt hatte. Zum einen fühlte sie sich gleich deutlich sicherer, zum anderen lenkte sie die Suche nach dem potentiellen Mörder von ihren eigenen Ängsten ab.

»Wir könnten herausfinden, wer dich angerufen hat«, sagte Enno. Er hatte zuvor ebenfalls in Gedanken versunken an seinem Wasser genippt.

»Aber die Rufnummer wurde doch nicht übertragen«, gab Hedda zu bedenken.

»Ich glaube, das müssten wir trotzdem herausbekommen. Ich kläre das gleich morgen, wenn ich im Dienst bin. Vielleicht sind wir dem Killer schon ganz dicht auf der Spur.« Ennos Stimme klang jetzt fast schon euphorisch. Seine Augen leuchteten wie die eines kleinen Jungen, der gerade sein erstes ferngesteuertes Auto geschenkt bekommen hat.

6. Kapitel

Samstag, 15. Juli 2017

Tödliches Bad

Amaru hob seinen Arm empor und richtete das spärliche Licht seiner Stirnlampe auf seine Armbanduhr. Dann aktivierte er den Countdown und lief los. Er hatte nur noch einen knappen Monat Zeit, um sich noch besser in Form zu bringen, als er es ohnehin schon war. Er war schon immer ein durchtrainierter, gutaussehender Mann gewesen. Mit seiner beeindruckenden Körpergröße von 1,90 Metern, seiner dunkelbraunen Haut und seinem strahlenden Lächeln hatte er großen Erfolg bei den hiesigen Ehefrauen, auf die zu Hause meist nur ein bierbäuchiger, blasser Langweiler wartete.

Amaru war noch nie auf der Suche nach einer festen Beziehung gewesen. Er suchte die Abwechslung, die Herausforderung, den Erfolg. Und seinem großen Erfolg bei den Frauen sollte nun endlich einmal wieder ein neuer sportlicher Triumph folgen. Sein letzter Marathon lag bereits drei Jahre zurück. Doch einfach nur zu laufen war ihm danach nicht mehr genug Herausforderung gewesen. Darum sollte es bei diesem Mal ein Triathlon werden. Das Laufen lag ihm als Afrikaner schließlich im Blut. Aber zusätzlich auch noch Rad zu fahren und zu schwimmen, das war schon eine echte Herausforderung. Zumal er, als er mit dem Training begonnen hatte, wie viele seiner Landsleute noch überhaupt nicht schwimmen konnte.

Aber das hatte Amaru nicht aufhalten können. Im Gegenteil. Es hatte ihn sogar noch mehr angespornt. Zunächst war es ein komisches Gefühl gewesen, ausschließlich mit Kindern im Vorschulalter in den Schwimmkurs zu gehen. Aber spätestens als er zum ersten Mal die Leiterin des Schwimmkurses gesehen hatte, war ihm dieser Umstand vollkommen egal gewesen. Er hatte nicht lange gebraucht, bis er die verheiratete Frau mit seinem Charme um den Finger gewickelt hatte. Danach hatte er mit ihr ein ganz neues Arrangement getroffen: Sie hatte ihm privaten Schwimmunterricht gegeben und er hatte sie dafür mit multiplen Orgasmen bezahlt, von denen sie zuvor allenfalls etwas in ihren erotischen Romanen gelesen hatte.

Heute, drei Jahre später, schwamm er bereits passabel genug, um beim *NordseeMan 2017* in Wilhelmshaven teilnehmen zu können. Zwar würde die Schwimmstrecke für ihn immer noch der schwierigste Part des Triathlons werden, aber den Rückstand, den er hier einkalkulieren musste, würde er spätestens auf der Laufstrecke wieder aufholen.

Amaru war schon immer ein Nachtmensch gewesen. Dies war auch einer der Gründe, warum sein zuständiger Sachbearbeiter beim Arbeitsamt ihn erst kürzlich wieder als unvermittelbar bezeichnet hatte. Er liebte es einfach, lange zu schlafen, und brauchte in der Regel Stunden, um aus dem Bett zu kommen. Seine bisherigen Arbeitgeber hatten dafür allerdings kein Verständnis aufbringen können, sodass er nie eine Probezeit überstanden hatte. Amaru störte das jedoch nicht. Er brauchte nicht viel zum Leben. Er hatte ein Dach über dem Kopf und einen gut gefüllten Kühlschrank. Und wenn er mal etwas Luxus brauchte, spielte er einfach für ein paar Wochen den Toyboy einer älteren, gutbetuchten Dame, die ihm hinterher seine Wünsche erfüllen musste, wenn sie verhindern wollte, dass die heimlich aufgenommenen Sexvideos bei ihrem beruflich erfolgreichen Ehemann auf dem Schreibtisch landeten.

Amaru trainierte gerne, wenn die Sonne längst untergegangen war. Denn das war die Zeit, in der sein Körper vor Kraft nur so strotzte. Es machte ihm auch nichts aus, in stockdunkler Nacht seine Trainingsrunden zu drehen. Um diese Zeit war er wenigstens vollkommen ungestört. Da er schon sehr lange in der Gemeinde Moormerland wohnte, gab es hier einfach schon zu viele gehörnte Ehemänner, denen er nicht unbedingt bei Tageslicht über den Weg laufen musste.

Als er den ersten Part seiner Laufrunde fast beendet hatte, sah er plötzlich einen Schatten aus der Dunkelheit auf ihn zustürzen. Erschrocken blieb Amaru stehen, machte zwei Schritte rückwärts und richtete den Lichtstrahl seiner Stirnlampe auf die Person, die ihm vom Nermoorer Badesee aus entgegengelaufen kam. Als er erkannte, dass es sich nur um eine zierliche Frau handelte, löste sich seine Anspannung sofort wieder.

Die junge Frau, die perfekt in Amarus Beuteschema passte, war vollkommen aufgelöst. Mit fuchtelnden Armbewegungen erklärte sie ihm, dass ihr Bruder von seinen Freunden zu einer Mutprobe überredet worden war. Obwohl er nicht schwimmen konnte, war er mit einer Luftmatratze zu der künstlichen Badeinsel gepaddelt, die sich mitten auf dem See befand. Seine vermeintlichen Freunde hatten ihn begleitet, um ihm im Notfall helfen zu können. Zumindest hatten sie das vorgegeben. Doch stattdessen hatten sie ihm, nachdem er die Badeinsel endlich erreicht hatte, die Luftmatratze abgenommen und waren mit höhnischem Gelächter zurück ans Ufer geschwommen. Die junge Frau flehte Amaru an, ihrem Bruder zu helfen. Auch sie hatte angeblich niemals schwimmen gelernt.

Amaru überlegte kurz. Er war zwar ein ganz passabler Schwimmer geworden, aber war er wirklich gut genug, um einen Nichtschwimmer ans rettende Ufer zu schleppen? War das nicht viel zu gefährlich? Sollte er nicht lieber die Polizei oder besser noch die Feuerwehr rufen?

Während er noch nachdachte, schaute ihn die Frau, die ihm gerade einmal bis zur Brust reichte, die ganze Zeit über mit ihren großen traurigen Augen an.

Wenn ich ihren Bruder rette, ist hier später vielleicht sogar noch etwas Matratzen-Sport drin, spekulierte Amaru. Der Gedanke an den hemmungslosen Sex mit dieser attraktiven Lotusblüte ließ ihn alle Gefahren vergessen.

»Okay, ich hole ihn da runter«, sagte er, als wäre es nur eine Kleinigkeit für ihn.

Er ging mit ihr zum Strand hinunter, streifte sich sein T-Shirt vom Oberkörper, entledigte sich seiner Schuhe und der kurzen Sporthose. Als er schließlich nur noch seine Unterhose an hatte, drehte er sich noch einmal zu ihr um. Das Licht seiner Stirnlampe fiel genau auf ihr wunderschönes Gesicht.

»Kannst du das bitte mal halten?«

Amaru löste den Verschluss seiner Armbanduhr und reicht sie ihr. Dann streifte er sein Stirnband ab und setzte es stattdessen ihr auf. Er straffte seinen Oberkörper und spannte seine Muskeln an. Jetzt, da sie ihn im Scheinwerferlicht seiner eigenen Lampe quasi zum ersten Mal richtig sehen konnte, wollte er einen perfekten Eindruck hinterlassen.

»Bis gleich!«, sagte er, lächelte breit und zwinkerte ihr vielsagend zu. Dann drehte er ihr den Rücken zu und watete in das trübe Wasser. Trotz der Hitze der vergangenen Sommertage war es für ihn immer noch viel zu kalt. Für den Triathlon hatte er sich extra einen Neoprenanzug gekauft, den er jetzt schmerzlich vermisste. Doch er wollte sich vor dem Objekt seiner Begierde keine Blöße geben. Darum schritt er weiter zügig voran, bis das Wasser endlich tief genug war, um darin schwimmen zu können.

Glücklicherweise spendete der am Himmel thronende Vollmond genug Licht, damit er sich im Wasser einigermaßen orientieren konnte. Dennoch fühlte er sich sehr unbehaglich. Um ihn herum war alles schwarz. Die Algen, die fast den kompletten Boden des Sees bedeckten, griffen wie die Arme einer Untoten-Armee nach seinen Fußgelenken. Mit kräftigen Schwimmzügen näherte er sich zügig seinem Ziel. Er wollte das Ganze so schnell wie möglich hinter sich bringen. Schon bald konnte er die Umrisse der Badeinsel erkennen. Die Person, die sich darauf befand, hatte ihm den Rücken zugedreht.

Von wegen Bruder, dachte Amaru und ärgerte sich über seine eigene Naivität. *Wenn das ihr Bruder ist, dann ist der Papst mein Vater.*

»Hey!«, rief er ihm zu, als ihn nur noch ein Meter von der Badeinsel trennte.

Der Mann auf der Badeinsel reagierte nicht.

»Hey, bist du taub? Deine Freundin hat mich geschickt, um dich zu retten!« Amarus Verärgerung nahm weiter zu. Zunächst hatte ihn die hübsche Frau unter Vorspiegelung falscher Tatsachen in den viel zu kalten See getrieben und jetzt reagierte dieser Penner nicht einmal. Er klammerte sich am Rand der Badeinsel fest.

»Jetzt hör mir mal zu, Bruder«, sagte Amaru wütend. »Wenn ich gewusst hätte, dass du in Wirklichkeit ihr Freund bist, wäre ich bestimmt nicht für dich in dieses arschkalte Wasser gestiegen. Du kannst dich also bei deiner Freundin bedanken, dass sie ihre Reize raffiniert genug eingesetzt hat, um mich davon zu überzeugen, dich retten zu wollen. Und jetzt erzähl mir bloß nicht, dass du tatsächlich ihr Bruder bist, sonst drehe ich nämlich gleich wieder um und lass dich hier verrotten!«

Endlich kam Bewegung in den Körper des Mannes. Er schien etwas mit seinen Händen zu sortieren, drehte sich aber immer noch nicht zu ihm um. Amaru glaubte, ein klirrendes Geräusch zu hören.

»Kommst du jetzt, oder soll ich zu deiner Freundin zurückschwimmen und es ihr mal so richtig besorgen?« Amaru schaute sehnsüchtig in Richtung Strand. Er hätte die Kleine wirklich zu gerne flachgelegt.

Plötzlich spürte er, wie der Fremde sein Handgelenk umklammerte. Erschrocken drehte Amaru seinen Kopf zurück.

»Du? Was machst du denn hier?«, fragte er überrascht, nachdem er das Gesicht des vermeintlichen Opfers erkannt hatte. »Du gehst doch regelmäßig tauchen. Da muss man doch auch schwimmen können.«

Doch noch während er versuchte, die Zusammenhänge zu verstehen, legte ihm sein Bekannter einen metallischen Ring um das Handgelenk, der mit einem klickenden Geräusch einrastete.

»Alter, was soll der Scheiß?« Amaru tastete nach der Handschelle und versuchte vergeblich, sie von seinem Handgelenk abzustreifen. Dabei bemerkte er die schwere Eisenkette, die an dem Metallring der Handschelle befestigt war und irgendwo in der Schwärze des Wassers verschwand. »Mach mich sofort ...«, begann er zu schreien.

Doch noch bevor er seine Forderung komplett aussprechen konnte, spürte er einen kräftigen Ruck an seinem Handgelenk. Seine Finger hatten nicht genügend Kraft, um sich weiterhin an der Badeinsel festzuhalten. Der Sog der Kette war einfach zu stark. Sein Kopf wurde unter Wasser gezogen. Mit kräftigen Arm- und Beinbewegungen versuchte er, wieder an die Oberfläche zurückzukehren. Aber die Kombination aus absoluter Dunkelheit und der Schwerelosigkeit des Wassers, ließ ihn vollkommen die Orientierung verlieren. Panik stieg in ihm auf und lähmte seine Gedanken.

Amaru hielt inne. Er versuchte, einen klaren Kopf zu bekommen.

Der Sog der Kette hat nachgelassen. Also muss ich einfach in die entgegengesetzte Richtung schwimmen.

Mit aller Kraft versuchte er, in die entgegengesetzte Richtung zu schwimmen, aber die Kette hielt ihn wie ein Anker. Amaru zog und zerrte an ihr, aber sie gab keinen Zentimeter nach.

Die Kette muss irgendwo am Grund des Sees befestigt sein.
Vielleicht kann ich sie lockern, wenn ich ihrem Verlauf folge?
Amaru spürte, wie seine Sauerstoffreserven zur Neige gingen. Mit letzter Kraft zog er sich an der Kette entlang in die Tiefe. Als er den Boden des Sees erreicht hatte, konnte er eine metallische Öse ertasten, die auf einem großen Block befestigt worden war. Die Öse war aber viel zu klein, als dass sein Handgelenk - geschweige denn sein ganzer Körper - hindurchgepasst hätte. Er packte mit beiden Händen den Block, der sich wie ein großer, eckiger Stein anfühlte, stemmte die Füße in den schlammigen Untergrund des Sees und hob den Block mit letzter Kraft an. Sein Atemreflex war jetzt so stark, dass er ihn kaum mehr unterdrücken konnte. Der Gegenstand war zwar schwer, aber er konnte ihn trotzdem tragen. Er ging in die Hocke und stieß sich mit aller Kraft, die ihm noch zur Verfügung stand, vom Boden ab. Dabei betete er, dass sein Schwung ausreichen würde, um ihn samt dem schweren Gewicht wieder an die Oberfläche zu befördern.

7. Kapitel

Sonntag, 16. Juli 2017

Verdächtigungen

Hinter Hedda lag wieder eine sehr unruhige Nacht. Das Date mit Enno war sehr schön gewesen. Sie hatte sich in seiner Nähe nicht nur sicher, sondern auch unglaublich wohl gefühlt. Er war ein wahrer Gentleman, hatte während ihres gemeinsamen Abends immer wieder Komplimente verteilt, die ihr guttaten, aber nicht aufdringlich wirkten. Hedda hatte zwar gespürt, dass er sich insgeheim mehr von ihr gewünscht hatte, aber sie hatte dennoch kein schlechtes Gewissen gehabt, als sie sich ohne Kuss von ihm verabschiedet hatte. Sie hätte ihn zwar wirklich gerne geküsst, aber sie traute ihren eigenen Gefühlen einfach noch nicht wieder über den Weg. Schließlich hatte sie bei Jan auch geglaubt, alles wäre in Ordnung.

Bei dem Gedanken an ihren Exfreund stieg wieder dieses unerwünschte Verlangen nach einer Zigarette in ihr auf. Sie holte die Packung aus ihrem Geheimversteck und fingerte einen der gesundheitsschädlichen Glimmstängel heraus. Es war noch sehr früh, und Hedda war sich ziemlich sicher, dass ihr Onkel und seine Frau noch schliefen. Aber da war noch etwas anderes, was sie davon abhielt, sich in den Garten zu schleichen und ihrer Sucht nachzugeben. Hedda hatte Angst. Der Drohanruf hatte bei ihr doch mehr Wirkung hinterlassen, als sie es sich eingestehen wollte.

Deshalb entschied sie sich dafür, die Zigarette lieber auf dem Balkon zu rauchen. Sie setzte sich auf die Gartenbank, zog die Beine an und legte ihren Kopf in den Nacken, während sie mit geschlossenen Augen das Nikotin inhalierte und genussvoll in die frische Morgenluft entweichen ließ. Im Garten hinter dem Haus saßen einige Spatzen in den Apfelbäumen und sangen bereits gutgelaunt ihre Lieder.

So früh am Morgen hätte ich auch gerne mal so gute Laune, dachte Hedda und öffnete die Augen, um den kleinen Vögeln dabei zuzusehen, wie sie von einem Ast zum nächsten hopsten.

Plötzlich durchzuckte ein markerschütternder Schrei die beschauliche Stille.

Wer war das?

Hedda hatte nicht gehört, was genau die Person gerufen hatte, aber sie hatte trotzdem verstanden, dass sie dabei große Angst gehabt haben musste.

»HIIIIIIIILFEEEEEEEE!«

Dieses Mal hatte Hedda ganz genau hingehört. Sie sprang auf, drückte ihre Zigarette auf einer der Balkonfliesen aus und versteckte die verräterischen Spuren unter einem Blumentopf. Dann rannte sie in den Flur. Außer ihr hatte vielleicht niemand den verzweifelten Hilferuf gehört. Der Badesee lag abseits der übrigen Ortschaft und außerdem war um diese Uhrzeit sicherlich noch kaum jemand unterwegs. Schließlich war es Sonntag und fast alle Leute würden die Chance nutzen, um einmal richtig auszuschlafen.

Als sie sich gerade ihre Schuhe überstreifen wollte, öffnete sich die Tür des Gästezimmers und Willm trat heraus. Er trug seinen blau-weiß gestreiften Schlafanzug. Da Sarinya am Vorabend mal wieder Migräne gehabt hatte, konnte er die Nacht erneut nicht in seinem Ehebett verbringen. Müde rieb er sich den Schlaf aus den Augen.

»Was ist denn los? Warum polterst du hier so durchs Haus?«, fragte er.

»Hast du den Schrei nicht gehört? Da hat jemand ganz laut um Hilfe gerufen!«

Willm war sofort hellwach. Ohne zu zögern, warf er sich seine Jacke über und schlüpfte in seine Latschen. »Ich gehe nachsehen, du bleibst hier!«, sagte er und war im selben Moment durch die Tür verschwunden.

Hedda überlegte kurz, ob sie der Anweisung ihres Onkels folgen sollte. Dann riss aber auch sie die Tür auf und rannte ihm hinterher. Noch bevor Willm am See angekommen war, hatte Hedda ihn eingeholt. Sein Übergewicht und die ungünstige Schuhwahl ließen ihn nur langsam vorankommen.

»Ich habe doch gesagt, du sollst ...«, schnaufte er.

»Du weißt genau, dass ich das nicht konnte«, antwortete Hedda und überholte ihn.

Während sie zum See gerannt waren, hatten Hedda und Willm noch drei weitere Hilfeschreie gehört. Seitdem war es ruhig.

Hoffentlich ist das kein schlechtes Zeichen, dachte Hedda, als sie endlich am See angekommen war und sich hektisch in alle Richtungen umschaute.

Auf der künstlichen Badeinsel, die mitten auf dem See verankert worden war, entdeckte sie eine Person.

Ob sie geschrien hat?

Hedda rannte zum Wasser hinunter. Mit lauten Rufen und winkenden Armbewegungen versuchte sie, auf sich aufmerksam zu machen. Aber die Frau, die in einem schwarzen Badeanzug auf der künstlichen Insel saß, reagierte überhaupt nicht auf sie. Die weiße Badekappe, die sie auf dem Kopf trug, bestärkte Hedda in ihrem Eindruck, dass es sich um eine ältere Dame handeln musste.

»Hast du was entdeckt?« Willm stütze sich mit seinen Händen auf den Knien ab und japste nach Luft.

»Da hinten sitzt eine alte Frau und rührt sich nicht.« Hedda zeigte mit ausgestrecktem Arm in die Richtung der Badeinsel. »Bestimmt hat sie um Hilfe gerufen.«

»Was machst du da?« Willm wandte sich von Hedda ab, die damit begonnen hatte, sich zu entkleiden. Er wusste zwar, dass aus seiner kleinen Nichte längst eine Frau geworden war, aber so offensichtlich wie in diesem Moment war ihm diese Tatsache noch nie gewesen.

»Ich werde zu ihr rüberschwimmen«, sagte Hedda entschlossen und streifte sich dabei ihre Jeans von den Beinen. Dann watete sie, nur noch mit ihrer Unterwäsche bekleidet, in das kalte Wasser.

»Sei vorsichtig!«, ermahnte ihr Onkel sie, traute sich aber nicht, sich zu ihr umzudrehen und sie von ihrem Vorhaben abzuhalten.

Hedda war eine sehr gute Schwimmerin und hatte die Badeinsel daher in kürzester Zeit erreicht. Aus der Nähe betrachtet bestätigte sich ihre Vermutung. Die Frau im schwarzen Badeanzug war mindestens 60, wahrscheinlich sogar schon über 70 Jahre alt. Sie saß mit angezogenen Beinen auf der Plastikinsel und nahm noch immer keine Notiz von Hedda. Ihre Augen fixierten einen ganz bestimmten Punkt im Wasser.

»Ist alles okay mit Ihnen?« Hedda stützte sich auf der Kante der Badeinsel ab und hievte sich aus dem Wasser. Sie kniete sich neben die zitternde Frau und legte ihr behutsam eine Hand auf die Schulter. »Ich bin gekommen, um Ihnen zu helfen.« Sie beugte sich leicht nach vorne, um der alten Dame in die Augen sehen zu können. Als sie jedoch in die weit aufgerissenen, von Panik erfüllten Augen der Frau blickte, zuckte Hedda erschrocken zusammen.

Was auch immer sie gesehen hat, es muss etwas Schreckliches gewesen sein.

Hedda schaute in dieselbe Richtung, in die auch die alte Dame schon die ganze Zeit starrte.

Ist das etwa…?

Auf ihren Knien kroch sie auf den Rand der Badeinsel zu, um ihren fürchterlichen Verdacht aus nächster Nähe bestätigen zu können. Als sie schließlich Gewissheit hatte, schlug sie erschrocken die Hand vor den Mund. Direkt vor ihr, ganz knapp unterhalb der Wasseroberfläche, entdeckte sie den Fuß eines Menschen, der leblos im trüben Wasser zu schweben schien. Beim genaueren Hinsehen stellte sie jedoch fest, dass der Fuß mit einer Eisenkette an der Badeinsel befestigt worden war. Neugierig fragte Hedda sich, wie wohl der Rest des Leichnams aussehen mochte.

»Hedda! … Hedda, was ist denn los?«

Die Rufe ihres Onkels hielten sie gerade noch davon ab, nach dem Fußgelenk des Toten zu greifen. »Ruf schnell die Polizei! Hier schwimmt eine Leiche im See!«, schrie sie zu ihm hinüber. Dann setzte sie sich neben die alte Frau, legte ihr einen Arm um die Schultern und versuchte so, ihr ein wenig Körperwärme zu schenken.

*

Ausgerechnet Enno stand am vorderen Rand des Schlauchbootes, mit dem die Feuerwehr ihnen zu Hilfe kam. Er enterte die Badeinsel und half zunächst der alten Dame, in das Schlauchboot einzusteigen. Während der ältere Feuerwehrmann im Boot sitzen geblieben war und nun beruhigend auf die unter Schock stehende Frau einredete, kletterte Enno auf die Badeinsel zurück und kam auf Hedda zu. Das Wasser hatte Heddas weiße Unterwäsche quasi durchsichtig gemacht. Mit hochgezogenen Schultern und vor der Brust verschränkten Armen schaute sie Enno unsicher an.

»Hier«, sagte er, streifte sich seine Polizeijacke von den Schultern und reichte sie ihr. »Du erkältest dich sonst noch.«

»Danke.« Hedda nahm seine Jacke, drehte ihm den Rücken zu und streifte sie sich über. Sie zitterte bereits am ganzen Körper.

Schweigend half Enno auch ihr ins Schlauchboot. Dann brachten die beiden Männer die unterkühlten Frauen ans Ufer zurück, wo bereits ein Krankenwagen und ein paar Rettungssanitäter auf sie warteten, um sie in wärmende Decken zu hüllen. Während sie von den Männern versorgt wurde, redete ihr Onkel wie ein Wasserfall auf sie ein. Er wollte wissen, was sie gesehen hatte, ob es ihr gut ginge und ob er irgendetwas tun könne. Aber Hedda hatte nur Augen für das Rettungsboot, das erneut auf die Mitte des Sees zusteuerte, um die Leiche zu bergen.

Warum trieb sein Körper nicht komplett an der Oberfläche? Ob es Mord war, so wie bei dem Mann im Auto?

*

Gegen ihren Willen hatte man Hedda ins Leeraner Klinikum gebracht. Dabei ging es ihr doch gut. Schließlich war es Sommer und die Gefahr, im Juli zu erfrieren, war nun wirklich nicht besonders hoch. Dennoch hatte ihr Onkel darauf bestanden, dass sie gründlich untersucht werden sollte. Er befürchtete, dass auch seine Lieblingsnichte einen Schock erlitten haben könnte.

Warum versteht denn bloß keiner, dass mir tote Menschen einfach keine Angst machen, dachte Hedda genervt, während ihr Onkel sie in einem Rollstuhl über den Krankenhausflur schob.

»Ich kann wirklich selber laufen«, startete Hedda einen erneuten Protest, auch wenn sie wusste, dass sie bei ihrem Onkel damit auf taube Ohren stoßen würde.

Willm schnaufte einmal durch, ehe er ihr antwortete. »Das weiß ich doch. Und ich verstehe auch, dass du nicht über Nacht hierbleiben möchtest, aber die Ärzte wollen doch nur auf Nummer sicher gehen. Immerhin hast du in kürzester Zeit den Anblick zweier Leichen ertragen müssen«, gab er zu bedenken.

»Aber du weißt doch genau, dass mir tote Menschen nichts ausmachen. Im Gegenteil, ich …«

Willm stoppte den Rollstuhl, ging vor Hedda in die Hocke und legte seine Hände auf ihre. »Du musst mich auch ein wenig verstehen. Ich habe deinen Eltern versprochen, dass ich auf dich aufpasse.«

»Aber für die Toten kannst du doch nichts«, fiel ihm Hedda ins Wort.

»Natürlich nicht, aber trotzdem machen deine Eltern sich große Sorgen um dich.« Er machte eine gedankenschwere Pause. »Und ich übrigens auch. Vielleicht solltest du doch wieder nach Hause ...«

»Was? Nein, niemals!«, protestierte Hedda so laut, dass sich sämtliche Patienten, Schwestern und Ärzte, die sich ebenfalls auf dem Flur aufhielten, zu ihr umdrehten. »Nur über meine Leiche«, ergänzte sie energisch, aber dieses Mal deutlich leiser.

Willm musste schmunzeln, und auch Hedda begann zu lachen, als ihr ihr eigener Wortwitz bewusst geworden war.

»Okay«, gab sie schließlich klein bei. »Aber ich bleibe nur eine Nacht! Abgemacht?«

»Abgemacht!« Willm lächelte seine Nichte erleichtert an, erhob sich wieder und schob Hedda in das Krankenzimmer, in dem sie die kommende Nacht verbringen sollte.

*

Heddas Onkel hatte fast den kompletten Nachmittag bei ihr verbracht. Nur kurz hatte er sie alleine gelassen, um ihr ein paar Sachen zum Anziehen, eine Kulturtasche, ihren Laptop und ein Buch zu holen. Als dann im Krankenhaus das Abendbrot serviert wurde, hatte Hedda ihn nach Hause geschickt. Er hatte sich zwar zunächst geweigert, aber am Ende doch ihrem Wunsch nach etwas Ruhe nachgegeben.

Über ihren Vater war Hedda noch privat krankenversichert. Daher hatte sie das ganze Krankenzimmer für sich und konnte tun und lassen, was sie wollte. Sie entschied sich dafür, noch ein wenig an ihrem Kriminalroman zu arbeiten. Die Erlebnisse des heutigen Tages würden sich doch sicherlich ganz gut darin verarbeiten lassen. Sie setzte sich im Bett auf und legte sich den Laptop auf den Schoß. Als sie gerade den Bildschirm hochklappen wollte, klopfte es zaghaft an ihrer Zimmertür.

»Ja«, rief sie zögerlich. *Wer kann das nur sein?*

Die Tür öffnete sich und Enno betrat das Zimmer. In der Hand hielt er einen Blumenstrauß, der so aussah, als habe er ihn erst kurz zuvor an der Tankstelle gekauft. Aber Hedda wollte ihm das nicht übelnehmen. Immerhin hatte sie von ihrem Exfreund Jan überhaupt noch nie Blumen geschenkt bekommen.

»Störe ich?«

»Nein, überhaupt nicht, komm rein.« Hedda setzte sich noch ein wenig aufrechter hin, zog den Bauch ein und drückte den Rücken durch. Zudem fragte sie sich ausgerechnet in diesem Augenblick, warum sie nach der morgendlichen Schwimmeinlage im See noch immer nicht geduscht und ihre Haare gewaschen hatte. In der ganzen Hektik hatte sie einfach noch nicht daran gedacht.

»Hier, die sind für dich!« Enno streckte ihr die Blumen entgegen.

»Danke, die sind sehr schön!«, log Hedda ihn an und legte den Strauß auf dem hohen Beistelltisch ab, der neben ihrem Bett stand. »Ich werde die Schwester nachher um eine Vase bitten.«

Enno setzte sich auf den Stuhl, der auf der anderen Seite des Bettes stand. Er schien nach den passenden Worten zu suchen.

»Geht es dir gut?«, fragte Hedda ihn.

Ein wenig betreten schaute er zu ihr auf. »Eigentlich sollte ich dich das fragen, meinst du nicht auch?«

»Dann tu's doch«, entgegnete sie frech.

Kurz huschte ein Schmunzeln über Ennos Gesicht, wich aber sofort wieder einer ernsten Miene. »Ich mag dich wirklich sehr, aber als ich dich heute auf der Badeinsel gesehen habe, konnte ich es kaum glauben.«

»Was meinst du? Denkst du etwa, mir hat es Spaß gemacht, dir nur in Unterwäsche gegenüberzutreten? Aber was hätte ich denn machen sollen? Die Frau brauchte doch schließlich meine Hilfe.« Hedda war wütend. Wie konnte er sie nur deshalb verurteilen?

»Aber das meine ich doch gar nicht!« Enno wurde ganz rot im Gesicht. »Ich wollte damit nur sagen, dass es schon ein wenig merkwürdig ist, dass du innerhalb weniger Tage zwei Mordopfer gefunden hast. Es ist ja nicht gerade so, dass es in Ostfriesland ansonsten Leichen regnet.«

Auch Hedda spürte, wie ihr die Röte ins Gesicht schoss. *Wie peinlich. Jetzt hält er mich bestimmt für total unreif.* Erst einige Sekunden später ließ sie sich Ennos Worte erneut durch den Kopf gehen. »Was soll das heißen? Bin ich jetzt etwa so etwas wie eine Verdächtige?«, fragte sie empört.

»Nun ja, ich würde dich nicht als Verdächtige bezeichnen, aber ...«

»Aber… ?«, wiederholte Hedda sein letztes Wort. »Was heißt hier aber? Ich dachte, du wärst gekommen, um nach mir zu sehen. Stattdessen ist das hier so eine Art Verhör, oder was?«

»Du verstehst das ganz falsch«, versuchte Enno, sie zu beruhigen. Aber Hedda hörte ihm schon gar nicht mehr richtig zu. Sie war eigentlich das Opfer, und jetzt betrachtete die Polizei sie plötzlich als mögliche Täterin? Nur weil sie zur falschen Zeit am falschen Ort gewesen war? »Ich glaube, du gehst jetzt besser.«

»Aber Hedda, bitte, ich …«

Hedda drehte sich von Enno weg und drückte auf den Rufknopf, der am Kopfende ihres Bettes befestigt war. Nur wenige Sekunden später steckte eine der Schwestern ihren Kopf zur Tür herein und fragte, ob sie etwas für sie tun könne.

»Können Sie dem jungen Mann bitte den Ausgang zeigen?«, bat Hedda, ohne Enno dabei eines weiteren Blickes zu würdigen.

Enno stand von seinem Stuhl auf. »Ich finde schon selbst hinaus«, sagte er zu der Schwester und ging auf die Zimmertür zu. »Ich melde mich morgen wieder bei dir. Vielleicht hast du dich bis dahin ja ein wenig beruhigt. Schlaf gut!« Dann verschwand er aus der Tür.

*

Bevor Hedda endlich eingeschlafen war, hatte sie noch lange über ihren Streit mit Enno nachgedacht. War sie im Recht gewesen oder hatte sie einfach nur überreagiert? Ihre Gedanken drehten sich dabei so lange im Kreis, bis sie schließlich doch noch in den Schlaf gefunden hatte.

Mittlerweile schlief sie sogar so fest, dass sie überhaupt nicht bemerkte, wie sich die Tür zu ihrem Zimmer langsam öffnete und eine Gestalt durch den schmalen Spalt hineinhuschte. Zielsicher bewegte sich der Schatten auf Heddas Bett zu und blieb direkt daneben stehen. Vorsichtig setzte sie sich neben die schlafende Hedda auf die Bettkante und tastete behutsam mit beiden Händen nach ihrem Gesicht.

Hedda, die gerade mitten in einer Traumphase steckte, spürte den Kontakt an ihrem Kinn, baute ihn aber zunächst noch in ihren Traum mit ein. Erst als die Berührungen deutlich intensiver wurden, schreckte sie aus ihrem Traum auf. Adrenalin pumpte sich in Sekundenbruchteilen durch ihren Körper und machte sie schlagartig hellwach. Sie riss die Augen auf und starrte die unbekannte Gestalt an, die neben ihr auf dem Bett saß.

Hedda wollte sich aufrichten, aber sofort drückte ihr der Schatten mit der flachen Hand auf die Brust. Sie riss den Mund auf, um zu schreien, aber noch bevor auch nur ein einziger Ton über ihre Lippen kam, hatte ihr die Gestalt auch schon die andere Hand auf den Mund gepresst. Hedda bekam Panik. Was sollte sie nur tun?

»Psst!«, flüsterte ihr der Schatten zu. »Ich bin es, dein Vater. Ich hole dich hier raus.«

Was hat er gesagt? Hat er gerade behauptet, er wäre mein Vater? Hedda war sich sicher, dass die Stimme niemals die ihres Vaters war. Dennoch nickte sie leicht. Offenbar war der Mann, der sie auf das Krankenhausbett presste, verrückt. Wenn sie irgendwie sein Vertrauen gewinnen konnte, hatte sie vielleicht eine Chance, ihm zu entkommen.

Die Hand des Mannes lag noch immer auf ihrem Busen. Dennoch hatte sie nicht das Gefühl, als wäre es seine Absicht, sie dort unsittlich zu berühren. Sie glaubte sogar, zu spüren, dass der Fremde den Druck auf ihren Mund und ihren Brustkorb leicht verringerte.

»Wenn du ganz leise bist, sind wir in einer halben Stunde wieder zu Hause. Das Krankenhaus ist um diese Zeit nur sehr spärlich besetzt. Wenn wir uns geschickt anstellen, dürfte uns eigentlich niemand entdecken. Und falls doch, habe ich ja noch immer das hier.« Der Schatten nahm die Hand von Heddas Brustkorb, griff in die Innentasche seiner Jacke und holte einen länglichen Gegenstand heraus.

Ist das ein Messer? Erschrocken zuckte Hedda zusammen.

»Ganz ruhig. Ich werde es nur benutzen, wenn es gar nicht anders geht. Aber ich lasse mir mein Kind mit Sicherheit nicht noch ein zweites Mal wegnehmen.« Die Atmung des Fremden beschleunigte sich. »Sie wollten mich glauben lassen, dass du bei der Geburt gestorben wärst. Aber ich habe das nie geglaubt. Seit so vielen Jahren beobachte ich jetzt schon dieses Krankenhaus. Ich wusste genau, dass ich dich eines Tages wiedersehen würde. Und als ich dich dann gestern mit diesem fetten Mann gesehen habe, da wusste ich sofort, dass du es bist. Endlich habe ich dich wieder!« Er beugte sich zu ihr herunter und gab ihr einen Kuss auf die Stirn.

Hedda presste die Augen zusammen. Sie versuchte, ruhig zu bleiben, sich ihre Furcht nicht anmerken zu lassen. Langsam hob sie ihre Hand und griff nach dem Handgelenk des Mannes, der vorgab, ihr Vater zu sein. Mit sanftem Druck schob sie seine Hand so weit von ihrem Mund, dass sie etwas flüstern konnte. »Daddy, bist du es wirklich?«

»Erkennst du mich?« Die Stimme des Schattens klang auf einmal nicht mehr bedrohlich. Sie klang nicht einmal mehr ängstlich. Vielmehr klang sie wie die Stimme eines Mannes, der gerade von seiner Frau erfahren hatte, dass sie sein Kind unter dem Herzen trug.

Hedda nickte. »Bring mich jetzt bitte schnell nach Hause«, flüsterte sie ihm zu und richtete ihren Oberkörper auf.

Der Fremde nahm sie bei der Hand und zog sie in Richtung Zimmertür.

»Warte noch kurz!« Hedda hielt ihn am Oberarm fest, bevor er die Türklinke hinunterdrücken konnte. »Ich muss noch schnell zur Toilette. Sonst schaffe ich das nicht.« Ohne eine Reaktion abzuwarten, öffnete sie die Tür zu dem kleinen Badezimmer und knipste den Lichtschalter an. Das Licht, das durch den Türspalt in das Krankenzimmer fiel, ließ sie zum ersten Mal das Gesicht ihres Entführers erkennen. Dieser Mann war nicht böse. Er schien vielmehr wirklich davon überzeugt zu sein, dass sie seine Tochter war.

»Aber beeile dich, bitte! Wenn einer der Weißkittel uns erwischt, nehmen sie dich mir sofort wieder weg.«

»Ich mache ganz schnell«, versprach Hedda, verschwand im Badezimmer und schloss die Tür hinter sich zu. Jetzt brauchte sie nur noch den Alarmknopf zu drücken, der neben der Toilette hing und sie hätte es geschafft. Sie legte den Daumen auf den runden Knopf.

Das Messer, schoss es ihr auf einmal durch den Kopf. *Was ist, wenn er das Messer benutzt, sobald eine der Nachtschwestern versucht, das Krankenzimmer zu betreten?*

Hilfesuchend blickte sie sich in dem winzigen Raum um. Aber da drinnen gab es nichts, was ihr aus ihrer Situation heraushelfen konnte.

Was wird er wohl tun, wenn ich einfach hier drinnen bleibe? Ob er dann einfach ohne mich abhaut?

So sehr sie es sich auch wünschte, dieses Szenario war für sie nicht realistisch. Immerhin glaubte der Mann, nach so langer Zeit seine totgesagte Tochter wiedergefunden zu haben. So etwas gab man nicht ohne Weiteres auf.

Aber wenn Hedda doch den Hilfeknopf benutzen würde, wäre die Nachtschwester in großer Gefahr. Das durfte sie auf keinen Fall riskieren. Immerhin war die ahnungslose Krankenhausmitarbeiterin genauso unschuldig wie sie. Aber im Gegensatz zu ihr wusste Hedda zumindest, mit wem sie es zu tun hatte. Die Krankenschwester hingegen würde vollkommen unvorbereitet in die Arme eines bewaffneten Irren stürmen.

»Bist du bald fertig?«, flüsterte ihr der fremde Mann durch die geschlossene Tür hindurch zu.

»Ja, bin gleich fertig«, antwortete Hedda und drückte die Klospülung, um ihr kleines Schauspiel möglichst glaubhaft zu gestalten.

Während sie die Badezimmertür wieder entriegelte, war ihr ganz flau im Magen. Sie war sich absolut nicht sicher, ob sie das Richtige tat. Denn auch wenn sie keine Angst vor menschlichen Leichen hatte, ihren eigenen Tod fürchtete sie doch sehr.

»Ich bin so weit!« Hedda bemühte sich, einen entschlossenen Gesichtsausdruck zu machen.

Sie folgte dem fremden Mann, hinaus aus dem Krankenzimmer, über den Flur, runter ins Treppenhaus. Niemand sah sie oder stellte sich ihnen gar in den Weg. Das Krankenhaus schien um diese Uhrzeit nahezu ausgestorben. Über einen Hinterausgang gelangten die beiden nach draußen.

»Jetzt müssen wir nur noch zu meinem Auto gehen und dann haben wir es geschafft«, sagte der Verrückte spürbar erleichtert. Er lächelte Hedda an und strich ihr sanft über die Haare. »Magst du Autos? Ich habe einen ganz besonderen Wagen. Einen ganz alten Ford Mustang. Ich habe ihn selbst knallrot lackiert und putze ihn jeden Tag, weißt du?«

Hedda sah, wie die Augen des fremden Mannes zu funkeln begannen. Der Gedanke an sein Auto schien ihn furchtbar glücklich zu machen. In genau diesem Moment hatte sie eine Fluchtidee, die wahrscheinlich niemanden gefährden würde außer sie selbst.

»Ich liebe alte Autos. Fahren wir mit dem alten Ford auch nach Hause, Papa?«

»Na klar!« Der Fremde strahlte vor Stolz. »Ich habe dein Kinderzimmer in den ganzen Jahren nie verändert. Es wird dir sicher gefallen. Nur das Babybett dürfte dir zu klein sein, aber du kannst natürlich vorerst auch in meinem Bett schlafen.«

Bei dem Gedanken daran musste Hedda schlucken. *Hoffentlich geht mein Plan auch auf!*

Sie folgte dem Mann bis zu einem Parkplatz, auf dem nur noch sehr wenige Fahrzeuge standen. Hedda hatte nicht viel Ahnung von Autos, aber dass der rote Wagen kein neueres Model war, fiel selbst ihr auf. Mit weichen Knien setzte sie sich auf den Beifahrersitz und zog die Tür hinter sich zu.

Bitte lieber Gott, lass meinen Plan funktionieren!

Nachdem sie einige hundert Meter gefahren waren, begann Hedda damit Würgegeräusche nachzuahmen.

»Ist alles okay, mein Schatz?« Der Verrückte schaute besorgt zu ihr herüber.

»Mir ist auf einmal ganz schlecht. Ich glaube, ich muss spucken.«

Heddas Plan ging auf. Ruckartig lenkte der fremde Mann seinen Wagen an den Straßenrand. Er war so verliebt in das Fahrzeug, dass er auf keinen Fall zulassen konnte, dass seine vermeintliche Tochter sich in den Fußraum erbrach.

Hedda riss die Fahrzeugtür auf und stürzte hinaus. Doch anstatt sich auf dem Bürgersteig zu erbrechen, rannte sie einfach zwischen den Häusern hindurch. Sie musste so schnell wie möglich aus dem Sichtfeld des Verrückten verschwinden. Hedda schlug Haken und wechselte so oft die Richtung, wie sie nur konnte.

»Julia!...Julia!«

Die Stimme des Mannes klang so verzweifelt, dass Hedda sogar ein wenig Mitleid mit ihm bekam.

Ob er wirklich eine Tochter hatte, die Julia hieß? Ob sie wirklich bei der Geburt gestorben ist?

Hedda spürte einen stechenden Schmerz unterhalb ihres Brustkorbes. Sie war es nicht gewohnt, längere Strecken zu rennen. Das Atmen tat weh und die Beine wurden immer schwerer. Gleichzeitig wurden die verzweifelten Rufe ihres Verfolgers immer lauter.

»JULIA! ... JULIA!«

Er holt auf! Woher weiß er nur, wo ich bin? Kann er meine Schritte hören?

Hedda kam an einem Spielplatz vorbei, den sie noch von früher kannte. Ihr Onkel hatte mit ihr einmal hier Verstecken gespielt, als sie noch ein kleines Mädchen war. Damals war ihre Oma noch am Leben gewesen und lag mit einem gebrochenen Knöchel im Krankenhaus. Mit letzter Kraft sprang sie über den hüfthohen Holzzaun und krabbelte in die Betonröhre, die wie eine Art überdimensionierter Kaninchenbau angelegt worden war. Sie presste ihre Hand vor den Mund und versuchte, ihre Atmung zu beruhigen.

Wenn er mich hier findet, dann ist es aus!

»JULIA! ... JULIA!«

Die Rufe waren jetzt so deutlich zu verstehen, dass Hedda vermutete, dass ihr Verfolger direkt vor dem Spielplatz stehen musste.

8. Kapitel

Montag, 17. Juli 2017

Der Widerstand

Die Visite verlief genauso, wie Hedda es sich erhofft hatte. Der Oberarzt hatte sofort zugestimmt, dass sie noch am gleichen Tag entlassen wurde. Ihr fiel ein Stein vom Herzen. Anscheinend war wirklich niemandem ihre kurzzeitige Entführung aufgefallen.

Nachdem ihr nächtlicher Verfolger, der sich tatsächlich für ihren Vater gehalten hatte, endlich weitergelaufen war, hatte Hedda noch eine gefühlte Ewigkeit in ihrem Versteck auf dem Spielplatz ausgeharrt. Erst dann war sie wieder aus der Röhre gekrochen und zurück zum Krankenhaus gelaufen. Dort hatte sie sich aus Angst davor, dass ihr Entführer noch einmal zurückkehren könnte, im Badezimmer eingeschlossen. Erst als die Krankenschwester am frühen Morgen in ihr Zimmer kam, um sie zu wecken, hatte sie sich wieder herausgetraut.

Während der nervenaufreibenden Warterei auf dem Spielplatz hatte sie eigentlich beschlossen, mit einem Taxi zu ihrem Onkel zu fahren. Diesen Gedanken hatte sie aber in letzter Sekunde doch noch verworfen. Wenn nämlich irgendwer davon erfahren würde, was in der letzten Nacht geschehen war, würde sie mit hundertprozentiger Sicherheit wieder zurück zu ihren Eltern nach Bremen müssen. Und das wollte sie auf gar keinen Fall. Sie freute sich zu sehr auf ihre Zeit im Pflegeheim und beim Bestatter. Außerdem wollte sie auch unbedingt noch viel mehr Zeit bei ihrem Lieblingsonkel verbringen.

All dies waren gute Gründe, die nach Heddas Meinung ein so schwerwiegendes Geheimnis rechtfertigten, auch wenn sie insgeheim genau wusste, dass der eigentliche Hauptgrund ihrer Überlegungen ein ganz anderer war: Enno. Er ging ihr einfach nicht aus dem Kopf. Denn so sehr sie sich auch dagegen wehrte, der junge Polizist hatte sich bereits einen Platz in ihrem Herzen erkämpft.

Sie musste an den Streit denken, den sie gestern mit Enno gehabt hatte. War sie unfair zu ihm gewesen? Hatte sie vielleicht überreagiert? Irgendwie war seine Aussage doch auch nachvollziehbar. In einem Kuhkaff wie Neermoor, in dem Ladendiebstähle und Schlägereien nach dem Dorffest die wohl schwerwiegendsten Verbrechen waren, starben innerhalb kürzester Zeit plötzlich zwei Männer einen grausamen Tod. Und jedes Mal war sie vor der Polizei am Tatort. Würde Hedda einen Krimi lesen, in dem genau das passiert wäre, würde sie sich auch selbst verdächtigen. Und jetzt auch noch der verrückte Entführer. Wollte ihr eine höhere Macht etwa zeigen, dass sie nicht hierhergehörte? Waren das alles Warnungen vor einem noch größeren Unglück?

Hedda schüttelte sich. Böse Vorzeichen und das oft zitierte Schicksal, an so etwas glaubte sie nun wirklich nicht. Sie würde Enno später eine Nachricht schreiben und ihn um Verzeihung bitten. Sie war fest entschlossen, ihren geplanten Verbleib in Ostfriesland durchzuziehen. Es gefiel ihr, bei ihrem Onkel zu wohnen, und sie freute sich riesig auf die ihr bevorstehenden Aufgaben. Außerdem konnte sie sich aktuell keinen besseren Ort vorstellen, um ihren Kriminalroman zu schreiben.

Es klopfte an der Tür ihres Krankenzimmers.

»Herein!«, rief Hedda und griff bereits nach der gepackten Sporttasche, die neben ihr auf dem Bett lag.

*

Während Willm sie aus dem Krankenhaus abgeholt hatte, hatte Sarinya in seinem Auftrag einen leckeren Brunch vorbereitet. Hedda staunte nicht schlecht, als ihr bereits beim Betreten des Hauses eine Woge der köstlichsten Gerüche entgegenschlug. Auf dem großen Küchentisch befanden sich neben ofenfrischen Brötchen und Croissants auch noch eine Pfanne mit Rührei, ein Teller mit gebratenem Speck und eine Schüssel mit selbst gemachten Frikadellen. Sarinyas leckere *Banana Pancakes* rundeten das reichhaltige Menü ab.

»Wow!«, staunte Hedda. Nach dem unfreiwilligen nächtlichen Sportprogramm und dem gewöhnungsbedürftigen Essen im Krankenhaus war sie hungrig wie ein Bär. »Ihr seid wirklich die Besten!« Ohne darüber nachzudenken, fiel sie ihrer Tante um den Hals. »Danke!«

Sarinya schien von so viel körperlicher Zuneigung überrascht zu sein. Kühl und steif wie ein Betonpfeiler ließ sie Heddas

Begeisterung über sich ergehen. Erst nachdem sie wieder von ihr abgelassen hatte, verbeugte sich Sarinya höflich und bat Hedda und Willm, Platz zu nehmen.

Für einen kurzen Moment war Hedda der Überfall auf ihre Tante unangenehm gewesen. Doch ihr Hunger ließ dieses Gefühl schnell wieder in den Hintergrund treten. Gierig lud sie sich den Teller voll, nahm ein Croissant in die Hand und verzierte es mit einem ordentlichen Klecks Erdbeermarmelade.

»Wie war Zeit in Krankenhaus?«, fragte Sarinya genau in dem Augenblick, als Hedda gerade herzhaft zugebissen hatte.

»Hmpf.« Ein Stück des französischen Gebäckstückes verirrte sich in ihre Luftröhre, sodass sie sich zunächst lautstark räuspern musste, um wieder normal weiteratmen zu können. Natürlich war sie auf diese Frage vorbereitet gewesen und hatte sich im Krankenhaus eine Formulierung zurechtgelegt, mit der sie die Wahrheit verschwieg, ohne dabei direkt lügen zu müssen. Aber nachdem Willm sie während der Autofahrt seltsamerweise überhaupt nicht danach gefragt hatte, hatte sie zu diesem Zeitpunkt einfach nicht mehr damit gerechnet.

»Nun ja, kann es in einem Krankenhaus überhaupt gut sein?«, sagte Hedda ihren einstudierten Satz auf, nachdem sie den Fremdkörper endlich ausgehustet hatte.

Glücklicherweise war das Thema Krankenhaus damit auch bereits erledigt, da ihr Onkel das Gespräch auf den gestrigen Vorfall am See lenkte. »Die Polizei möchte übrigens, dass wir heute Nachmittag da noch einmal vorbeischauen, um unsere Aussagen zu Protokoll zu geben.«

Erneut musste Hedda an ihren Streit mit Enno denken. Sie war froh, dass sie unter diesen Umständen nicht alleine auf der Polizeiwache erscheinen musste. »Meinst du, ich brauche einen Anwalt?«

Willm, der sich gerade eine Frikadelle in den Mund stecken wollte, stockte in der Bewegung und legte den kleinen Fleischball wieder auf seinem Teller ab. »Stefan hat mir bereits erzählt, dass man dich nicht als Verdächtige ausschließen darf.« Sein Tonfall klang auf einmal ungewohnt ernst. »Ich habe ihm aber bereits gesagt, dass du die ganze Nacht bei uns zu Hause gewesen bist. Und nachdem ich ihm dann auch noch erzählt habe, wie wir quasi gleichzeitig ...« Willm zwinkerte Hedda breit grinsend zu. »...am

See angekommen sind, hat wohl auch er verstanden, dass es einfach nur ein riesiger Zufall gewesen ist, dass du die beiden Leichen noch vor der Polizei gefunden hast.«

»Wer ist denn Stefan?« Hedda hatte den Namen bisher noch nicht gehört.

»Stefan Franke ist der Hauptkommissar, den du bereits kennengelernt hast. Wir kennen uns noch aus unserer Schulzeit. Er hat mir versichert, dass du aktuell keine polizeilichen Ermittlungen zu befürchten hast.«

»Meinst du wirklich?«

»Mach dir darüber keine Sorgen mehr! Wie geht es dir denn eigentlich? Ich weiß ja, dass du kein Problem mit Leichen hast, aber eine Wasserleiche soll ja etwas ganz Furchtbares sein.« Besorgt schaute Willm seine Nichte an.

»Das habe ich auch schon gehört, aber leider habe ich bisher noch keine echte Wasserleiche gesehen. Von dem Opfer konnte ich ja gerade mal den Fuß und den Knöchel erkennen. Ich glaube, es hatte eine dunkle Hautfarbe. Ich kann mich aber auch täuschen. Ich frage mich nur, warum der Rest seines Körpers nicht an der Wasseroberfläche getrieben ist. Hat er sich in den Algen am Grund des Sees verfangen?«

Willm schüttelte ungläubig den Kopf. »Du bist wirklich ein ganz besonderes Mädchen!« Er lächelte seine Nichte an.

Hedda räusperte sich künstlich.

»Entschuldige! Ich meinte natürlich, du bist wirklich eine außergewöhnliche junge Frau!« Willm hatte sich noch nicht daran gewöhnt, dass aus seiner kleinen Nichte eine erwachsene Dame geworden war. »Normalerweise würde ich dir die grausamen Details ersparen, aber da ich ja dein Interesse am Tod kenne, werde ich eine Ausnahme machen.« Er holte kurz Luft und schaute Hedda unsicher an. Ihre Augen strahlten ihn jedoch so erwartungsfroh an, dass er seinen Bericht fortsetzte. »Also, ich kann dir auch nur erzählen, was ich von Stefan weiß. Irgendjemand hat in der Mitte des Sees einen schweren Betonklotz versenkt. Durch die darin eingelassene Metallöse war eine lange Eisenkette gezogen, an deren Ende ein paar Handschellen befestigt worden waren. Und jetzt darfst du dreimal raten, wessen Handgelenk im eisigen Griff der Handschellen gefangen war.«

»Die des Opfers«, antwortete Hedda geistesabwesend. Sie war vollkommen gefangen von der Erzählung ihres Onkels.

»Genau! Die Frage ist nur, wer hat den jungen Mann mit der Eisenkette in die Tiefe gezogen und warum hat derjenige das andere Ende der Kette dann auch noch an der Badeinsel befestigt? Die Polizei geht davon aus, dass der Täter so sicherstellen wollte, dass sein Opfer zeitnah gefunden wird.«

»Der Täter hat also eine Art Unterwasser-Flaschenzug benutzt. Geniale Idee!«

»Hedda!«, sagte Willm mit gespielter Empörung.

»Sorry! Das Opfer war also ein Mann dunkler Hautfarbe? Hat die Polizei bereits einen Tatverdächtigen im Visier?«

Willm schaute kurz zu Sarinya hinüber, doch die wich seinem Blick aus und schaute nur abwesend zu Boden. Das Gespräch war ihr sichtlich unangenehm.

»Das Opfer hatte wieder einen Gummiring um den Ringfinger!«

Die Bombe war geplatzt. »Was?«, schrie Hedda überrascht auf.

»Genauso wie das erste Opfer!« Sie dachte kurz nach. »Das kann kein Zufall sein.«

Willm nickte. »Das meint die Polizei auch.«

»War er denn auch verheiratet?« Heddas Kriminalinstinkt lief jetzt auf Hochtouren.

»Nein, er war unverheiratet. Aber auch er hatte, genau wie ...«, Willm stockte kurz und schaute erneut zu seiner Frau hinüber. »Genau wie dem ersten Opfer, sagte man ihm sehr viele Frauengeschichten nach.«

»Interessant!« In Gedanken sortierte Hedda die vorliegenden Fakten. »Dann ist der Täter vielleicht doch eine Frau, die mit beiden Männern etwas gehabt und sich am Ende benutzt gefühlt hat?«, spekulierte sie laut vor sich hin.

»Ich werde es ihr jetzt sagen, okay?« Verunsichert schaute Willm seine Frau an. Als diese erneut nicht reagierte, wandte er sich wieder seiner Nichte zu. »Die Polizei hat die Frau des ersten Opfers im Visier.«

»Sarinyas Freundin? Warum denn das? Ich dachte, sie hätte ein Alibi.« Jetzt versuchte auch Hedda, einen Blickkontakt mit ihrer Tante herzustellen, scheiterte aber genauso, wie zuvor ihr Onkel.

»Ihr Ehemann - also das erste Opfer - hatte sie während der Ehe sehr gedemütigt. Für jedes Mal, wenn er mit einer anderen Frau geschlafen hatte, hatte er ihr einen Gummiring über den Ringfinger gestreift. Er wollte, dass sie auf diese perfide Art immer daran erinnert wurde, dass er sich woanders das holen musste, was eigentlich ihre eheliche Pflicht gewesen wäre.«

»Was für ein Arschloch! Dem hätte ich aber auch den Schwanz abgeschnitten.« Erschrocken über ihre eigene Wortwahl, schlug sich Hedda die Hand vor den Mund.

Sarinya stand auf, und verließ fluchtartig die Küche.

»Es tut mir leid!«, rief Hedda ihr noch hinterher und schaute ihren Onkel hilfesuchend an.

»Schon gut! Die Sache nimmt sie sehr mit. Seit dem Mord hat sie eigentlich unentwegt Migräne«, sagte Willm bedrückt. Er machte sich große Sorgen um seine Frau.

»Aber das würde ja bedeuten, dass das Alibi eine Lüge war.«

»Die Polizei hält das durchaus für möglich. Das mehrstündige Telefonat zwischen Sarinyas Freundin und deren Schwester hat es tatsächlich gegeben. Aber es wäre ja auch durchaus denkbar, dass sie das Telefonat zwar begonnen, den Hörer dann aber einfach für mehrere Stunden zur Seite gelegt haben.«

»Dann hätte sie genug Zeit gehabt, um nach Neermoor zu fahren und ihrem Widerling von Mann die Kehle durchzuschneiden«, schlussfolgerte Hedda.

»Genau das!«, stimmte Willm ihr zu. »Die Polizei verhört daher gerade die beiden Schwestern. Wenn sie wirklich so lange miteinander gesprochen haben, müssten sie schließlich noch genaue Angaben zum Inhalt des Telefonats geben können.«

»Sie versuchen, sie in Widersprüche zu verstricken. Gute Taktik!« Genauso würde Hedda es den Kommissar in ihrem Kriminalroman auch machen lassen.

»Gibt es denn auch eine Verbindung zwischen der Verdächtigen und dem zweiten Opfer?«, fragte Hedda.

»Bisher noch nicht. Die Polizei befragt zurzeit das weitere Umfeld des Opfers. Möglich wäre natürlich auch, dass sie den zweiten Mord nur begangen hat, um von der ersten Tat abzulenken.« Willm hob ratlos die Schultern.

Nachdenklich kratzte sich Hedda an ihrer Nase. »Oder irgendjemand versucht, Sarinyas Freundin die Tat anzuhängen, und hinterlässt daher die Gummiringe an den Ringfingern der Opfer?«

Willm zuckte erneut mit den Schultern. »Auch das wäre eine Möglichkeit.«

»Das wäre auch eine Möglichkeit?«, echote Hedda. »Was für Motive könnte es denn sonst noch geben?«

»Nun ja, beide Männer waren Ausländer. Auch diesen Zusammenhang prüft die Polizei gerade intensiv, zumal es in der Region seit einigen Monaten eine politische Gruppierung gibt, die immer wieder durch rechtsextreme Äußerungen auffällt«, antwortete Willm.

»Stimmt, da habe ich sogar mal was in den Nachrichten gesehen. Wie hießen die gleich nochmal?«

»PTK. Partei für Tradition und Kultur. Laut aktuellen Umfragen würden sie in der gesamten Gemeinde Moormerland sogar einen Zuspruch von ca. 9 Prozent der Wählerstimmen erhalten. Wenn der Trend bis zur nächsten Wahl anhalten sollte, würde das die bestehende Zusammensetzung des Gemeinderates ganz schön durcheinanderwirbeln.« Willm stand von seinem Stuhl auf und wühlte in einem Stapel Zeitungen herum, der auf der Küchenablage lag. »Hier!«, sagte er und breitete die aufgeschlagene Zeitung vor Hedda aus.

»Polizei ist zum Schutz der umstrittenen PTK-Kundgebung in Warsingsfehn verpflichtet«, las Hedda die dick gedruckte Überschrift laut vor. Den restlichen Text las sie dann im Stillen für sich.

Die Kundgebung ist ja schon heute Nachmittag, dachte Hedda. *Vielleicht sollte ich da einfach mal hingehen?*

Sie beschloss, diesen Gedanken lieber für sich zu behalten. Ihr Onkel würde ihr den Besuch einer rechtsextremen Demonstration mit Sicherheit nicht erlauben.

»Was ist das?« Ihr fiel ein anderer Artikel ins Auge, der direkt unter dem PTK-Artikel abgedruckt war. Mehrere Zeilen waren mit einem Textmarker gegilbt worden.

Das Gesicht ihres Onkels verfinsterte sich. Wütend schlug er die Zeitung wieder zu und legte sie zurück auf den Stapel.

»Da ging es um das geplante Hotel, das hier am See errichtet werden soll, oder?«, wagte Hedda eine vorsichtige Nachfrage.

»Kann schon sein.« Willm winkte ab und kehrte ihr den Rücken zu. »Ich habe noch etwas im Keller zu erledigen.«, sagte er.

»Was machst du eigentlich immer da unten?«, fragte Hedda schnell. Sie hatte das Gefühl, Willm mit ihrer Nachfrage verärgert zu haben und wollte ihn nicht im Streit davonziehen lassen.

Langsam drehte ihr Onkel sich zu ihr um. Er schaute Hedda an, als habe sie ihn bei etwas erwischt. Wütend sah er aber überhaupt nicht mehr aus.

»Ich frage nur, weil du in letzter Zeit sehr oft in den Keller gehst«, schob Hedda schnell hinterher.

»Ich… ich bastle an meiner Modelleisenbahn. Wenn ich fertig bin, würde ich sie dir gerne einmal zeigen, wenn du Interesse daran hast.«

»Aber klar doch!«, log Hedda. Sie konnte sich eigentlich kein langweiligeres Hobby vorstellen, aber ihrem Onkel zuliebe würde sie natürlich einen Blick auf seine Anlage werfen. »Soll ich gleich mitkommen?«

Willm zögerte einen Moment. »Ich würde die Anlage lieber erst fertigstellen und sie dir danach zeigen. Ist das okay?«

»Natürlich!«

»Ich bin wirklich sehr gespannt auf deine Meinung«, sagte Willm. Dann verschwand er im Keller.

*

Es war einer der wenigen echten Sommertage in diesem Jahr. Der Himmel war blau und nahezu wolkenlos. Das perfekte Wetter, um eine Radtour nach Warsingsfehn zu machen. Hedda warf einen prüfenden Blick auf ihre Armbanduhr, die sie vor zwei Jahren noch von Jan zum Geburtstag geschenkt bekommen hatte. In diesem Moment schossen ihr zwei Gedanken durch den Kopf.

Erstens: Sie musste sich unbedingt eine neue Uhr kaufen.

Zweitens: Sie hatte noch über eine Stunde Zeit, bevor die Demonstration beginnen würde.

In der Online-Ausgabe der *Ostfriesen-Zeitung* hatte sie gelesen, dass das zweite Mordopfer in Warsingsfehn in einem Gebäudekomplex mit Sozialwohnungen gelebt hatte. Hedda glaubte zu wissen, von welchem Gebäude die Rede war. Sie wollte die Zeit bis zur Demonstration nutzen und den Nachbarn des Opfers einen Besuch abstatten. Vielleicht würde sie so ja noch einige interessante Informationen zu dem Fall gewinnen.

Direkt vor dem großen vierstöckigen Wohnkomplex war ein Fahrradständer, an den Hedda ihren geliehenen Drahtesel festkettete. Die Fassade des Gebäudes war heruntergekommen und hatte dringend einen neuen Anstrich nötig. Die meisten Fenster sahen aus, als wären sie vor Jahren zum letzten Mal geputzt worden. Gardinen oder Plissees suchte sie vergeblich, lediglich zwei der Fenster waren mit Nationalflaggen verhängt worden, die Hedda zumindest nicht auf Anhieb den entsprechenden Ländern zuordnen konnte. Sie vermutete jedoch, dass es sich bei beiden Ländern um Staaten des afrikanischen Kontinents handelte.

Die Tür zum Hausflur war nicht verschlossen. Hedda verspürte ein mulmiges Gefühl in der Magengegend und ihre Knie wurden weich. Sie wusste nicht, was sie erwartete. Sie atmete noch einmal tief ein und öffnete dann vorsichtig die Tür.

Die Luft im Hausflur war stickig. Anscheinend war hier schon seit Monaten nicht mehr gelüftet worden. Auf dem gefliesten Boden saß ein kleines Mädchen und hantierte mit irgendetwas herum. Ansonsten war niemand zu sehen. Die Kleine war bezaubernd. Hedda schätzte sie auf fünf, maximal sechs Jahre. Ihre großen braunen Augen strahlten, als sie Hedda erblickte. Sofort sprang sie vom Fußboden auf und ging ohne jede Scheu auf sie zu. Ihre dunkle Haut bildete einen wunderschönen Kontrast zu dem rosafarbenen Kleidchen, das sie trug. Hedda war sich sicher, dass das Lächeln dieses kleinen Engels schlagartig ganze Kriege beenden könnte.

Als sie direkt vor ihr stand, streckte die Kleine ihre Hände aus und sagte etwas in einer Sprache, die Hedda nicht verstand. Sie beugte sich zu dem Mädchen hinunter und lächelte sie freundlich an. Dann schaute sie auf das bunte Armband, das das Mädchen in den Händen hielt. Es war aus vielen unterschiedlich farbigen Gummibändern geflochten worden. Die sogenannten *Loombänder* waren zurzeit bei den kleinen Mädchen sehr beliebt.

»Das sieht aber toll aus!«, lobte Hedda die Kleine und streichelte ihr behutsam über den zierlichen Oberarm.

Wieder sagte das Mädchen etwas, was sie nicht verstehen konnte. Dann packte sie Hedda am Handgelenk, streifte ihr das Armband über und rannte lachend davon. Wie angewurzelt blieb Hedda zurück. Als sie realisierte, dass das Mädchen ihr gerade das Armband geschenkt hatte, überwältigten sie ihre Gefühle.

Dieses kleine Mädchen hat in ihrem kurzen Leben wahrscheinlich schon viel mehr ertragen müssen, als ich es mir überhaupt vorstellen kann. Und trotzdem kann sie immer noch lächeln und anderen eine Freude machen.

Tränen schossen ihr in die Augen und kullerten ihre Wangen hinab. Genau in diesem Moment kam ein Mann mittleren Alters die Treppenstufen hinunter. Er trug eine blaue Jeans, schwarze Lederschuhe und unter seinem schwarzen Blazer ein weißes Hemd. In der Hand hielt er ein dickes schwarzes Buch, auf dessen Einband lediglich ein goldenes Kreuz zu erkennen war. Mit der randlosen Brille und dem Vollbart sah er genauso aus, wie Hedda einen Geistlichen beschreiben würde, wenn er eine ihrer Romanfiguren wäre.

Schnell wischte sie sich die Tränen aus dem Gesicht und versuchte sich in einer freundlichen Begrüßung.

»Sind Sie eine Bekannte des Verstorbenen?«, fragte der Pastor sie, nachdem er ihr einen guten Tag gewünscht hatte.

Hedda überlegte kurz. Anscheinend war der Gottesdiener hierhergekommen, um sich um die Angehörigen des Mordopfers zu kümmern. Wenn sie von irgendwem brauchbare Informationen bekommen konnte, dann wahrscheinlich von ihm. Aber durfte sie einen Mann Gottes anlügen, auch wenn es einem guten Zweck diente?

»Nicht direkt.« Hedda versuchte, durch ihre ausweichende Aussage Zeit zu gewinnen.

Der Pastor beäugte sie einen Moment lang. »Haben Sie eine Beziehung mit dem Verstorbenen gehabt?«

Überrascht zuckte Hedda zusammen. Der Pfaffe hielt sie doch tatsächlich für eine der zahllosen Bettgeschichten, die der Mann angeblich gehabt hatte. Für einen Augenblick war sie empört, dann aber beschloss sie, die Situation für sich zu nutzen.

»Wissen Sie, mir ist bewusst, dass er mich nur benutzt hat, aber ich habe ihn dennoch geliebt«, schluchzte sie. Durch die Tränen, die sie wegen des kleinen Mädchens vergossen hatte, wirkte ihr Schauspiel durchaus glaubhaft.

»Kommen Sie, lassen Sie uns ein wenig spazieren gehen!« Er legte ihr seine Hand auf die Schulter und führte sie hinaus. »Ich habe noch einen Termin in der IGS.«

Die Schule lag in unmittelbarer Nähe des *Combi-Verbrauchermarktes*, auf dessen Parkplatz auch die Demonstration der PTK stattfinden sollte. Gemeinsam gingen Hedda und der Geistliche die Königsstraße entlang und bogen von dort aus in die Theodor-Heuss-Straße ab. Hedda schob ihr Fahrrad neben sich her, während der Pastor einen Monolog über die Unergründlichkeit der Liebe hielt. Nur hin und wieder schaffte Hedda es, seinen Redefluss zu durchbrechen und selbst einige Fragen über den Verstorbenen zu stellen. Aber wirklich interessante Neuigkeiten erfuhr sie dadurch leider nicht.

Bereits einige hundert Meter vor dem großen Parkplatz begegneten ihnen kleinere Gruppen aus überwiegend jugendlichen Menschen, die in die gleiche Richtung strebten. Einige hatten Plakate und Transparente dabei und skandierten lautstark antifaschistische Parolen.

Eine Gegendemonstration. Daran hatte ich ja überhaupt nicht gedacht.

»Ich wünsche Ihnen alles Gute! Wenn Sie jemanden zum Reden brauchen, melden Sie sich bitte bei mir. Meine Telefonnummer steht im Telefonbuch«, sagte der Pastor zu Hedda.

»Vielen Dank, das werde ich tun!«, antwortete sie.

Kurz schaute sie noch dem Gottesdiener hinterher, während er gemächlichen Schrittes auf die Schule zusteuerte. Dann ging auch sie weiter.

Als sie den Verbrauchermarkt fast erreicht hatte, bestätigte sich Heddas Befürchtung. Eine menschliche Kette aus behelmten Polizisten trennte die Gegendemonstranten von den bereits zahlreich versammelten Anhängern der PTK. Die Stimmung war aufgeheizt und aggressiv, aber noch hatten die Beamten scheinbar alles unter Kontrolle.

Wie soll ich denn jetzt auf die andere Seite kommen?

Hedda hatte noch nie an einer derartig heiklen Veranstaltung teilgenommen. In ihrer Naivität war sie davon ausgegangen, dass sie einfach nur pünktlich am Veranstaltungsort erscheinen musste. Wahrscheinlich hatte die Polizei den Demonstrationszug von der anderen Seite auf den großen Platz geleitet und sicherte jetzt sämtliche Zugangswege zum Ort der Kundgebung ab.

Verdammter Mist!, fluchte Hedda innerlich. Sie war wütend auf sich selbst. Irgendwie musste sie doch auf das Gelände kommen!

Sie musterte die engstehende Reihe der Staatsbeamten. Einige hatten sogar Schäferhunde dabei. Sie pickte sich einen der älteren Beamten heraus. Sie hoffte, ihn mit ihrem weiblichen Charme davon überzeugen zu können, sie doch noch auf das Gelände zu lassen.

»Entschuldigen Sie bitte!« Hedda trat direkt vor den uniformierten Polizisten und schaute zu dem eineinhalb Köpfe größeren Mann auf. »Entschuldigen Sie bitte!«, wiederholte sie ihre Worte, nachdem sie beim ersten Mal ignoriert worden waren.

Der Staatsdiener schaute zu ihr hinunter, sagte aber kein Wort. Sein Gesicht zeigte keinerlei Regung. Mit weiblichem Charme würde sie bei diesem Eisklotz wohl nicht besonders weit kommen.

»Ich habe mich verspätet. Würden Sie mich bitte durchlassen?«

Der Polizist kniff seine Augen zusammen und legte seine Stirn in Falten. Seine Pupillen scannten in Sekundenschnelle Heddas äußeres Erscheinungsbild.

»Hören Sie mal!« Vollkommen überraschend hatte er sich zu ihr hinuntergebeugt und flüsterte ihr etwas ins Ohr. »Ich kann ja verstehen, dass Sie auf die braunen Idioten da drinnen eine Mordswut haben. Und am liebsten würde ich Ihnen sogar helfen, bei was auch immer Sie vorhaben. Aber glauben Sie mir, das Risiko sind die Hinterwäldler nicht wert. Demonstrieren Sie lieber friedlich hier draußen mit Ihren Freunden und stellen Sie sich nicht mit diesen Intelligenzabstinenzlern auf eine Stufe.« Ohne eine Reaktion abzuwarten, richtete er sich wieder auf und starrte über sie hinweg.

Eigentlich war Hedda ja froh, dass sie nicht aussah wie die Anhängerin einer vermeintlich rechtsextremen Partei. Aber sie wollte unbedingt auf diese Demonstration. Sie musste also zu drastischeren Mitteln greifen, wenn sie den Polizeibeamten doch noch überzeugen wollte.

»Lassen Sie mich jetzt sofort hier durch! Wir leben schließlich in einem demokratischen Staat, und ich habe verdammt nochmal das Recht, mir die Kundgebung meiner Partei anzuhören!«, schrie Hedda so laut, dass nicht nur der Polizist vor ihr es hören musste.

Verunsichert, aber auch ärgerlich, blickte der Beamte erneut auf sie hinab. Hinter ihrem Rücken spürte Hedda die Unruhe, die sie durch ihr Geschrei verursacht hatte. Sie hörte lautes Gemurmel, Schritte und einzelne Schreie. Die Vermutung, dass sich einer der

Feinde auf der falschen Seite der Grenze aufhielt, versetzte größere Teile der Gegendemonstranten in Aufruhr.

Angespannt verfolgte Hedda, wie der vor ihr stehende Polizist die Geschehnisse mit sorgenvoller Miene beobachtete. Dennoch machte er noch immer keinerlei Anstalten, sie doch noch durch die Absperrung schlüpfen zu lassen.

Jetzt oder nie!

»Früher ...«, Hedda betonte dieses Wort extra kraftvoll, »...wäre so etwas überhaupt nicht möglich gewesen. Da hätten Sie sich darum gekümmert, dass das Gesocks ...«, sie drehte sich kurz um und zeigte mit ausgestrecktem Arm auf die Menschentraube, die sich hinter ihr versammelt hatte, »... dass dieses Gesocks verschwindet und nicht die rechtschaffenen Bürger des Deutschen Reiches bei der Ausübung ihrer politischen Meinungsfreiheit stört!«

Erschrocken über ihre eigenen Worte drehte Hedda sich noch einmal kurz um. Wenn Blicke töten könnten, wäre sie bereits tot. Aber auch so würde es wahrscheinlich nicht mehr lange dauern, und der wütende Mob, der hinter ihr immer mehr in Aufruhr geriet, würde sie auf der Stelle lynchen.

Was habe ich nur getan?

Verzweifelt schaute sie den Polizeibeamten an. Doch der blickte sich nur hilfesuchend nach seinen benachbarten Kollegen um. Sollte sie versuchen, alles zu erklären, oder sollte sie so schnell wie möglich davonrennen? Blanke Panik kroch Heddas Rückgrat hoch und trieb ihr kalten Angstschweiß auf die Stirn. Plötzlich wurde sie am Arm gepackt und zur Seite gezerrt.

»Was zum Teufel machst du da?«

Hedda brauchte einen Moment, um Ennos Gesicht hinter der Schutzscheibe seines Polizeihelms zu erkennen. »Du kommst wie gerufen«, sagte sie erleichtert. Doch als sie ihm gerade erklären wollte, warum sie ein solches Theater veranstaltet hatte, zerrte ihr plötzlich jemand Fremdes am anderen Arm.

»Um die kümmern wir uns, Herr Wachtmeister!« Der große langhaarige Mann hatte sich die Kapuze seines Pullovers tief ins Gesicht gezogen.

»Verschwinde!«, schrie Enno ihn an und hob demonstrativ seinen Schlagstock in die Höhe.

So energisch und kraftvoll kannte Hedda ihn noch gar nicht.

Der langhaarige Kapuzenträger machte aber dennoch keine Anstalten, Hedda wieder loszulassen.

»Hast du mich nicht verstanden?« Enno trat einen energischen Schritt auf den jungen Mann zu.

Doch der wich keinen Zentimeter zurück.

Gleich knallt es, war Hedda sich sicher. Instinktiv schloss sie die Augen und schickte ein Stoßgebet gen Himmel.

»Verpiss dich!«

Hedda riss die Augen wieder auf. Hauptkommissar Franke hatte den Langhaarigen so heftig zur Seite gestoßen, dass dieser Heddas Arm loslassen musste. Ohne ein weiteres Wort packte er sich den freigegebenen Arm und schleifte Hedda in Richtung der Polizeikette. Die Beamten bildeten sofort eine Lücke, durch die Hedda, der Hauptkommissar und Enno hindurchschlüpfen konnten.

Auf der anderen Seite angekommen, atmete Hedda erst einmal erleichtert auf. *Das war ganz schön knapp!*

»Was sollte denn das werden?«, schnauzte der Hauptkommissar Hedda, aber auch Enno wütend an. Sein Gesicht war vor Zorn bereits rot angelaufen und zwischen seinen Augen hatte sich eine tiefe Falte gebildet.

»Ich ...«, begann Enno einen Erklärungsversuch.

»Es war alles meine Schuld!«, fiel Hedda ihm sofort ins Wort.

»Wer von euch Schuld hat, ist mir vollkommen egal. Ich habe jetzt keine Zeit für solche Kindereien. Enno, sieh zu, dass du sie in Sicherheit bringst. Und anschließend schwingst du deinen Arsch sofort wieder hierher. Hast du das verstanden?« Ohne eine Antwort abzuwarten, kehrte er den beiden den Rücken zu, um seinen Platz in der Menschenkette wieder einzunehmen. Kurz bevor er seinen Platz erreicht hatte, drehte er sich jedoch noch einmal zu ihnen um.

»Dir ist schon klar, dass ich das deinem Onkel sagen muss? Du bist ja ein wahrer Problemmagnet.« Kopfschüttelnd nahm er seine Position wieder ein.

»Verdammter Mist!«, fluchte Hedda vor sich hin. »Wenn Willm von der Sache erfährt, bekomme ich bestimmt Ärger!«

»Kannst du mir jetzt bitte mal erklären, was der Scheiß sollte? Du willst mir doch hoffentlich nicht ernsthaft weismachen, dass eine wie du Anhängerin der PTK ist?« Enno war aufgebracht. Die Schelte seines Vorgesetzten hatte ihm überhaupt nicht geschmeckt. Aber noch viel mehr beschäftigte ihn das, was Hedda da vorhin zu einem seiner Kollegen gesagt hatte. Hatte er sich etwa so in ihr getäuscht?

Eine wie du. Ennos Worte hallten in Heddas Kopf nach. Sie war sich nicht sicher, ob sie beleidigt sein sollte, oder ob sie die Worte im gesamten Kontext sogar als Kompliment verstehen konnte.

»HALLO! ERDE AN HEDDA!« Direkt vor ihrer Nase vollführte Enno ein paar winkende Bewegungen.

»Wenn ich es dir erkläre, lässt du mich dann auf die Demo?«, fragte Hedda trotzig.

Fassungslos schaute Enno sie an. Wieder einmal hatte diese Frau ihn sprachlos gemacht.

Hedda wartete nicht, bis er seine Sprache wiedergefunden hatte, sondern erklärte ihm ausführlich, was sie sich von dem Besuch der Demonstration erhoffte. Enno haderte mit sich. Er wollte sich den Anweisungen seines Vorgesetzten nicht widersetzen und wollte Hedda auch nicht in Gefahr bringen. Es gab also keinen vernünftigen Grund, sie an der Veranstaltung teilnehmen zu lassen. Wären da nicht ihre wunderschönen grünen Augen gewesen, die Enno vom ersten Moment an so fasziniert hatten. Gegen jede Vernunft und mit dem heiligen Versprechen, dass sie auf sich aufpassen würde, ließ er sie schließlich ziehen und trottete zu seinen Kollegen zurück.

Zügigen Schrittes eilte Hedda auf die Bühne zu, auf der Herbert Meyerhoff, der Parteigründer der PTK, jeden Moment seine Rede halten würde. Die Sitzbänke, die in großer Anzahl vor der Bühne aufgebaut worden waren, waren schon recht gut gefüllt.

Der innerste Kreis der Partei wird wahrscheinlich in den ersten Reihen sitzen, überlegte Hedda. *Wenn ich etwas mitbekommen will, muss ich also ganz nach vorne.*

Den Blickkontakt mit den übrigen Teilnehmern meidend steuerte sie zielsicher auf die zweite Reihe zu und setzte sich auf einen der wenigen noch freien Plätze. Vor ihr saßen zwei Glatzköpfe, die, ihrem Outfit nach zu urteilen, Mitglieder eines Motorradclubs waren. Der eine war dick und relativ klein, der andere schlaksig und groß. Irgendwie erinnerten die beiden Hedda an das berühmte Komiker-Duo *Dick und Doof.*

Scheinbar desinteressiert schaute Hedda in der Gegend umher. In Wirklichkeit spitzte sie aber ihre Ohren und versuchte, so etwas von dem Gespräch zu verstehen, das die Männer vor ihr gerade führten. Und tatsächlich, sie hatte den richtigen Riecher mit den beiden Typen gehabt.

»Hast du von dem zweiten Mord in Neermoor gehört?«

»Ja, dieses Mal hat es einen Nigger erwischt!«

»Stimmt, und davor war es ein Schlitzauge, oder?«

»Ich glaube, ja. Auf jeden Fall war es keiner von uns.« Er legte beim Lachen den Kopf in den Nacken, sodass sich dort ein paar Speckrollen bildeten.

»Genau!« Auch der andere begann herzhaft zu lachen. »Auf jeden Fall zwei Probleme weniger.«

Bei so viel Menschenverachtung fiel es Hedda schwer, ihre Wut unter Kontrolle zu halten. Am liebsten hätte sie den beiden auf die Schultern getippt und sie gefragt, ob sie denn im Geschichtsunterricht überhaupt nichts gelernt hatten.

»Ich habe gehört, dass beide Morde auf das Konto der NSW gehen«, setzte der Dicke das Gespräch fort.

»Echt? Ich habe mich schon gefragt, ob es die überhaupt gibt. Alle haben immer darüber spekuliert, aber noch nie sind sie offensichtlich aktiv geworden.«

»Das ist doch genau deren Taktik!«, antwortete der Dicke. »Sie wollen sich nicht mit ihren Erfolgen schmücken. Das große Ziel steht bei denen über dem persönlichen Ruhm.«

»Meinst du echt?«, staunte der Größere.

»Na klar! Wer weiß, wie viele die im Geheimen schon um die Ecke gebracht haben.« Der Dicke hob die Hand und der Dünne klatschte johlend ab.

»Es geht los!«, sagte der Dünne und richtete seinen schlaksigen Körper zur Bühne aus.

Tosender Applaus brandete auf, als ein unscheinbarer Mann mittleren Alters die Bühne betrat und sich vor das Mikrofon stellte.

9. Kapitel

Dienstag, 18. Juli 2017

Besorgnis

Die zurückliegende Nacht war wieder einmal eine Katastrophe gewesen. Hedda hatte die Erlebnisse des vergangenen Tages zu einem verwirrenden Traum verarbeitet. *Dick und Doof,* Herbert Meyerhoff, Enno, der Pastor und das kleine Mädchen, das ihr das Armband geschenkt hatte – alle kamen sie darin vor.

Müde rieb sie sich den Schlaf aus den Augen. Von unten aus der Küche hörte sie Geschirr klappern.

Ob Willm und Sarinya schon auf sind?

Sie nahm ihr Handy vom Nachttisch und aktivierte das Display, um die Uhrzeit zu überprüfen.

6:32 Uhr. Viel zu früh!, stöhnte sie innerlich.

In diesem Moment fiel ihr ein, dass sie gestern ganz vergessen hatte, Enno anzurufen. Sie schuldete ihm wegen der Demo eine verständliche Erklärung und wollte außerdem endlich wissen, was die Analyse des Drohanrufes ergeben hatte. Auch eine Entschuldigung für ihre übertriebene Reaktion im Krankenhaus war sie ihm noch schuldig.

Sie schlüpfte aus dem Bett und schlurfte die Treppenstufen hinunter. Willm stand in der Küche und kochte Teewasser.

»Guten Morgen«, brummelte sie verschlafen.

»Hey, du bist schon auf! Dann muss ich ja doch nicht alleine frühstücken«, begrüßte ihr Onkel sie gut gelaunt.

Glück gehabt! Sein Polizei-Kumpel hat ihm wohl noch nichts von der Demo erzählt.

»Schläft Sarinya noch?«, fragte Hedda.

»Migräne«, war die knappe Antwort, die aber wieder einmal alles erklärte.

»Gibst du mir noch zehn Minuten? Ich müsste ganz dringend Enno anrufen, bevor er zum Dienst muss.«

»Na klar!« Willm nickte und setzte dabei ein mehrdeutiges Grinsen auf.

Hedda ignorierte sein Mienenspiel. Für eine schlagfertige Antwort war sie ohnehin noch viel zu müde. »Darf ich wieder dein Telefon benutzen, meine Freiminuten für diesen Monat sind bereits aufgebraucht.«

Wieder nickte ihr Onkel. »Aber beeil dich, sonst wird dein Rührei kalt.«

Hedda ging zurück in den Flur und zog das schnurlose Telefon aus der Station. Sie hatte von diesem Apparat aus bereits einmal mit Enno telefoniert. Sie musste seine Nummer also nur aus dem Anrufverzeichnis auswählen. Die letzten Telefongespräche waren chronologisch geordnet. Hedda drückte sich durch die Gespräche, bis sie endlich glaubte, Ennos Nummer entdeckt zu haben. Sie drückte auf die Taste mit dem grünen Hörer und lauschte dem Freizeichen.

»Wong«, meldete sich eine weibliche Stimme am anderen Ende der Leitung.

Irritiert nahm Hedda den Hörer vom Ohr, um einen prüfenden Blick auf das Display zu werfen.

Mist, ich muss versehentlich die vorherige Nummer erwischt haben.

»Entschuldigen Sie bitte, ich habe mich wohl verwählt.« Sie wartete noch auf eine Reaktion der Angerufenen, hörte aber nur noch ein Knacken in der Leitung. *Aufgelegt!*

Erneut scrollte sie sich durch die Anrufliste. Tatsächlich, bevor sie Enno zum ersten Mal von diesem Telefon aus angerufen hatte, gab es ein Telefonat mit einer Leeraner Telefonnummer. Das Gespräch war unter dem 15. Juli um 05:43 Uhr gespeichert.

Ganz schön früh für ein Telefonat, überlegte Hedda.

»Bist du gleich fertig?«, rief Willm aus der Küche.

Hedda drückte schnell die Ruftaste. Nach nur zwei Freizeichen hatte sie Enno bereits am Apparat. Es tat gut, seine Stimme zur hören. Um das versprochene Frühstück mit ihrem Onkel einhalten zu können, probierte sie es mit einer allumfassenden Vorabentschuldigung in Kombination mit einer Einladung zu einem gemeinsamen Mittagessen, bei dem dann mehr Details folgen würden. Glücklicherweise schien Enno nicht besonders nachtragend zu sein und nahm ihr Angebot sofort an. Sie verabredeten, sich in seiner Mittagspause in *Brunos Imbiss* in Neermoor zu treffen.

Erleichtert ging Hedda in die Küche zurück. Willm saß bereits am Frühstückstisch und schob sich gerade eine Gabel voll Rührei in den Mund. »Sorry ...«, schmatze er, »... ich komme sonst zu spät zur Arbeit.«

Nachdenklich setzte Hedda sich vor den leeren Teller und starrte Löcher in die Luft.

»Alles okay bei dir?« Willm schaute seine Nichte besorgt an. Er machte sich immer noch Gedanken darüber, ob sie die Leichenfunde wirklich so leicht wegsteckte, wie sie es vorgab.

»Kennst du eine Frau Wong?«, fragte Hedda ihn.

Willm schluckte sein Rührei herunter. »Ja, das ist die Freundin von Sarinya. Die Frau des ersten Mordopfers. Warum?«

»Irgendwer hat sie am Morgen nach dem ersten Mord von diesem Festnetzanschluss aus angerufen.«

»Das wird sicher Sarinya gewesen sein. Sie wollte ihrer Freundin nach dem schrecklichen Vorfall sicherlich beistehen«, mutmaßte Willm.

»Morgens, um Viertel vor sechs? Da konnte sie doch noch gar nichts davon gewusst haben«, stellte Hedda fest.

Willm schob sich erneut eine Ladung Rührei in den Mund. »Wenn Sarinya Migräne hat, geht sie oft am Abend sehr früh zu Bett und ist dann am Morgen sehr früh wach. Vielleicht hat sie aus einem ganz anderen Grund so früh angerufen, und es war reiner Zufall, dass dies ausgerechnet auch der Tag des Mordes war«, spekulierte er.

»Aber warum hat mir Sarinya dann beim Frühstück erzählt, dass sie noch nicht mit ihrer Freundin telefoniert hat? Da war das Gespräch doch gerade einmal ein paar Stunden her.«

In Gedanken versunken nippte Willm an seiner Teetasse. »Du hast die Leiche bei deinem Morgenspaziergang entdeckt, wie spät war es da ungefähr?«

Hedda überlegte kurz. »Das müsste so kurz nach sechs gewesen sein.«

»Na, siehst du! Als Sarinya bei ihrer Freundin angerufen hat, war beiden der Mord an Herrn Wong noch gar nicht bekannt. Deshalb ging es bei dem Telefonat wahrscheinlich auch um etwas ganz anderes.« Willm lächelte zufrieden und nahm einen ordentlichen Schluck Tee. Für ihn war das Rätsel damit gelöst.

Heddas Bauchgefühl gab sich mit dieser Erklärung aber noch nicht zufrieden. »Warum hat sie mir dann nichts von dem Telefonat gesagt?«

Willm seufzte. Die Hartnäckigkeit seiner Nichte ging ihm jetzt doch ein wenig auf die Nerven. »Vielleicht habt ihr euch auch nur missverstanden. Du weißt doch, dass deine Tante unsere Sprache noch nicht perfekt beherrscht.«

»Ich weiß, aber …«

»Nichts aber! Worauf willst du denn überhaupt hinaus? Glaubst du vielleicht, meine zierliche Sarinya und ihre ebenso zwergenhafte Freundin haben zwei ausgewachsene Männer ermordet?« Willm lachte laut. »Du solltest Krimis schreiben, bei der blühenden Fantasie, die du hast.«

Hedda musste schmunzeln. Wenn sie es aus der Perspektive betrachtete, war die Autorin in ihr wohl wieder einmal zu aktiv gewesen. »Du hast ja recht«, sagte sie deshalb zu ihrem Onkel und lud sich einen großen Löffel Rührei von der Pfanne auf ihren Teller. »Ich versuche übrigens wirklich gerade, einen Kriminalroman zu schreiben.«

»Wirklich?« Willm schaute interessiert auf. »Und kommst du gut voran?«

Hedda schüttelte den Kopf. »Leider nicht. Ich habe schon ein paarmal angefangen und dann alles wieder gelöscht.«

»Das ist ja frustrierend.« Willm schaute seine Nichte verständnisvoll an. »Wir müssen uns über das Thema unbedingt noch ausführlicher unterhalten, aber jetzt muss ich los, sonst komme ich zu spät zur Arbeit!«

*

Erschrocken schaute Hedda auf die Uhr. In 15 Minuten wollte sie sich mit Enno zum Mittagsessen in *Brunos Imbiss* treffen. Sie war viel zu lange im Bad gewesen und hatte dabei vollkommen die Zeit vergessen. Sie musste sich eingestehen, dass die Tatsache, dass sie sich für einen Imbiss-Besuch aufwendig zurechtmachte, wohl doch ein eindeutiges Zeichen dafür war, dass Enno sie viel mehr interessierte, als sie es sich eingestehen wollte.

Es klingelte an der Haustür. Hedda fragte sich, wer das wohl sein konnte. Willm war längst auf der Arbeit und Sarinya war auch vor etwa 20 Minuten aus dem Haus gegangen. Sie war also ganz alleine. Vorsichtig schlich sie sich in die Küche und versuchte, unauffällig aus dem Küchenfenster zu schielen. Wenn sie die

Person vor der Tür nicht kennen sollte, würde sie einfach so tun, als wäre sie nicht zu Hause.

Was will der denn hier?

Ungläubig rieb Hedda sich die Augen. Konnte das wirklich wahr sein? Einen Kontrollblick und ein erneutes Läuten später war es Gewissheit. Vor der Haustür stand niemand anderes als Jan. War er extra aus Bremen gekommen, nur um sie zu sehen? Konnte sie trotzdem so tun, als wäre sie nicht da?

Er hätte ja schließlich vorher ruhig mal anrufen können, dachte sie leicht verärgert. Neben der Wut, die sein Anblick bei ihr auslöste, verspürte sie aber auch noch ein ganz anderes Gefühl. Es kribbelte, war warm und wohltuend. Konnte es sein, dass ihre Gefühle für Jan doch noch nicht vollständig erloschen waren? Trotz allem, was er ihr angetan hatte?

Ohne darüber ausführlich nachgedacht zu haben, fand sie sich plötzlich vor der geöffneten Haustür wieder. Jan war nur einen Schritt weit von ihr entfernt. Das Kribbeln in ihren Armen und Beinen wurde immer stärker. Ihr Magen schien für die nächste Olympia-Goldmedaille am Reck zu trainieren. Mit ihrem Ex zu telefonieren und ihn aus der Ferne zu hassen, war eine Sache. Ihn direkt vor sich stehen zu sehen, war etwas ganz anderes.

»Was willst du denn hier?«, begrüßte sie ihn und versuchte, dabei so unfreundlich wie möglich zu sein. Sie merkte aber sofort, dass ihre Körpersprache nicht mit ihren harten Worten harmonierte.

»Hallo Hedda, schön dich zu sehen. Du siehst toll aus. Ich mag deinen neuen Look!« Seine Stimme klang so sanft und weich wie am Anfang ihrer Beziehung.

»Ach ja? Bist du etwa den weiten Weg aus Bremen hierhergekommen, um mir das zu sagen?« Hedda verschränkte ihre Arme vor der Brust und kniff die Augen zusammen. Sie versuchte, sich die Bilder von Jan und Vanessa ins Gedächtnis zu rufen, die sie so sehr verletzt hatten. Dies machte es ihr wieder deutlich einfacher, böse auf ihren Exfreund zu sein.

»Nein, natürlich nicht!«, antwortete Jan und schaute niedergeschlagen auf seine Füße. »Darf ich vielleicht reinkommen?«

»Ich habe gleich eine Verabredung. Ich denke, du solltest schnell sagen, was du zu sagen hast und dann wieder gehen!« Mittlerweile gelang Hedda das Schauspiel der gekränkten Exfreundin wieder sehr gut. Im Inneren fragte sie sich jedoch, ob sie wirklich wollte, dass Jan gleich wieder ging.

Sie glaubte, in seinen Augen für einen Moment so etwas wie Eifersucht aufblitzen zu sehen. Ob ihm aufgefallen war, dass sie sich besonders zurechtgemacht hatte?

»Ich habe dich gestern im Fernsehen gesehen. Hedda, ich mache mir Sorgen um dich. Das bist doch nicht du! Machst du das nur wegen ...« Er machte eine gedankenschwere Pause. Er schien unsicher, ob er seinen Satz wirklich vervollständigen sollte.

Hedda sah in fragend an. *Er hat mich im Fernsehen gesehen? Wovon zur Hölle spricht er da bloß?*

»Machst du das nur wegen unserer Trennung?«, vervollständigte Jan jetzt doch noch seinen Satz.

»Wovon redest du denn bloß? Wo hast du mich im Fernsehen gesehen?«

»Gestern Abend, im NDR-Fernsehen. Die haben einen Bericht über die Veranstaltung dieser rechtsextremen Partei gezeigt, die im Moment so großen Zuspruch bekommt. Du saßt in der zweiten oder dritten Reihe. Früher hast du solche Idioten verabscheut und jetzt bist du auf einmal ganz vorne dabei? Hat das vielleicht etwas mit deiner Verabredung zu tun? Ist dein neuer Freund etwa ein rechtsextremer Vollpfosten?« Jans Stimme überschlug sich fast vor Erregung.

Er ist ja doch eifersüchtig, schmunzelte Hedda zufrieden. Erst danach dachte sie über das nach, was er zu ihr gesagt hatte. »Ich war echt im Fernsehen zu sehen? So ein Mist!« *Hoffentlich hat das sonst niemand gesehen, der mich kennt.*

»Hast du denn sonst nichts dazu zu sagen? Deine Eltern sind außer sich vor Sorge. Erst die Morde und jetzt auch noch das!«, schob Jan hinterher, nachdem Hedda nur gedankenverloren an ihm vorbeistarrte.

»Meine Eltern haben das auch gesehen?«

»Nun ja, direkt gesehen haben sie es nicht.«

»Jetzt sag nicht, du hast ihnen davon erzählt.« Hedda schaute ihn böse an.

»Ich habe mir Sorgen gemacht. Ich musste mit jemandem sprechen, der mich in der Sache verstehen kann. Deine Eltern meinen auch, dass du vielleicht nur wegen unserer Trennung so neben der Spur bist.«

»Du redest mit meinen Eltern über unsere Trennung? Hast du sie noch alle?« Sie trat einen Schritt nach vorne und stieß ihn mit beiden Händen vor die Brust, sodass Jan zwei Schritte rückwärts machen musste.

»Ich wollte doch nur ...«, versuchte Jan sich zu erklären.

Doch Hedda ließ ihn nicht zu Wort kommen. Sie machte zwei weitere Schritte auf ihn zu und schubste ihn erneut. »Halt dich aus meinem Leben raus!«

Doch Jan dachte nicht daran, von selbst zu gehen. »Ich habe mit Vanessa Schluss gemacht!«

Als er diese Worte ausgesprochen hatte, wollte Hedda gerade zum dritten Schubser ansetzen, verharrte aber plötzlich in ihrer Bewegung. *Was hat er da gerade gesagt?*

»Hedda, ich habe einen riesigen Fehler gemacht! Ich liebe dich noch immer! Bitte verzeihe mir!« Er griff nach ihren Händen, die noch immer auf seinem Brustkorb ruhten.

Hedda wusste nicht, was sie tun sollte. Ihre Vernunft soufflierte ihr immer wieder die richtige Antwort auf diese Frage, aber ihr Herz klopfte so laut, dass sie sie einfach nicht verstehen konnte. Sie schaute ihm tief in seine wunderschönen Augen, während in ihr ein leidenschaftlicher Kampf zwischen Kopf und Herz tobte. Sie war wie erstarrt.

Jan interpretierte die Situation als Zeichen der Vergebung und küsste sie leidenschaftlich auf den Mund. Er legte ihr seine Hände um die Hüften und zog sie ganz dicht an sich heran. Hedda wollte das nicht. Sie wollte ihn zurückstoßen und zur Strafe in die Eier treten. Aber sie schaffte es einfach nicht.

Plötzlich klingelte ihr Handy, das sie in der Gesäßtasche ihrer Jeans verstaut hatte. Wie das Klingeln eines Weckers einen aus dem Schlaf reißen konnte, so holte sie der Klingelton ihres Handys in die Realität zurück. Sie schaffte es, ihre Hände zwischen ihre Oberkörper zu bekommen und Jan mit sanftem Druck von sich zu schieben.

»Warte kurz!«, sagte sie und ärgerte sich noch im selben Moment über diese Wortwahl. *Warte kurz! Das klingt ja wie: Gleich geht es weiter!*

Hedda zog ihr Handy aus der Gesäßtasche und schaute auf das Display, das ein Foto von Enno zeigte. Sie hatte sich sein Profilbild bei *WhatsApp* geklaut und es in ihrem Handy abgespeichert. Die ebenfalls eingeblendete Uhrzeit verriet ihr, dass die vereinbarte Zeit für ihr Mittagessen bereits verstrichen war.

»Sorry, ich bin zu spät. Ich bin in spätestens 10 Minuten bei dir, okay?«, entschuldigte sie sich, nachdem sie das Gespräch entgegengenommen hatte.

Enno machte ihr keine Vorwürfe. Er hatte eigentlich nur angerufen, weil er sich Sorgen um sie gemacht hatte. Er bot ihr an, schon eine Bestellung für sie aufzugeben, und Hedda gab ihm ihren Essenswunsch durch.

»Ich beeile mich!«, sagte sie noch zum Abschluss. Dann legte sie auf und steckte ihr Handy zurück in die Hosentasche.

»War er das?«, fragte Jan kühl. Dann griff er wieder nach ihren Händen. »Hedda, der Kerl ist nicht gut für dich. Ruf ihn an und sag ihm, dass es vorbei ist! Wenn du willst, kann ich das auch für dich übernehmen.«

Hedda fühlte sich in die Ecke gedrängt. Sie wusste doch gerade selbst nicht, was sie eigentlich wollte. Aber eines wusste sie genau, Enno hatte es nicht verdient, dass sie ihre Verabredung sausen ließ, nur weil ihr Exfreund plötzlich erkannt hatte, was für ein riesiger, schwanzgesteuerter Idiot er gewesen war.

»Enno ist kein rechtsradikaler Idiot. Er ist ein sehr guter Freund, auf den ich mich bisher immer verlassen konnte. Eine Tatsache, die ich von dir leider nicht mehr behaupten kann!« Entschlossen löste sie ihre Hände aus seinem Griff. »Darum werde ich jetzt auch zu diesem Treffen fahren.« Mit zügigen Schritten ging sie zur Haustür zurück und verriegelte sie von außen.

»Und ich?«, fragte Jan ungläubig. »Was soll ich jetzt machen? Soll ich mich etwa auf die Treppe setzen und warten, bis du von deinem Date wieder zurückkommst?« Störrisch verschränkte er die Arme vor seiner Brust und warf Hedda einen provozierenden Blick zu. »Ich bin extra aus Bremen gekommen, um dich zu sehen! Ich habe wegen dir sogar mit Vanessa Schluss gemacht!« Mit einem vorwurfsvollen Blick wartete er auf ihre Reaktion.

So wie er dastand, erinnerte er Hedda an einen trotzigen Schuljungen, der als einziger keine Einladung zur Geburtstagsparty bekommen hatte. Plötzlich war ihr Herzschlag wieder ganz normal und ihr Verstand übernahm wieder die Kontrolle über ihren Körper. Laut und deutlich konnte sie die Warnungen hören, die er ihr schon die ganze Zeit über zugerufen hatte. Bei dem Gedanken an das, was sie ihm gleich sagen wollte, stahl sich ein zufriedenes Lächeln auf ihr Gesicht.

»Du bist ein egoistischer, schwanzgesteuerter Mistkerl!« Genüsslich betonte sie jedes ihrer Worte und beobachtete dabei, wie sie wie Patronenkugeln in Jans überdimensioniertes Ego einschlugen. »Mir ist vollkommen egal, wo du wartest, die Hauptsache ist, du wartest nicht mehr auf mich! Denn ich werde sicherlich nicht eine weitere Minute meines Lebens mit dir verschwenden!« Mit diesen Worten ging sie an ihm vorbei, schwang sich auf das bereitstehende Fahrrad und radelte los.

Zehn Minuten später kam sie am Imbiss an und stürmte durch die Tür. Enno saß an einem der Tische, die sich auf der rechten Seite des Ladenlokals befanden. Hedda marschierte auf ihn zu und stellte wieder einmal fest, wie gut er in seiner Uniform aussah. Als auch er sie bemerkt hatte, sprang er sofort auf und rückte ihr den Stuhl zurecht. Trotz der Vorkommnisse der letzten Tage lächelte er sie ohne Vorbehalte an.

»Sorry, tut mir echt leid! Ich wurde da von einer saudummen Sache aufgehalten!«, entschuldigte Hedda sich, legte ihre Hände auf seine Schultern, stellte sich auf die Zehenspitzen und hauchte ihm einen Kuss auf die Wange. Sie hatte das keineswegs so geplant, aber sie bereute den Kuss nicht eine Sekunde lang. Ganz im Gegensatz zu dem Kuss, den sie sich von Jan hatte aufdrücken lassen.

Beide setzten sich wieder auf ihre Plätze. Zufrieden stellte Hedda fest, dass Enno ganz rot geworden war. Diese Schamesröte in Kombination mit den vor Begeisterung leuchtenden Augen machte aus dem durchtrainierten Polizisten, der vor ihr saß, ihren absoluten Traummann.

Die Frau, die eben noch hinter dem Tresen gestanden und einen anderen Gast bedient hatte, kam jetzt auf ihren Tisch zu. Sie balancierte ein Tablett mit prall gefüllten Tellern und zwei Gläsern Wasser. Über ihrer blauen Jeans trug sie eine weiße Schürze. Ihre Figur ließ erahnen, dass sie sich selbst auch ganz gerne eine Portion Fastfood gönnte. Durch ihre sehr weiblichen Rundungen wirkte sie dabei aber keinesfalls dick. Hedda schätzte ihr Alter auf Mitte 50.

»Moin!«, begrüßte sie die beiden lächelnd und stellte jedem ein Wasser, einen Teller mit Pommes und einem riesigen Hamburger vor die Nase. »Lasst es euch schmecken!«

Als sie wieder hinter ihrem Tresen verschwunden war, beugte Hedda sich über den Tisch zu Enno hinüber. »Hat die dir gerade etwa zugezwinkert?«, flüsterte sie ihm so leise zu, dass es sonst keiner hören konnte.

Enno schmunzelte. »Doris kennt mich schon, seit ich ein kleiner Junge war. Ich habe schon so manchen Hamburger bei ihr gegessen.« Er pikste eine Pommes auf die Gabel und schob sie sich in den Mund.

Hedda neigte den Kopf leicht zur Seite und beobachtete ihn dabei. »Das heißt, sie blinzelt dir schon seit Jahren so zu? Hast du schon einmal darüber nachgedacht, dass sie auf dich stehen könnte?« Hedda grinste breit und pikste sich ebenfalls eine Pommes auf.

»Sie hat mir zugezwinkert, weil sie mich noch nie mit einem Mädchen zusammen gesehen hat. Als du erst nicht gekommen bist, hat sie schon geglaubt, ich hätte dich nur erfunden. Wir leben hier leider auf einem Dorf. Und da jeder hier weiß, dass ich noch nie eine Freundin hatte, vermutet der ein oder andere schon länger, dass ich vielleicht auch auf Männer stehen könnte. Doris gehörte aber nie dazu.«

Hedda verschluckte sich an einer Pommes und bekam einen Hustenanfall. Sofort stand Enno neben ihr und klopfte ihr sanft auf den Rücken. Sie nahm einen ordentlichen Schluck von ihrem Wasser. »Danke, es geht schon!«, sagte sie.

Will der mir jetzt wirklich weismachen, dass er noch nie eine Freundin gehabt hat?

Trotz ihrer überkochenden Neugierde entschied sie sich für einen Themenwechsel. Sie hatte gerade erst ein Männerkapitel zugeschlagen, und wollte nicht noch am selben Tag ein neues beginnen.

»Ich möchte mich noch einmal für meinen Ausraster im Krankenhaus entschuldigen. Wahrscheinlich gingen mir die beiden Morde doch näher, als ich mir eingestehen wollte.«

Enno machte eine wegwischende Handbewegung. »Schon vergessen! Es war ja auch nicht besonders feinfühlig von mir, dich genau in dieser Situation darauf anzusprechen. Ich hätte doch wissen müssen, wie sehr dich das alles mitnimmt. Und dann war da ja auch noch dieser ominöse Anruf.«

»Habt ihr schon herausgefunden, von wo der Anruf kam?«

»Ja, der Anruf erfolgte aus einer Telefonzelle in Leer.«

»Aus einer Telefonzelle?«, fragte Hedda ungläubig nach. »Gibt es denn so etwas heute noch?«

»Ja, die Telekom ist gemäß dem Telekommunikationsgesetz dazu verpflichtet, einige der Dinger weiterhin zu betreiben. Ich glaube, die müssen die Grundversorgung mit öffentlichen Telefonen gewährleisten oder so«, versuchte Enno zu erklären. »Da der Anruf an einem Samstag erfolgte, rechnen wir aber nicht damit, dass unsere Suche nach einem Augenzeugen erfolgreich sein wird.«

»Und Fingerabdrücke?«, fragte Hedda aufgeregt nach. »Habt ihr nach Fingerabdrücken gesucht?«

»Du schaust zu viel CSI.« Enno lachte. »Tatsächlich werden Telefonzellen noch viel häufiger genutzt, als du vielleicht denkst. Mal abgesehen davon, wurde die Telefonzelle einen Tag nach dem Anruf in Brand gesteckt. Da gibt es nichts mehr, worauf wir nach Fingerabdrücke suchen könnten.«

»Das kann doch kein Zufall sein!«, entgegnete Hedda aufgebracht. »Erst der Drohanruf und dann fackelt der alte Kasten plötzlich ab?«

»Davon gehen wir auch aus. Aber wie gesagt, diese Spur führt uns leider nicht mehr weiter. Wir müssen uns daher auf die beiden Mordopfer konzentrieren.«

»Glaubt ihr auch, dass die beiden Morde in direkter Verbindung zueinander stehen?«

Enno nickte. »Ein Mord alleine wäre in unserer Region schon eine absolute Seltenheit.«

»Und dann ist da ja noch die Sache mit den Gummibändern«, gab Hedda zu bedenken.

»Woher weißt du denn davon?«, fragte Enno verwundert.

»Ich, ich weiß es …«, begann Hedda stotternd zu erklären.

»Schon gut! Ich will es gar nicht wissen. Ich erzähle dir ja schließlich auch Dinge, von denen du eigentlich gar nichts wissen darfst!«

»Du weißt doch, dass ich niemandem etwas verraten würde?« Hedda schaute ihm tief in die Augen. Sie befürchtete, dort erneut Anzeichen für ein aufkeimendes Misstrauen vorzufinden. Aber anders als zuletzt im Krankenhaus konnte sie dieses Mal nichts Derartiges entdecken.

»Glaubst du auch, dass die Frau des ersten Opfers etwas damit zu tun haben könnte?«

»Nicht mehr.« Enno schüttelte den Kopf. »Wir konnten durch unsere Befragung zweifelsfrei feststellen, dass sie zur Tatzeit tatsächlich mit ihrer Schwester telefoniert hat.«

»Habt ihr denn auch gesehen, dass sie, kurz bevor ich euch den Fund der Leiche gemeldet habe, noch mit meiner Tante telefoniert hat?« Erst jetzt fiel Hedda ein, dass sie diese Information vielleicht eher an die Polizei hätte weitergeben sollen.

Enno schmunzelte. »Selbstverständlich, Frau Hauptkommissarin«, scherzte er. »Aber die beiden haben schon öfter zu dieser frühen Morgenstunde miteinander telefoniert. Es dürfte sich daher wirklich um einen Zufall gehandelt haben. Jetzt erkläre mir aber bitte mal, warum du auf der Demo gestern einen derartigen Aufstand verursacht hast?«

In ausführlichen Worten fasste Hedda ihre Ermittlungen des gestrigen Tages zusammen, während Enno ihr geduldig zuhörte. »Kennst du diesen NSW, von dem *Dick und Doof* gesprochen haben?«, fragte Hedda, nachdem sie ihren Bericht beendet hatte.

Enno holte noch einmal tief Luft und suchte dabei nach den richtigen Worten. Erst dann antwortete er ihr. »NSW steht für Nationalsozialistischer Widerstand. In der Polizei geht das Gerücht um, dass es sich um eine ähnliche Untergrundorganisation handelt wie den *NSU*. Aber Genaueres weiß keiner. Entweder ist es streng geheim oder das Ganze ist aus einem Gerücht heraus entstanden.« Er zuckte mit den Schultern.

Nachdenklich wischte sich Hedda ihren Pony aus der Stirn. »Das passt doch alles gut zusammen. Beide Opfer waren Ausländer. Aber was soll dann die Sache mit den Gummibändern? Wenn die Typen ähnlich wie der *NSU* möglichst unerkannt agieren wollen, wäre das Hinterlassen eines Symbols doch total kontraproduktiv.« Hedda machte eine gedankenschwere Pause. »Vielleicht kann ich ja noch mehr herausfinden, wenn ich ...«

»Du wirst dich schön da raushalten!«, fiel Enno ihr ins Wort. »Du hast dich schon genug in Gefahr gebracht. Überlasse die Ermittlungsarbeit lieber den Profis.«

»Aber ich will doch nur ...«, versuchte Hedda es mit einem Einwand, den Enno aber sofort wieder unterbrach.

»Nein, kein aber!« Seine Stimme klang so energisch und entschlossen, dass Hedda ein weiterer Protest aussichtslos erschien.

Für einige Sekunden herrschte zwischen den beiden ein eisiges Schweigen. Keiner war bereit, in dieser Sache von seinem Standpunkt abzuweichen. In diese Stille hinein schrillte plötzlich der Pfeifton von Heddas Smartphone. Sie zog ihr Handy aus der Hosentasche, während Enno die Zeit nutzte und in seinen Hamburger biss.

Komisch, die Mobilfunknummer kenne ich überhaupt nicht!, dachte Hedda und tippte mit dem Finger auf den Nachrichteneingang.

Ein Foto mit dem dazugehörigen Kommentar öffnete sich. Nachdem Hedda beides gesichtet hatte, schlug sie sich erschrocken die Hand vor den Mund und ließ ihr Handy auf die Tischplatte sinken.

Enno merkte sofort, dass etwas nicht stimmte. Schnell schluckte er den Bissen hinunter, den er noch im Mund hatte. »Was ist los?«, fragte er besorgt.

Heddas Gesichtsfarbe hatte sich der Farbe der weißen Wände angenähert. Mit ausdruckslosen Augen schob sie ihr Smartphone über den Tisch.

Enno nahm das Gerät an sich und schaute auf das Display. »Verlasse sofort das Land oder einer deiner Lieblinge stirbt. Das ist deine letzte Warnung!«, las er den Kommentar unterhalb des Fotos laut vor. Mit Daumen und Zeigefinger vergrößerte er das Bild. »Sind das Kaninchen?«

In Heddas Hals hatte sich ein dicker Kloß gebildet. Mühsam schluckte sie ihn herunter. »Das sind Fred, Wilma und Betty«, erklärte sie mit zittriger Stimme. »Das sind meine Zwergkaninchen, ich habe sie nach den Figuren aus der Zeichentrickserie *Familie Feuerstein* benannt. Sie sind bei meinen Eltern, dort im Garten haben sie ein großes Gehege, in dem sie den nötigen Auslauf bekommen.«

»Nach komfortablem Auslauf sieht das aber nicht gerade aus!« Enno warf einen erneuten Blick auf das Foto. Die drei Zwergkaninchen waren in einer Art Katzenbox zusammengepfercht worden. Als er wieder aufblickte, rannen Hedda bereits die Tränen über das Gesicht.

»Irgendwer muss sie entführt haben! Ich muss sofort zu Hause anrufen!« Sie griff über den Tisch und riss Enno ihr Smartphone aus der Hand. Dann wählte sie die Nummer ihrer Eltern aus dem Kontaktspeicher aus.

»Mama, kannst du bitte mal nach den Zwergen sehen? ... Bitte nicht jetzt! Ich erkläre euch das mit der Demo später, okay? ... Nein Mama, ich bin nicht zum Nazi mutiert ... Bitte, schau jetzt nach den Kaninchen. BITTE!«

Es vergingen einige Sekunden, in denen Heddas Mutter das Haus durchquerte, um in den Garten zu gehen. Dann erst hatte Hedda Gewissheit für ihren furchtbaren Verdacht. Ihre Zwergkaninchen waren tatsächlich verschwunden.

»Ich kann jetzt nicht mehr weitersprechen. Ich melde mich wieder!«, schluchzte sie mit letzter Kraft ins Telefon. Dann beendete sie die Verbindung, legte das Handy auf den Tisch und vergrub das Gesicht in ihren Händen.

Enno stand auf, setzte sich neben sie und legte ihr seinen Arm um die Schultern. »Hast du gesagt, die Nachricht kam von einer unbekannten Nummer?«, fragte er, nachdem er das Gefühl hatte, dass sie sich wieder ein wenig gefangen hatte.

»Ja, wieso?« Sie nahm ihre Hände aus dem Gesicht. Aus geröteten Augen schaute sie Enno hoffnungsvoll an.

»Wenn wir eine Nummer haben, werden wir über den Mobilfunkanbieter ganz schnell auch den Namen des Anrufers herausbekommen.«

Mit ihrem rechten Unterarm wischte sie sich die Feuchtigkeit aus den Augen. »Meinst du wirklich? Kümmert sich die Polizei denn um so etwas, auch wenn es nur um entführte Kaninchen geht?«

»Ich denke, dass hinter der Nachricht ein Zusammenhang mit der ersten Drohung zu vermuten ist. Da auch eine Verbindung zu den beiden Mordfällen nicht ausgeschlossen werden kann, werde ich meinen Vorgesetzten bestimmt davon überzeugen können, dass die Ermittlung des unbekannten Anrufers zur Aufklärung der Mordfälle beitragen könnte.«

»Danke, dass du mir so sehr hilfst!« Schutzsuchend lehnte sich Hedda an seine Seite.

Zögerlich legte Enno wieder seinen Arm um sie und zog sie noch etwas näher an sich heran. »Dafür ist die Polizei doch da.«

Da beiden der Appetit vergangen war, ließen sie ihre Mittagsmahlzeiten nahezu unberührt zurückgehen. Als Hedda auf ihr Fahrrad steigen wollte, um nach Hause zu fahren, hielt Enno sie jedoch zurück. Er hielt es für zu gefährlich, wenn Hedda jetzt zu ihrem Onkel gehen würde, und schlug daher vor, dass sie die Nacht lieber im Gästezimmer seiner Familie verbringen sollte.

Nach einem zaghaften, wenn auch nicht ganz ernstgemeinten Widerstand, willigte Hedda in seinen Vorschlag ein. Wahrscheinlich war es wirklich vernünftiger, wenn sie eine Zeitlang nicht bei ihrem Onkel schlafen würde. Enno wuchtete ihr Fahrrad in den Kofferraum des Polizei-Kombis und fuhr mit ihr zusammen zum Haus ihres Onkels, damit sie ein paar Klamotten für die nächsten Tage zusammenpacken konnte.

Hedda schickte Willm eine Sprachnachricht aufs Handy, in der sie ihn über alles informierte. Bei dem Gedanken daran, dass er und Sarinya im Haus sein könnten, während ein vermeintlicher Eindringling eventuell auf der Suche nach ihr war, bereitete ihr große Sorgen. Sie schlug ihm daher vor, die nächsten Nächte mit Sarinya in ein Hotel zu ziehen. Die Kosten wollte sie selbstverständlich übernehmen und legte für diesen Zweck zwei Einhundert-Euro-Scheine auf den Küchentisch. Sie war sich zwar sicher, dass Willm keine zehn Pferde dazu bewegen würden, sein Traumhaus zu verlassen, aber sie musste es zumindest versuchen.

Ennos Schicht ging noch bis zum Abend. Da Hedda ihn während der Arbeit nicht stören wollte, ließ sie sich direkt von ihm zu seinem Zuhause fahren. So konnte sie sich im Gästezimmer schon einmal ein wenig einrichten und gleichzeitig die Gelegenheit nutzen, seinen Vater etwas besser kennenzulernen. Da Enno noch bei ihm wohnte und das Bestattungsinstitut ebenfalls im gleichen Gebäude untergebracht war, würde sie automatisch noch etwas mehr über ihren zukünftigen Praktikumsplatz erfahren.

Ob Bento Frerichs sich wirklich über den weiblichen Übernachtungsbesuch seines Sohnes freute, vermochte Hedda nicht einzuschätzen. Seine erste Reaktion war schon ein wenig unterkühlt, aber eben auch nicht ablehnend. Als sie ihm gegenüber aber erwähnte, dass sie die Zeit auch gerne nutzen wollte, um schon ein wenig in den Beruf des Bestatters reinzuschnuppern, glaubte sie, so etwas wie Freude in seinem ansonsten nahezu regungslosen Gesicht ausgemacht zu haben.

Nachdem sie ihr Bett im Gästezimmer frisch bezogen und ihre Klamotten im Kleiderschrank verstaut hatte, ging sie die Treppe

107

hinunter und klopfte an der Bürotür, die das Wohnhaus mit dem Bestattungsinstitut verband.

»Störe ich?«, fragte sie zaghaft, nachdem Bento Frerichs sie aufgefordert hatte, einzutreten.

»Keineswegs! Kommen Sie doch herein. Haben Sie vielleicht Lust, mir ein wenig über die Schulter zu schauen?«

Hedda betrat das Büro und schloss die Tür hinter sich. Sie stellte sich vor den großen, aus Eichenholz gefertigten Schreibtisch und betrachtete das Papierchaos, das sich auf der Arbeitsplatte gebildet hatte. Als sie wieder aufblickte, sah sie direkt in die bohrenden Augen von Bento Frerichs. Sie fühlte sich ein wenig wie ein Zebra, das von einem Löwen beim Trinken an der Wasserstelle belauert wird.

»Nehmen Sie sich doch einen Stuhl und setzen Sie sich neben mich!« Bento Frerichs zeigte auf die ledernen Stühle, die um einen runden Glastisch herum angeordnet waren, der in der anderen Ecke des Raumes stand.

Hedda schleifte den Stuhl über den anthrazitfarbenen Teppichboden und stellte ihn neben den Chefsessel, in dem der Bestattungsunternehmer saß. Nachdem sie sich gesetzt hatte, überragte Bento Frerichs sie um fast zwei Köpfe. Während er ihr erzählte, welche Eingaben er gerade am PC machte, konnte Hedda ihren Blick nicht von seinem riesigen Adamsapfel losreißen, der beim Sprechen wie ein Jo-Jo auf und ab hüpfte.

Mitten in einer seiner Erklärungen stellte der Bestatter vollkommen unerwartet das Sprechen ein und drehte sich auf seinem Schreibtischstuhl zu Hedda um. »Entschuldigen Sie bitte, seit meine Frau verstorben ist, habe ich nur noch selten Kontakt mit Menschen.«

Hedda schaute ihn fragend an. *Was meint er denn jetzt damit?*

Auch wenn Bento Frerichs nur noch sehr sporadisch seine zwischenmenschlichen Kontakte pflegte, die nicht mit seiner beruflichen Tätigkeit zu tun hatten, so konnte er doch eines noch immer sehr gut – die Mimik anderer Menschen lesen. Dementsprechend war ihm Heddas verwunderter Gesichtsausdruck natürlich nicht entgangen, und er startete daher einen neuen Versuch, ihr sein Anliegen zu erläutern. »Ich will damit sagen, dass ich hauptsächlich Kontakt zu trauernden Menschen habe. Gerade im frühen Zeitpunkt ihrer Trauer sind diese den Verstorbenen oft ähnlicher als den Lebenden. Ich kann daher wohl nicht leugnen, dass dieser Umgang mich ein wenig ...«, er machte eine Pause, um über das passende Wort nachzudenken, »... sonderbar hat werden lassen.«

»Ich finde Sie überhaupt nicht sonderbar!«, warf Hedda ein. Sie hatte das unerklärliche Gefühl, sich irgendwie rechtfertigen zu müssen.

Reaktionslos nahm Bento Frerichs ihren Einwurf zur Kenntnis und setzte seinerseits seine Ausführungen fort. »Meine Frau war immer mein Anker zu den Lebenden. Sie hat mich daran erinnert, dass der Tod nur der Schlusspunkt einer sehr langen Lebenslinie ist. Außerdem hat sie immer dafür gesorgt, dass ich gelebt habe, auch wenn der Tod mein ständiger Begleiter war.« Bento Frerichs schluckte schwer. Flüssigkeit sammelte sich in seinen Augen und reflektierte den Schein der Schreibtischlampe. »Leider war ihre Lebenslinie viel zu kurz und das Loch, das ihr Tod in mein Leben gerissen hat, vermochte niemand zu füllen. Selbst Enno nicht, obwohl der Junge bis heute wirklich alles versucht hat, um meine neue Verbindung zur Außenwelt zu werden.«

Eine dicke Träne kullerte über Bento Frerichs Wange. Er wischte sie mit dem Handrücken weg und zog ein Taschentuch aus der Innentasche seines Jacketts, um damit auch die folgenden Tränen zu trocknen.

»Die einzige Emotion, die ich daher heute noch wirklich beherrsche, ist die Trauer. Ich kann sie zeigen, erkennen und auf sie eingehen. Eine Fähigkeit, die mir in meinem Beruf natürlich sehr nützlich ist, im wahren Leben aber bei Weitem nicht ausreicht. Was ich Ihnen eigentlich damit sagen möchte, sind zwei Dinge. Erstens: Sollten Sie den Job des Bestatters wirklich zu ihrer Berufung machen wollen, so denken Sie daran, dass Sie auch immer eine Verbindung zum Leben brauchen.« Er machte eine kurze Pause, um sicherzugehen, dass Hedda diesen äußerst wichtigen Punkt auch wirklich verstanden hatte. »Und zweitens: Seien Sie bitte nachsichtig mit mir, wenn ich nicht immer gleich erkenne, was gerade in Ihnen vorgeht.«

Hedda nickte. Sie war sich noch immer nicht ganz sicher, was er ihr jetzt eigentlich sagen wollte.

»Jetzt habe ich aber sehr weit ausgeholt, oder?« Ein entschuldigendes Lächeln umspielte seine Mundwinkel.

»Eigentlich wollte ich Sie nämlich nur fragen, wie es Ihnen geht. Enno hat mir erzählt, dass Sie beide Mordopfer gefunden haben. Das war sicherlich ein Schock, oder?«

Vor Heddas geistigem Auge blitzten die Bilder der beiden Toten wieder auf. Sie überlegte, ob sie ihm die Wahrheit über ihre Gefühle sagen sollte. Kaum einer konnte verstehen, welche Faszination der Tod auf sie ausübte. Aber nach den offenen Worten zu urteilen, mit denen Bento Frerichs ihr seine Gefühlswelt offenbart hatte, war er vielleicht einer der Wenigen, der sich tatsächlich in sie hineinfühlen konnte.

»Der Anblick von toten Menschen hat mich noch nie erschüttert. Selbst der Anblick des ersten Mordopfers, das ich hingerichtet in seinem Auto gefunden habe, hat mich allenfalls fasziniert, aber keinesfalls schockiert. Wenn ich ganz ehrlich bin, beschäftigt mich am meisten immer noch die Frage, wie wohl das zweite Opfer ausgesehen hat.«

»Aber ich dachte, Sie hätten auch diese Leiche gefunden?«, wunderte sich der Bestatter.

»Das stimmt schon. Aber sein Körper wurde von einer Eisenkette unter Wasser gehalten. Lediglich seine Füße und Teile der Unterschenkel waren im trüben Wasser des Sees zu erkennen. Als man seinen Leichnam geborgen hat, war ich schon auf dem Weg ins Krankenhaus.«

»Ich verstehe«, murmelte der Bestatter. Dann verstrichen einige Sekunden, in denen er intensiv nachzudenken schien. »Da es sich bei dem Toten offensichtlich um ein Mordopfer handelt, liegt sein Leichnam noch in der Gerichtsmedizin. Aber ich kann Ihnen da vielleicht trotzdem helfen.« Er nahm die Computermaus zur Hand, klickte ein paarmal darauf herum und hämmerte anschließend etwas in die Tastatur. Dann erhob er sich behutsam aus seinem Sessel. »Das kann jetzt ein wenig dauern. Wollen Sie in der Zwischenzeit mal sehen, wo wir die Körper der Verstorbenen lagern, bis sie beerdigt werden können?« Ohne Heddas Antwort abzuwarten, ging er auf eine Tür zu, die sich auf der gegenüberliegenden Seite des Raumes befand und demnach nicht zum Wohnhaus gehören konnte.

Neugierig folgte Hedda ihm. Hinter der Tür lag ein großes Zimmer, in dem sich die Hinterbliebenen unter anderem ein paar Särge und Urnen aus der Nähe ansehen konnten. Zielsicher strebte Bento Frerichs auf eine weitere Tür zu, öffnete diese und ging die

Stufen hinab, die in den Keller führten. Unten angekommen, standen sie vor einer großen Metalltür.

»Es könnte jetzt vielleicht ein wenig kalt werden«, sagte er ohne jegliche Emotion in seiner Stimme.

Der wäre bestimmt ein super Pokerspieler!, dachte Hedda. Sie konnte nicht verstehen, wie man beim Betreten eines Kühlraumes voller Leichen derart nüchtern bleiben konnte. Ihr selbst schlug das Herz vor Aufregung fast bis zum Hals. Eine Reaktion, die wahrscheinlich auch kein anderer verstehen würde.

In langen Stahlregalen wurden die Körper der Toten gelagert. Zielsicher ging Bento Frerichs auf eines der Fächer zu, öffnete die Klappe und zog wie bei einer überdimensionierten Schublade einen Leichnam heraus. Der tote Körper war mit einem weißen Tuch bedeckt, sodass nur das erstarrte Gesicht des Toten zu erkennen war. Sein Mund stand weit offen, seine Augen waren aufgerissen. Er sah aus, als würde er in Panik um sein Leben schreien, mit der einzigen Ausnahme, dass sämtliches Leben aus seinen Augen gewichen war.

»Ein Verkehrsunfall«, erklärte Bento Frerichs nüchtern.

Quadratzentimeter für Quadratzentimeter scannte Hedda das Gesicht des Toten ab.

»Darf ich ihn vielleicht mal anfassen?«, fragte sie zögerlich. Ihre Neugierde war einfach zu groß, als dass sie ihre Frage hätte zurückhalten können.

Bento Frerichs nickte, ohne dabei eine Miene zu verziehen. Langsam streckte sie ihren Zeigefinger nach der Wange des toten Mannes aus. Seine Haut fühlte sich kalt und irgendwie ledrig an.

»Die Totenstarre hat sich bereits wieder gelöst«, erklärte Bento Frerichs ihr, schlug die weiße Decke bis zum Bauchnabel zurück und wies auf den rechten Arm des Toten. »Sie können ihn ruhig anfassen!«

Mit zittrigen Fingern umfasste sie das Handgelenk des Mannes und hob es leicht an. Wenn sie manchmal auf ihrem Arm eingeschlafen war und Stunden später wieder erwachte, fühlte sich ihr eigener Arm ebenso leblos an wie der des Verstorbenen. Sorgsam legte sie den Arm wieder neben dem Körper des Toten ab.

»Der respektvolle Umgang mit den Verstorbenen ist eine unserer wichtigsten Grundregeln«, erklärte der Bestatter. »Viele Menschen haben Berührungsängste, wenn es um tote Menschen geht. Manche können nicht einmal darüber sprechen. Bei Ihnen habe ich aber das Gefühl, dass Sie damit sehr gut umgehen können.«

Erneut glaubte Hedda, so etwas wie Zufriedenheit in seinem Gesichtsausdruck erkannt zu haben. »Ich hatte noch nie Angst vor toten Menschen. Irgendwie faszinieren sie mich sogar. Das hingegen verstehen viele meiner Mitmenschen nicht. Darum spreche ich eigentlich mit kaum jemandem darüber.«

»Sie dürfen Ihre Faszination nicht als Makel betrachten, sondern müssen sie als Gabe begreifen. In unserem Beruf wird uns eine besondere Verantwortung zuteil. Es obliegt uns, den Körpern der Verstorbenen eine ehrenvolle letzte Ruhestätte zu geben und damit gleichzeitig den trauernden Angehörigen den Abschied zu erleichtern.«

»Es tut gut, mit Ihnen darüber zu sprechen. Danke!« Hedda schenkte Bento Frerichs ein aufrichtiges Lächeln. Sie war sehr froh, dass sie ihn auf diese Weise etwas besser kennenlernen konnte. Nach dem ersten Treffen auf der Grillparty ihres Onkels hatte der eigenwillige Mann einen doch eher beängstigenden Eindruck bei ihr hinterlassen. Doch heute hatte sie einen Menschen kennengelernt, dessen Innerstes nichts mit dem gemein hatte, was seine äußere Schale vermuten ließ.

Nachdem Bento Frerichs den Toten wieder in seiner Kühlkammer verstaut hatte, gingen sie zurück ins Erdgeschoss. Er zeigte ihr noch ein paar Särge und erklärte ihr kurz den Ablauf einer Feuerbestattung. Auch auf Heddas Frage, warum man die Asche der Verstorbenen eigentlich nicht mit nach Hause nehmen durfte, hatte er eine Antwort.

»Und jetzt werden wir mal nachsehen, ob Manfred mir schon geantwortet hat.«

»Manfred?«, fragte Hedda irritiert.

»Manfred ist ein alter Bekannter von mir. Wir sind früher zusammen zur Schule gegangen. Er arbeitet in der Gerichtsmedizin und wir haben noch regelmäßig Kontakt. Ich habe ihm vorhin eine E-Mail geschrieben und ihm Ihr Anliegen geschildert«, klärte Bento Frerichs Hedda auf und ging zurück in sein Büro. Er setzte sich in seinen Schreibtischstuhl und klickte sich mit der Maus in sein E-Mail-Programm. »Sie haben Glück!«, sagte er.

»Glück?«, fragte Hedda.

»Manfred hat mir ein Foto der Leiche geschickt. Das muss aber unbedingt unter uns bleiben!«

»Selbstverständlich!« Hedda nickte eifrig. Dann stellte sie sich direkt hinter Bento Frerichs auf und schaute gebannt auf das Foto, das bereits auf dem Monitor zu sehen war. Sie beugte sich vor und kniff die Augen zusammen.

»Suchen Sie etwas?«

»Auch dieses Opfer soll einen Gummiring am Finger getragen haben. Ich würde ihn mir gerne ansehen.«

»Ach ja, der ominöse Gummiring. Ich habe gehört, dass die Leute von der Spurensicherung ihn beinahe übersehen hätten. Der Ring war schwarz und ist auf der dunklen Haut des Opfers wohl nur sehr schwer zu erkennen gewesen. Wie alle Beweisstücke liegt er aber jetzt in der Asservatenkammer der Polizei.«

Hedda stellte sich wieder gerade hin. »Danke!«, sagte sie. »Das war wirklich sehr wichtig für mich!« Sie nickte Bento Frerichs dankbar zu.

»Ich habe um 17:30 Uhr noch ein Gespräch mit Angehörigen. Da können Sie leider erst dabei sein, wenn Sie offiziell in meinem Hause beschäftigt sind«, sagte Bento Frerichs beinahe schon entschuldigend.

Neugierig schaute Hedda auf ihre Armbanduhr. »Was, schon so spät!«, stellte sie ungläubig fest. Die Zeit mit Ennos Vater war wie im Fluge vergangen. »Kein Problem! Vielen Dank, dass Sie mir das Foto des zweiten Mordopfers gezeigt haben. Das war wirklich nett von Ihnen.«

In diesem Augenblick klingelte ihr Handy. »Das ist mein Onkel«, sagte sie entschuldigend, nachdem sie einen prüfenden Blick auf das Display geworfen hatte. »Ich werde dann mal auf mein Zimmer gehen!«

Noch während sie die Treppenstufen hinaufging, nahm sie das Gespräch entgegen.

»Hallo Onkelchen«, versuchte sie sich in einer betont lockeren Begrüßung. Sie wollte nicht, dass Willm sich Sorgen um sie machte, auch wenn es mittlerweile natürlich allen Grund dazu gab.

Willm hatte zwischenzeitlich sowohl von Hauptkommissar Franke als auch von Heddas Eltern von ihrem Besuch der rechtsextremen Demonstration erfahren. Doch noch mehr Sorgen machte er sich über den Inhalt der Sprachnachricht, die Hedda auf seinem Handy hinterlassen hatte. Der erste Drohanruf hatte ihn schon sehr verunsichert, aber die heutige Drohung brachte ihn an den Rand eines Nervenzusammenbruchs.

Der Druck, der auf ihm lastete, war unerträglich. Er hatte sich riesig darauf gefreut, seine Lieblingsnichte gleich für mehrere Monate bei sich zu haben, und fühlte sich für ihren Schutz verantwortlich. Doch nun zweifelte er daran, ob er diesen wirklich noch gewährleisten konnte. Auch seiner Schwester – Heddas Mutter - gegenüber fühlte er sich verpflichtet. Das Verhältnis zwischen ihr und ihrer Tochter war zurzeit zwar etwas angespannt, dennoch war ihr Kind ihr wertvollster Schatz. Willm wollte sie nicht belügen und ihr auch nichts mehr verheimlichen.

Andererseits war Hedda volljährig. Sie konnte tun und lassen, was sie wollte. Und wenn sie es für richtig hielt, in Neermoor zu bleiben, war es ihre eigene Entscheidung. Daher begrüßte er ihren Entschluss, zumindest vorübergehend bei Enno und seinem Vater zu wohnen. Er hoffte darauf, dass die Polizei die Mordserie bald aufklären und damit auch den unbekannten Erpresser aus dem Verkehr ziehen würde.

Eine Bedingung stellte er Hedda aber trotzdem. Er verlangte von ihr, dass sie sich nicht mehr selbst in Gefahr brachte. Keine Ermittlungen mehr in der rechten Szene, keine Kontrolle von Telefonkontakten oder irgendwelche andere Aktionen, die sie in Gefahr bringen könnten. Er konnte sie zwar nicht zwingen, zu ihren Eltern nach Bremen zurückzukehren, aber er konnte sie aus seinem Haus werfen, wenn Hedda es wirklich darauf anlegte.

Wie schon Enno zuvor, versprach Hedda auch ihrem Onkel, sich ab sofort aus allem herauszuhalten. Da sie davon ausging, dass die Polizei den Handybesitzer mit der unbekannten Rufnummer kurzfristig ermitteln würde, war der Fall ihrer Meinung nach ohnehin so gut wie aufgeklärt.

10. Kapitel

Dienstag, 18. Juli 2017

Tödliche Stadtrundfahrt

Es war William Browns erster Besuch in Europa. Zuvor hatte er lediglich einmal Urlaub im Nachbarland Neuseeland gemacht. Mehr war für den eingefleischten Junggesellen aus Hervey Bay in Australien aus finanziellen Mitteln leider nie möglich gewesen. William hatte also Ozeanien noch nie zuvor verlassen.

Er war Inhaber einer kleinen Gärtnerei, deren Gewinne ihn gerade so außerhalb der Schuldenzone hielten. Umso überraschter war er, als er in der lokalen Zeitung eine Anzeige aus Deutschland entdeckte, in der fünf Australiern aus Hervey Bay eine kostenlose Flugreise inklusive Unterkunft offeriert worden war. Einzige Bedingung: Die fünf Auserwählten mussten sich in einigen sportlichen Disziplinen mit den Teilnehmern anderer Kontinente messen.

Seine Bewerbung hatte William noch am selben Tag abgeschickt. Er war zwar nicht besonders sportlich, aber das war auch keine Bedingung gewesen. Das Los sollte unter allen Bewerbern entscheiden. Und tatsächlich, nur eine Woche später hatte er einen Brief von der Zeitung im Briefkasten. Er hatte gewonnen.

Hervey Bay ist eine Stadt in Australien und gehört zum Bundesstaat Queensland. Sie liegt direkt an der Küste und ist etwa 300 Kilometer von Brisbane entfernt. Von hier aus war vor drei Tagen der Flug gestartet, der William und die übrigen vier Gewinner nach Bremen gebracht hatte. Von dort aus waren sie mit der Bahn nach Emden gefahren, wo sie von den Organisatoren der Ostfriesland-Olympiade herzlich in Empfang genommen worden waren.

Schon während des knapp 30-stündigen Transfers hatte William schnell gemerkt, dass er mit seinen übrigen Mitstreitern nicht viel gemeinsam hatte. Die beiden Frauen und zwei weitere Männer aus Hervey Bay waren zwar alle ungefähr in seinem Alter, aber dennoch fand William einfach keinen Draht zu der Gruppe, die sich ansonsten prächtig verstand.

Als die übrigen Gewinner ihn gefragt hatten, ob er mit ihnen gemeinsam die Emder Rüstkammer besichtigen wollte, hatte er daher lieber Magenkrämpfe vorgetäuscht, um stattdessen alleine die Stadt erkunden zu können. Er hätte sich zwar gerne die große Sammlung an ritterlichen Rüstungen und Waffen aus dem 16. Jahrhundert angesehen, aber er hatte zu diesem Zeitpunkt einfach keinen Nerv mehr auf seine Landsleute.

Nach einem Bummel durch die Innenstadt kehrte er in ein Schnellrestaurant ein, wo er sich eine Portion Pommes und einen Hamburger gönnte. Anschließend besuchte er das einzige Bordell, das er während seines Stadtbummels entdeckt hatte und verprasste dort die Hälfte des Geldes, das er für die Reise angespart hatte.

Als er das Etablissement gegen 22:00 Uhr wieder verließ, machte er sich auf die Suche nach einer Kneipe, die trotz des Wochentages noch geöffnet hatte. Er hatte in einem Reiseführer gelesen, dass Emden aufgrund seiner Historie als Seehafenstadt und des ständigen *Schietwetters* – wie die Einheimischen den dauerhaften Mix aus Wind und Regen bezeichneten – eine überdurchschnittlich hohe Anzahl an Kneipen zu bieten hatte.

So dauerte es auch nicht lange, bis er fündig geworden war. William betrat die kleine, nahezu menschenleere Gastwirtschaft, setzte sich direkt an den Tresen und bestellte sich ein Bier. Es dauerte nicht lange und ein kontaktfreudiger Einheimischer, der kurze Zeit nach ihm die Kneipe betreten und sich direkt neben ihn gesetzt hatte, sprach ihn an. Da er fließend englisch sprach, kamen die beiden Männer schnell miteinander ins Gespräch.

Der freundliche Mann schien ein großes Interesse daran zu haben, den Gast von der anderen Seite der Erdhalbkugel in die hiesigen Trinkgebräuche einzuweihen. Er spendierte ihm zunächst ein weiteres *Jever-Pilsener* und erklärte ihm beim gemeinsamen Trinken, dass diese Biersorte in dem gleichnamigen Friesenort gebraut wird.

Dann zauberte er aus der Innenseite seiner Jacke eine grüne Flasche mit bräunlicher Flüssigkeit hervor, die er *Kruiden* nannte. Der Fremde erklärte William, dass es sich bei diesem Getränk um einen Kräuterschnaps handelt, wie es ihn nur in Ostfriesland gibt. Neben der heilenden Wirkung hätten die Kräuter, seinen Angaben zufolge, außerdem einen besonders positiven Effekt auf die männliche Potenz.

William mochte vielleicht vom anderen Ende der Welt kommen, aber dass Schnaps nun eher die gegenteilige Wirkung hatte, wusste selbst er. Dementsprechend ungläubig reagierte er auf die Behauptung des gastfreundlichen Fremden. Als dieser jedoch weiterhin auf seiner These bestand, vereinbarten die beiden Männer eine Wette.

Gemeinsam verließen sie die Kneipe und leerten auf ihrem Fußweg, der sie immer weiter aus der Innenstadt führte, zusammen die Schnapsflasche. Der *Kruiden* schmeckte sehr bitter und zeigte bei William bereits nach kurzer Zeit seine Wirkung. Lallend torkelte er am Ratsdelft entlang und wäre beinahe in das Wasser des Hafenbeckens gefallen, wenn sein Begleiter ihn nicht mit einer reaktionsschnellen Bewegung am Arm gepackt hätte. Dass der Schnaps bei ihm keinerlei Ausfallerscheinungen zu verursachen schien, bemerkte William zu diesem Zeitpunkt jedoch nicht.

Als er ein weiteres Mal das Gleichgewicht verlor, blieb er auf dem Boden sitzen und lehnte sich mit dem Rücken an die Innenseite eines Torbogens. Mit glasigem Blick begutachtete er das Bauwerk und brauchte mehrere Sekunden, bis ihm einfiel, dass er es schon einmal in seinem Reiseführer gesehen hatte. Er raffte sich wieder auf, torkelte ein paar Meter weiter, drehte sich um und begutachtete das Emder Hafentor von vorne.

»Where is the angel?«, lallte er seinem Begleiter zu. Trotz seines alkoholisierten Zustandes konnte er sich daran erinnern, im Zusammenhang mit diesem Bauwerk auch etwas von einem Engel gelesen zu haben. Und da William ein sehr gottgläubiger Mensch war, interessierte ihn dieser Aspekt wirklich sehr.

Der Einheimische schaute William zunächst verständnislos an, richtete dann aber seinen Blick ebenfalls auf das Hafentor. »Oh, you mean the *Engelke up de Muer*? It's on the top of this building.« Weiterhin erklärte er ihm, dass es sich bei dem Engel, der oberhalb einer Mauer thront, die ihn wiederum von dem Wasser der Ems trennt, um das Emder Stadtwappen handelt.

William war wirklich froh, dass er diesen ortskundigen Mann getroffen hatte. Nachdem er viel zu viel Geld im Bordell gelassen hatte, sparte er sich so zumindest die Kosten für eine Stadtführung.

Als die beiden Männer weitergehen wollten, wurde William auf einmal speiübel. Mit letzter Kraft stürzte er zur Kaimauer des Hafenbeckens, ließ sich auf die Knie fallen und erbrach sich in den

Ratsdelft. Erst nachdem er sich mehrfach übergeben hatte, forderte er von seinem vermeintlichen Freund seinen Wettgewinn ein. Sein Begleiter gestand seine Niederlage auch sofort ein, auch wenn er angeblich nicht verstehen konnte, warum die erhoffte Nebenwirkung bei dem Mann aus Australien einfach nicht einsetzen wollte.

Er bat William, ihm zum nächsten Geldautomaten zu folgen, damit er ihm seinen Gewinn dort direkt auszahlen könne.

Eine große gelbe Leuchtreklame fiel William ins Auge. *Commerzbank*, las er mit zusammengekniffenen Augen. »Isn't it a bank?«, fragte er irritiert.

»Yes, but it is not my bank. Follow me!«

Arglos folgte William dem Mann, der ihn direkt am alten Binnenhafen entlanglotste. Sie überquerten eine Brücke und gingen an der gegenüberliegenden Seite des Hafenbeckens wieder zurück. Dann steuerten sie auf ein Gebäude zu, das William ebenfalls bekannt vorkam.

Emder Matjes, las er einen Teil des Schriftzuges, der auf der Außenfassade des Fabrikgebäudes angebracht worden war. Bei dem Gedanken an die in Salzlake gereiften Heringe wurde ihm sofort wieder schlecht, und er musste sich erneut übergeben. Entkräftet blieb er auf der Straße liegen, die von den Scheinwerfern, die das Logo der Fabrik anstrahlten, mit beleuchtet wurde.

»Come on! There are only a few meters left!«, forderte sein Begleiter ihn auf.

Mit letzter Kraft erhob sich William wieder und torkelte dem Mann hinterher. Als dieser ihn jedoch auf einen vollkommen unbeleuchteten Teil des Fabrikgeländes locken wollte, schrillten bei ihm endlich die Alarmglocken.

Er wirbelte herum und rannte in die Richtung zurück, aus der sie ursprünglich gekommen waren. Dabei hatte er große Mühe, sich überhaupt auf den Beinen zu halten. Die Lichter der Straßenlaternen verschwammen vor seinen Augen, sein Magen rebellierte gegen die holprigen Bewegungen und seine Beine fühlten sich an wie Gummi. Bereits nach wenigen Metern fiel er hin. Bei dem Versuch wieder aufzustehen, versetzte ihm der Fremde einen kräftigen Tritt in den Rücken. Da Williams Arme nicht mehr schnell genug reagieren konnten, schlug er mit seinem Gesicht auf dem brüchigen Asphalt auf.

11. Kapitel

Mittwoch, 19. Juli 2017

Ein tödlicher Gedanke

Die Nacht in Bento Frerichs Gästezimmer war die erste, seit Hedda in Neermoor angekommen war, in der sie komplett durchgeschlafen hatte. Sie war von den Strapazen der letzten Tage und den zahlreichen unruhigen Nächten so müde gewesen, dass sie am Vorabend bereits sehr früh zu Bett gegangen war. Dennoch fühlten sich ihre Gliedmaßen noch immer müde an. Genussvoll rekelte sie sich unter der leichten Sommerdecke. Dann griff sie nach ihrem Handy und checkte die eingegangenen Nachrichten.

Da ist ja auch eine von Enno dabei!

Neugierig öffnete sie sie und las den Gute-Nacht-Gruß, den Enno ihr geschickt hatte, kurz nachdem sie sich von ihm und seinem Vater verabschiedet hatte, um ins Bett zu gehen.

Da ist ja sogar ein Kuss-Smiley dabei!

Ein zufriedenes Lächeln war der Beginn eines wohligen Kribbelns, das innerhalb von Sekunden ihren ganzen Körper erfasste. Plötzlich erinnerte Hedda sich an die Sequenzen eines Traumes, den sie in der letzten Nacht gehabt hatte. Es war ein nicht ganz jugendfreier Traum gewesen, in dem Enno und sie die Hauptrollen gespielt hatten.

Zu dem wohligen Kribbeln gesellte sich jetzt auch noch eine innere Hitze, die Hedda veranlasste, die Bettdecke auf den Boden zu schmeißen. Sie war schlagartig hellwach und innerlich aufgewühlt. Ihre Gedanken schossen wie kleine Flummis durch ihren Kopf.

Ob ich einfach rübergehen und mich zu ihm ins Bett legen sollte?

Hedda war weder schüchtern noch prüde. Sie hatte kein Problem damit, den ersten Schritt zu machen und offensiv mit ihren sexuellen Bedürfnissen umzugehen. Vielleicht brauchte ein extrem schüchterner Mann wie Enno ja genau so eine Frau wie sie, um endlich aus sich herauszukommen.

Oder würde ihn das eher erschrecken? Hedda musste an ihr Gespräch im Imbiss denken. *Was hat er noch gesagt? Er hatte noch nie eine feste Freundin? Wie kann das nur sein? Er ist so ein gutaussehender Mann. Was stimmt denn nicht mit ihm? Ob er vielleicht doch schwul ist?*

Die Gefühle, die Hedda derart durcheinandergebracht hatten, waren schlagartig verebbt. Zum allerersten Mal dachte sie darüber nach, dass mit Enno vielleicht etwas nicht stimmen könnte. Sie war doch mit Sicherheit nicht die einzige Frau, der aufgefallen war, wie süß er war. Und ganz bestimmt hatte vor ihr auch schon die ein oder andere versucht, sich diesen Fang ins Boot zu holen. Wieso also war er noch nie mit einer Frau zusammen gewesen?

Sie entschied, der Sache mit Enno noch ein wenig Zeit zu geben und versuchte deshalb, sich auf andere Gedanken zu bringen. Entschlossen hüpfte sie aus ihrem Bett und öffnete die Zimmertür. Vorsichtig spähte sie in den Flur hinaus. Sie wollte Enno keinesfalls in ihrem Nachthemd über den Weg laufen, auch wenn er sie am See ja schon nahezu unbekleidet gesehen hatte. Schnell huschte sie die wenigen Meter ins Bad hinüber und verriegelte die Tür hinter sich.

Eine kalte Dusche wird mich auf andere Gedanken bringen. Schließlich habe ich mich ganz bewusst für eine Männerpause entschieden. Einen weiteren Problemfall kann ich zurzeit jedenfalls nicht gebrauchen.

*

Später am Tag begann Hedda, sich zu langweilen. Es war einer dieser typischen ostfriesischen Sommertage. Wenn man gerade aus einem monatelangen Koma erwacht wäre und aus dem Fenster geschaut hätte, wäre man wahrscheinlich davon ausgegangen, dass es Herbst oder vielleicht Frühling war. Der Himmel hing voller Wolken, die Sonne suchte man vergeblich.

Wenigstens ist es trocken, dachte Hedda und entschied sich in diesem Moment, einen kleinen Spaziergang zu machen. Sie zog sich Schuhe an, streifte sich ihre Jacke über und verließ das Haus. Skeptisch warf sie einen prüfenden Blick zum Himmel hinauf. Ob sie wirklich ohne Regenschirm auskommen würde?

Ihr Weg führte sie am Kindergarten und an der Schule vorbei. Obwohl es Ferienzeit war, waren dennoch einige Kinder auf den Pausenhof versammelt, um zusammen Fußball zu spielen oder auf den Klettergeräten herumzutollen. Der leichte Nieselregen, der zwischenzeitlich eingesetzt hatte, schien ihnen nicht im Geringsten etwas auszumachen.

Das sind halt waschechte Ostfriesen, schmunzelte Hedda und war froh, dass sie den Schirm zu Hause gelassen hatte. Sie legte den Kopf in den Nacken und genoss für einen Moment die feinen Tropfen, die ihr auf das Gesicht fielen. Erst danach ging sie weiter. Am Kreisverkehr bog sie links ab und ging die Osterstraße entlang. Sie wollte zur *Neermoorer Gartenwelt Klock*, um sich dort die schöne Außenanlage anzusehen. Schon als Kind war sie mit ihrem Onkel öfter dorthin gegangen, um die Fische in dem großen Außenteich zu beobachten.

Plötzlich bremste neben ihr ein Auto scharf. Das quietschende Geräusch der Bremsen ließ Hedda erschrocken zusammenzucken. Erleichtert stellte sie jedoch fest, dass es sich bei dem Fahrzeug um einen Polizeiwagen handelte, und hinter dem Steuer saß niemand anderes als Enno.

»Ich wollte gerade zu dir. Komm, steig ein!«, rief er zu ihr hinüber, nachdem er die Scheibe heruntergelassen hatte.

Hedda setzte sich auf den Beifahrersitz des Polizeiwagens. »Ist etwas passiert?«, fragte sie aufgeregt.

Enno setzte den Blinker und reihte sich wieder in den Verkehr ein. »Ich habe so viele Neuigkeiten, dass ich gar nicht weiß, wo ich anfangen soll.«

»Nun spann mich bloß nicht so auf die Folter!« Die innere Anspannung drohte Hedda förmlich zu zerreißen.

»Lass uns erst zu mir fahren. Ich denke, du solltest lieber sitzen, wenn ich dir die Neuigkeiten berichte.«

Schmollend lehnte Hedda sich in ihren Sitz zurück. Sie konnte eigentlich keine Sekunde länger abwarten, aber sie spürte, dass sie mit weiterem Betteln bei Enno nichts erreichen würde.

Nachdem Enno den Streifenwagen direkt hinter dem Leichenwagen seines Vaters geparkt hatte, stiegen sie aus und gingen gemeinsam zur Haustür.

Was die Nachbarn jetzt wohl denken?, überlegte Hedda, nachdem sie einen Blick auf die beiden parkenden Autos geworfen hatte. Dieses Bild musste sie unbedingt in ihrem Kriminalroman verarbeiten.

»Möchtest du einen Tee?«, fragte Enno sie, nachdem sie in die Küche gegangen waren.

»Spinnst du? Ich platze jetzt schon vor Neugierde! Nun erzähl mir endlich, was es Neues gibt!«, brach es aus Hedda heraus.

Enno stellte den Wasserkocher zurück und setzte sich an den Küchentisch. Auffordernd schaute er zu Hedda hinauf, die noch immer keine Anstalten machte, sich ebenfalls hinzusetzen. »Setz dich lieber!«

Widerwillig folgte Hedda seiner Aufforderung und setzte sich neben ihn. Ihre Anspannung war so groß, dass sie jetzt lieber einen Marathon gelaufen wäre, anstatt sich auf diesen Stuhl zu setzen.

»Ich weiß, wer dir die Nachricht geschrieben hat. Die Handynummer gehört einer gewissen Vanessa Meier.«

»WAS? Diese blöde Schlampe!«, unterbrach sie ihn. »Spinnt die jetzt total?«

»Beruhige dich!« Enno legte seine Hand auf ihre. »Die Kollegen aus Bremen waren bereits bei ihr zu Hause. Deinen Kaninchen geht es gut. Sie sind bereits wieder bei deinen Eltern und hoppeln durch den Garten.«

Erleichtert stieß Hedda einen tiefen Seufzer aus. Eine tonnenschwere Last war gerade von ihr abgefallen.

»Sie hat alles zugegeben«, erzählte Enno weiter. »Sie hat deine Kaninchen entführt und dir die Nachricht geschrieben, weil sie gehofft hatte, dass sie so ihren Freund zurückgewinnen könnte. Sie hat erzählt, dass er sich von ihr getrennt habe, weil er wieder mit dir zusammen sein wollte. Da sind bei ihr wohl die Sicherungen durchgebrannt.«

Der prüfende Blick, mit dem Enno sie bedachte, während er von Jans Absichten erzählte, verunsicherte Hedda. »Der Idiot soll bloß bei der blöden Kuh bleiben. Ich nehme den bestimmt nicht zurück!«, stellte sie daher gleich klar. Das zufriedene Leuchten, das sich im selben Moment in seinen Augen ausbreitete, gefiel ihr hingegen gleich viel besser.

»Die Kollegen überprüfen gerade noch, ob sie auch für den ersten Anruf verantwortlich sein könnte. Aber das hat sie bisher vehement abgestritten«, ergänzte Jan. Die Sorge um Hedda stand ihm jetzt wieder ins Gesicht geschrieben.

»Mach dir darum mal keine Sorgen! Der Typ hat sich doch seitdem nicht mehr gemeldet.« Hedda legte ihre freie Hand auf seine und bemerkte erst jetzt, dass diese die ganze Zeit über auf ihrer anderen Hand geruht hatte.

Ihre Blicke trafen sich und blieben für einen Sekundenbruchteil aneinanderhaften. Enno war der Erste, der den Blick wieder löste, mit leicht gerötetem Gesicht zu Boden schaute und seine Hand aus Heddas Händen herauslöste.

»Ich habe noch mehr Neuigkeiten. Es gibt eine neue Leiche!«

»Noch ein Mord in Neermoor?« Fassungslos schaute Hedda ihn an.

»Nicht in Neermoor. Dieses Mal wurde ein toter Mann in Emden gefunden!«

Hedda runzelte die Stirn. *Und was hat das jetzt mit den Morden in Neermoor zu tun?*

»Das Mordopfer hat wieder einen Gummiring um den Finger getragen«, beantwortete Enno ihre Frage, als ob er sie tatsächlich gehört hätte.

»Ist nicht wahr!«

»Doch! Und eine Verbindung zu Neermoor gibt es trotzdem!«

»Welche?«

»Das Opfer gehörte zum Australien-Team, das an der Ostfriesland-Olympiade in Neermoor teilnehmen wird.«

Für einen kurzen Moment hielt Hedda inne. »Also wieder ein Ausländer!«, schlussfolgerte sie. »Aber ein Australier. Die gehören eigentlich nicht zum bevorzugten Ziel von rechtsradikalen Untergrundorganisationen, oder?«

Enno schüttelte den Kopf. »Nicht unbedingt. Außerdem war er ja auch nur zu Besuch in Deutschland. Er hatte nie die Absicht, dauerhaft hierzubleiben. Aber wer weiß schon, was in den kranken Köpfen dieser Leute vorgeht«, gab Enno zu bedenken.

»War er verheiratet?«

»Nein.« Enno schüttelte den Kopf.

»Damit wäre das Motiv der rachelüsternen Ehefrau ja wohl endgültig vom Tisch«, stellte Hedda ein wenig enttäuscht fest.

»Aber vielleicht war es ja auch ein gehörnter Ehemann, der alle Männer tötet, die etwas mit seiner Frau hatten?«, warf Enno seine Gedanken ein.

Ungläubig verzog Hedda ihre Mundwinkel. »Seit wann sind die Australier in Deutschland?«

Enno musste kurz überlegen. »Ich glaube, sie sind vor drei Tagen angereist.«

»Und in der kurzen Zeit soll das Opfer ausgerechnet mit der Ehefrau des blutrünstigen Rächers etwas angefangen haben? Das scheint mir jetzt doch sehr unwahrscheinlich. Da glaube ich doch eher an die Theorie mit dem NSW.«

»Ich weiß nicht.« Enno rieb sich mit der flachen Hand über die Stirn. »Für mich passt der Australier da einfach nicht ins Bild.«

Schweigend sortierten beide ihre Gedanken. Konnte es denn wirklich sein, dass sie jetzt überhaupt keinen Anhaltspunkt mehr hatten? Irgendetwas mussten sie doch übersehen haben.

»Wieso war das Opfer denn überhaupt in Emden unterwegs?«, fiel Hedda plötzlich ein.

»Das australische Team ist dort im *Upstalsboom Parkhotel* untergebracht. In Neermoor und Umgebung waren alle Hotels bereits ausgebucht. Die Organisatoren der Spiele haben einfach zu spät an die Zimmerreservierungen gedacht.«

»Es war kein anderes Zimmer mehr frei?«, fragte Hedda ungläubig.

»Es sind Sommerferien. Da wimmelt es in ganz Ostfriesland nur so vor Touristen. Durch den Erfolg der Ostfriesland-Olympiade hat die Region in diesem Jahr sogar einen neuen Rekord an Übernachtungsanfragen verbucht. Vielleicht gab es noch das ein oder andere freie Zimmer. Aber die Organisatoren wollten gerne alle Teammitglieder in ein und demselben Hotel unterbringen«, gab Enno die Informationen weiter, die die Polizei am Vormittag von den Verantwortlichen der Ostfriesland-Olympiade bekommen hatte.

Da macht der geplante Hotelbau in Neermoor ja tatsächlich Sinn, dachte Hedda. Gedankenverloren starrte sie auf den Aschenbecher und das danebenliegende Feuerzeug, das Bento Frerichs auf dem Küchentisch deponiert hatte. In diesem Moment musste sie an das Sturmfeuerzeug denken, das ihr Onkel im Garten vergraben hatte.

Das Feuerzeug, die Olympiade, der Bau des Hotels, schossen ihr die Gedanken wie Blitzschläge durch den Kopf. *Könnte vielleicht jemand versuchen, die Ostfriesland-Olympiade zu sabotieren, um so den Bau des Hotels doch noch zu verhindern?*

»Ist alles okay?«, fragte Enno sie. Ihm war nicht entgangen, dass Hedda über irgendetwas intensiv nachdachte.

»Ja, alles klar! Ich war nur kurz mit meinen Gedanken ganz woanders.« Verlegen lächelte Hedda ihn an. Sie wollte ihren

Gedanken lieber vorerst noch für sich behalten. Denn der einzige Verdächtige, der ihr schlagartig einfiel, war ihr geliebter Onkel.

*

Nachdem Enno wieder zu seiner Dienststelle aufgebrochen war, setzte sich Hedda an den Schreibtisch im Gästezimmer, klappte ihren Laptop auf und schaltete ihn ein. Während sie darauf wartete, dass das Gerät hochfuhr, nahm sie einen Zettel und einen Stift zur Hand und notierte Willms Namen darauf.

Wer könnte noch ein Interesse daran haben, den Hotelbau zu verhindern?

Fieberhaft grübelte sie über diese Frage nach. Es musste doch noch andere Verdächtige geben.

Die kleinen Hoteliers!, kam Hedda plötzlich die Erleuchtung. *Wenn das große Hotel am See gebaut wird, werden sie es deutlich schwerer haben, ihre Zimmer zu vermieten. Außerdem dauert die Ostfriesland-Olympiade nur wenige Tage. Das neue Hotel wird ihnen aber die ganze Saison über die Gäste streitig machen.*

Mit Hilfe einer Suchmaschine ließ sie sich eine Karte von den in Moormerland angesiedelten Hotels anzeigen und notierte sich die Namen und die dazugehörigen Adressen auf ihrem Zettel. In Neermoor fand sie lediglich drei Übernachtungsmöglichkeiten.

Vielleicht sollte ich denen mal einen Besuch abstatten.

Nachdenklich zupfte sie an dem Loom-Armband herum, das ihr das kleine Mädchen geschenkt hatte.

Welche Bedeutung haben nur die Gummiringe an den Ringfingern der Opfer, wenn es kein Symbol für einen Ehering sein soll?

Vor ihren Augen verschmolzen die kleinen Ringe zu einem bunten Farbenmix.

Die Olympischen Ringe!, traf Hedda die Erkenntnis vollkommen unvorbereitet. *Vielleicht sollen die Gummibänder die olympischen Ringe symbolisieren?*

Doch noch während sie im Internet Daten über die olympischen Ringe zusammensuchte, kamen ihr die ersten Zweifel an ihrer neuen Theorie.

Wenn es wirklich um die Sabotage der Ostfriesland-Olympiade geht, warum waren dann die ersten beiden Opfer nicht auch teilnehmende Sportler?

Hedda rieb sich mit den Händen durch das Gesicht. Es war zum Verzweifeln. Jede Theorie, die sie hatte, war nachvollziehbar, aber nur in Teilen schlüssig. Resigniert las sie den Text, den ihr eine Internetseite zu den olympischen Ringen anbot.

Die olympischen Ringe wurden 1913 von Pierre de Coubertin entworfen. Erstmals wurden sie jedoch im Jahr 1931 verwendet. In sämtlichen Nationalflaggen der Welt kommt mindestens eine der sechs verwendeten Farben (Fünf Ringe und der weiße Hintergrund) vor. Jeder Ring steht dabei für einen Erdteil. Dass jeder von ihnen dabei einen bestimmten Kontinent symbolisieren soll, ist hingegen ein immer noch sehr weit verbreiteter Irrglaube. Demnach glaubt die Mehrheit der Menschen noch heute, dass die Farbe Blau für den europäischen, Gelb für den asiatischen, Schwarz für den afrikanischen, Grün für den Australischen, und Rot für den amerikanischen Kontinent steht.

Das erste Mordopfer tauchte vor Heddas innerem Auge auf. Sein Gummiring war weiß gewesen. Das wusste sie noch ganz genau. Selbst wenn der Mörder also zu der Mehrheit gehören würde, die immer noch dem beschriebenen Irrglauben unterlagen, hätte er für den Asiaten doch demnach ein gelbes Gummiband auswählen müssen. Bei dem zweiten Opfer passte der schwarze Gummiring hingegen zu ihrer neuen Theorie. Aber das konnte natürlich auch ein Zufall gewesen sein. Welche Farbe der Ring des dritten Opfers hatte, wusste sie überhaupt nicht. Es schien ihr aber auch nicht mehr wichtig zu sein, da auch diese Theorie wie ein Kartenhaus in sich zusammengestürzt war. Am wahrscheinlichsten schien es ihr daher, dass irgendjemand einfach nur Angst und Schrecken verbreiten wollte, um die Touristen sowohl aus der Region als auch von der Ostfriesland-Olympiade fernzuhalten.

Entnervt klappte sie den Laptop zu, ging zum Bett hinüber und ließ sich rücklings auf die Matratze fallen. Mit weit aufgerissenen Augen starrte sie zur Decke hinauf. In diesem Moment klopfte es an der Tür. Erschrocken richtete Hedda ihren Oberkörper auf. »Herein!«

Die Tür öffnete sich langsam und Bento Frerichs betrat das Gästezimmer. »Moin!«, begrüßte er sie. Er wirkte sehr unsicher. »Ich bin für heute fertig und wollte Sie fragen, ob Sie vielleicht Lust hätten, mit mir zu Mittag zu essen?«

»Das klingt nach einer guten Idee!«, antwortete Hedda. Sie bemerkte erst jetzt, wie spät es bereits war und dass sie sich noch überhaupt keine Gedanken über ihr Mittagessen gemacht hatte. Dabei war sie wirklich verdammt hungrig.

»Ich wollte *Speckendicken* machen. Mögen Sie die?«

Hedda stutze für einen Moment. Bei ihrem Großvater hatte es die ostfriesischen Pfannkuchen, die mit Mettwurst oder Speck verfeinert werden, immer nur zu Silvester gegeben.

»Ich kann auch etwas anderes kochen«, schlug Bento Frerichs vor, nachdem er Heddas skeptischen Blick erfasst hatte.

»Nein, nein! Ich liebe *Speckendicken* und habe sie auch ewig nicht mehr gegessen. Ich habe mich gerade nur gefragt, warum mein Opa sie immer nur zu Silvester gemacht hat.«

»Sie meinen zum Alljoohrsdach!« Das Gesicht von Bento Frerichs, das ansonsten nur selten eine Gefühlsregung zeigte, grinste sie fast schon ein wenig frech an.

»Was meinte ich?«, fragte Hedda verwirrt. Da ihre Eltern zu Hause immer nur hochdeutsch mit ihr gesprochen hatten, verstand sie einige plattdeutsche Begriffe nicht.

»Silvester heißt auf plattdeutsch Alljoohrsdach«, erklärte Bento Frerichs ihr. »Sie haben recht, normalerweise ist es ein traditionelles Silvestergericht. Aber ich esse sie einfach so gerne, dass ich zwei bis dreimal im Jahr eine Ausnahme machen muss.«

*

Die *Speckendicken* schmeckten wunderbar. Jeder Bissen schickte Hedda auf eine kleine Zeitreise und ließ sie am Küchentisch ihrer Großeltern wieder die Augen aufschlagen. Am liebsten hätte sie niemals mit dem Essen aufgehört, aber ihr Magen platzte förmlich, so viele Pfannkuchen hatte sie bereits verdrückt.

»Das war wirklich sehr lecker!«, sagte sie, legte ihre Hände auf den Bauch und streckte ihre Gliedmaßen von sich.

»Das freut mich! Mir scheint, Sie sind auch satt geworden?« Wieder huschte ein Lächeln über Bento Frerichs Gesicht.

Während der Mahlzeit hatte er kaum ein Wort mit ihr gesprochen. Dennoch kam es Hedda so vor, als würde das Eis zwischen ihnen kontinuierlich weiter schmelzen.

»Haben Sie vielleicht Lust, heute Nachmittag das Medien-Training des Ostfriesland-Teams anzuschauen? Wir könnten Ihren Onkel auch fragen, ob er Zeit hat, zu kommen. Schließlich findet die Veranstaltung ja direkt vor seiner Haustür statt. Außerdem bin ich sehr gespannt, wie Enno sich schlagen wird.«

Die Einladung von Bento Frerichs warf bei Hedda gleich zwei Fragen auf. »Was ist denn ein Medien-Training?«, stellte sie Bento Frerichs die erste der beiden Fragen.

»Am Mittwoch vor dem Beginn der Ostfriesland-Olympiade findet traditionell das Abschlusstraining des hiesigen Teams statt. Dabei kommen dann verschiedene Vertreter der lokalen Zeitungen und regionalen TV-Medien, um ihre Berichte vorzubereiten«, erklärte Bento Frerichs.

»Nach nur einer Olympiade spricht man also schon von Tradition?« Jetzt musste Hedda zur Abwechslung mal grinsen.

»In Ostfriesland sind Traditionen heilig, egal, wie lange sie schon bestehen«, entgegnete Bento Frerichs und musste ebenfalls lächeln.

»Und was hat das mit Enno zu tun?«, stellte Hedda ihre zweite Frage.

»Er ist in diesem Jahr ins Ostfriesland-Team gelost worden. Letztes Jahr hatte er leider kein Glück, aber dieses Jahr scheint es *Fortuna* mit ihm sehr gut zu meinen.« Bento Frerichs lächelte Hedda vielsagend an.

»Er macht da mit? Davon hat er mir ja noch überhaupt nichts erzählt!«

»Mir auch nicht! Aber ich habe seinen Namen in der Zeitung gelesen.« Er zwinkerte ihr verschwörerisch zu.

»Ist es ihm denn recht, wenn wir da auftauchen?«

»Ich kenne meinen Sohn. Vertrauen Sie mir. Es wird ihm für einen Moment lang unangenehm sein, aber hinterher wird er sich freuen, dass wir dabei gewesen sind.«

*

»Wo ist denn Kobe?«, fragte Willm, nachdem er zu Brad ins Auto gestiegen war.

Der Amerikaner zuckte mit den Schultern. »Er hat mir heute Morgen eine Nachricht geschickt. Ihm geht es wohl nicht gut. Er will nachher zum Arzt gehen und sich krankschreiben lassen.«

»Und das gerade heute, wo wir so viel zu tun haben? Schickt die Firma uns einen Ersatzmann?«

Brad schüttelte verneinend den Kopf. »Es haben sich wohl noch mehrere Kollegen krankgemeldet. Die Sommergrippe hat anscheinend voll zugeschlagen.«

»Das bedeutet dann wohl: Überstunden!«, stöhnte Willm genervt.

»Sieht wohl so aus!«

»Hat Kobe gesagt, ob er es Freitag zum Grillen schafft?« Erst jetzt fiel ihm ein, dass am Freitag ja endlich ihr Schweigegelübde endete.

»Er hat nichts dazu geschrieben, aber ich hoffe, dass er bis dahin wieder fit sein wird. Die ganze Sache macht mich noch wahnsinnig! Ich bin heilfroh, wenn wir das endlich hinter uns haben. Hast du dir deine Entscheidung eigentlich noch einmal überlegt?«

Willm schaute Brad nachdenklich an. Er würde nichts lieber tun, als mit seinem Kollegen und Freund über seine Gedanken der letzten Tage zu sprechen. Aber er hatte, genauso wie Brad und Kobe, versprochen, bis zum kommenden Freitag kein Wort darüber zu verlieren. »Es sind nur noch zwei Tage. Wir sollten uns an unsere Abmachung halten und erst dann die Karten auf den Tisch legen.«

12. Kapitel

Mittwoch, 19. Juli 2017

Sport ist Mord

»Hedda!« Willm schloss seine Nichte so fest in die Arme, als ob er sie seit Monaten nicht mehr gesehen hätte. »Geht es dir gut?«

»Alles bestens! Die Frerichs kümmern sich sehr gut um mich!« Hedda lächelte zunächst ihren Onkel und dann Ennos Vater an.

»Das will ich denen auch geraten haben!«, lachte Willm und knuffte Bento Frerichs freundschaftlich auf die Schulter.

»Du weißt doch, dass ich ein guter Gastgeber bin«, antwortete Bento Frerichs beleidigt. Er schien die scherzhafte Anspielung von Willm etwas zu ernst genommen zu haben.

»Ach Bento!« Willm schüttelte schmunzelnd den Kopf. »Wir sollten uns wirklich öfter treffen, sonst wirst du noch genauso seltsam wie deine Untermieter.«

Seinem leichten Lächeln nach zu urteilen, schien Bento Frerichs den scherzhaften Vergleich dieses Mal verstanden zu haben. »Sag nichts gegen meine Untermieter. Ruhigere Nachbarn kann es gar nicht geben«, konterte er.

Die drei gingen auf die große Wiese zu, auf der sich bereits jede Menge Leute versammelt hatten. Am Straßenrand parkten mehrere Übertragungswagen von diversen Funk und TV-Sendern.

»Das sind ja noch mehr als im letzten Jahr!«, stellte Willm wütend fest.

»Beruhige dich, die Hälfte davon wird lediglich durch die Morde angelockt worden sein«, gab Bento Frerichs zu bedenken.

Mitten auf der großen Wiese war eine Bühne aufgebaut worden, auf der insgesamt fünf große, mit Leinentüchern verhängte Holztafeln standen. Über jeder war einer der fünf olympischen Ringe angebracht worden. Der Großteil der anwesenden Besucher hatte sich bereits direkt vor der Bühne versammelt.

»Was ist das?«, fragte Hedda.

»Gleich werden die Sportarten enthüllt, in denen die Teams gegeneinander antreten werden«, erklärte ihr Willm.

»Standen die denn nicht vorher schon fest?«

131

»Nein. Das ist ja das Lustige an der Sache. Bei der Ostfriesland-Olympiade steht nicht der sportliche Wettkampf im Vordergrund, sondern der Spaß. Darum werden ja auch keine Profisportler eingeladen. Und genauso, wie man die Sportler auslost, so wird auch über die Sportarten per Los entschieden«, klärte Willm sie weiter auf.

»Aber wenn der Wettkampf schon am Wochenende startet, dann haben die Teilnehmer ja kaum Zeit, um zu trainieren.«

»Ganz genau!« Willm lachte. »Pass auf, es geht los!«

Ein älterer Mann mit Vollbart betrat die Bühne. Er trug einen schwarzen Anzug und machte ein ernstes Gesicht. Als das Publikum ihn erblickte, fing ein Teil der Leute laut an zu buhen.

»Warum buhen die Leute den Mann aus?«, fragte Hedda.

»Das ist der Bürgermeister der Gemeinde Moormerland. Er hat im letzten Jahr eine Wette verloren und hätte heute eigentlich in der Verkleidung eines Sumo-Ringers kommen müssen«, flüsterte Willm seiner Nichte ins Ohr, schaute dann aber gleich wieder gespannt zur Bühne hinauf.

Mit emporgestreckten Armen signalisierte der Bürgermeister den Leuten, dass sie ein wenig leiser sein sollten. Dann trat er ans Mikrofon und räusperte sich. »Moin, liebe Sportsfreunde! Ich weiß, einige von Ihnen hatten heute ein anderes Outfit von mir erwartet. Aber in Anbetracht der Ereignisse, die sich in der letzten Nacht leider zugetragen haben, hielt ich dies für unangemessen.«

»FEIGLING!«, ertönte ein vereinzelnder Zwischenruf aus der Menge, dem sich gleich ein paar weitere Zuschauer anschlossen. »FEIGLING!«

Erschrocken suchten die Augen des Bürgermeisters die Menge nach den Störenfrieden ab. Dann hielt er kurz inne, um nach den passenden Worten zu suchen. »In der letzten Nacht ist ein Mitglied des australischen Teams in Emden tot aufgefunden worden.«

Ein Raunen ging durch die Menge. An verschiedenen Ecken begannen die Leute miteinander zu tuscheln.

»Wir haben kurzfristig überlegt, die ganze Olympiade abzusagen. Aber nach Rücksprache mit der Polizei sowie den übrigen Mitgliedern des australischen Teams sind wir übereingekommen, dass die Spiele trotzdem stattfinden sollen.«

Das Gemurmel wurde lauter. Manche Leute klatschten, andere wiederum begannen, lautstark ihre Fragen auf die Bühne zu rufen.

»Bevor ich jetzt gleich das Geheimnis um die diesjährigen Sportarten lüfte, möchte ich Sie, im Gedenken an den Verstorbenen, um eine Schweigeminute bitten.« Der Bürgermeister trat an den Rand der Bühne. Zwei weitere Männer brachten eine Staffelei auf die Bühne und platzierten sie genau in der Mitte. Auf der Staffelei lehnte das Schwarz-Weiß-Portrait eines Mannes.

Wahrscheinlich der Verstorbene, dachte Hedda und senkte betroffen den Blick zu Boden.

Langsam wurde es ruhiger. Nur vereinzelt waren noch leise Stimmen oder ein gelegentliches Husten zu hören. Sechzig Sekunden lang galten die Gedanken des Publikums dem ermordeten Gast aus Australien.

»Ich enthülle jetzt die diesjährigen Disziplinen der zweiten Ostfriesland-Olympiade!« Der Bürgermeister ging zu der Holztafel mit dem roten Kreis und zog mit einem Ruck die weiße Decke ab.

Basketball und Baseball, las Hedda.

Dann wurde die Tafel mit dem grünen Kreis enthüllt.

Cricket und Rugby.

Hürdenlauf und Halbmarathon, stand auf der Tafel mit dem schwarzen Kreis.

Tischtennis und Judo, auf der mit dem gelben.

Die haben die typisch kontinentalen Sportarten also auch nach dem alten Irrglauben den Farben der Ringe zugeordnet, dachte Hedda.

Der Bürgermeister stand jetzt neben der Tafel mit dem blauen Kreis. Die Unruhe im Publikum wurde immer lauter. Wenn Hedda das alles richtig verstanden hatte, würden jetzt die ostfriesischen Sportarten bekanntgegeben werden. Mit einem Ruck zog der Bürgermeister auch dieses Laken von der letzten Tafel.

Pultstockspringen und Boßeln, las Hedda.

Ein Raunen ging durchs Publikum, wurde dann aber von einem immer lauter werdenden Applaus abgelöst.

»Was ist denn Pultstockspringen?«, fragte Hedda, nachdem sich die Zuschauer wieder etwas beruhigt hatten.

»Pultstockspringen ist eine Mischung aus Stabhochsprung und Weitsprung. Man muss dabei versuchen, mit dem Stock über einen Schlot oder einen Graben zu springen, ohne hineinzufallen. Für die Olympiade werden aber sicherlich künstliche Wasserläufe angelegt«, erklärte Willm ihr.

»Ach so«, murmelte Hedda und versuchte, sich das ganze bildlich vorzustellen.

»Und beim Boßeln versucht man, eine Kugel mit möglichst wenigen Würfen eine festgelegte Strecke entlangzuwerfen«, erklärte Willm ungefragt weiter.

Demonstrativ verschränkte Hedda die Arme vor ihrer Brust, legte den Kopf leicht schief und schaute ihren Onkel herausfordernd an.

»Onkelchen, ich weiß, was Boßeln ist!«

»Entschuldige!« Willm musste lachen. »Ich vergesse manchmal, dass auch du ein Ostfriesenkind bist.« Mit seiner Hand wuschelte er ihr über den Kopf, so als wäre sie wieder vier Jahre alt.

Während Hedda mit ihren Fingern versuchte, ihre Frisur wieder zu richten, entdeckte sie etwas abseits der übrigen Leute zwei bekannte Gesichter.

Das sind doch Dick und Doof. Was wollen die denn hier?

Die beiden Glatzköpfe standen etwa zehn Meter von ihr entfernt und steckten verschwörerisch ihre Köpfe zusammen. Bei ihnen stand noch ein weiterer Mann, der Hedda aber nicht bekannt vorkam.

Ich muss herausfinden, worüber die sprechen!

»Ich muss mal zur Toilette«, flüsterte sie ihrem Onkel ins Ohr und bahnte sich ihren Weg durch die immer noch dicht gedrängte Menschenmenge. Auf der Bühne wurden gerade die Teammitglieder der afrikanischen Mannschaft vorgestellt. Bis Enno und das Ostfriesland-Team auf die Bühne mussten, hatte sie also noch etwas Zeit.

Ich muss ganz dicht an sie heran, darf aber auf keinen Fall auffallen.

Angestrengt suchten Heddas Augen die nähere Umgebung des Trios nach einem geeigneten Versteck ab. Da die drei Männer sich aber mitten auf der Wiese befanden, blieb ihre Suche erfolglos. Sie musste sich etwas anderes einfallen lassen.

In diesem Moment kam ihr der Zufall zur Hilfe. Zwei kräftige Männer trugen eine große Tafel herbei und versenkten die hölzernen Pfähle in den Einschlaghülsen, die bereits im Erdboden versenkt worden waren. Nachdem sie die Holzpfähle mit mehreren großen Schrauben an den Einschlaghülsen befestigt hatten, verschwanden sie wieder. Die Reklametafel, die zu beiden Seiten die olympischen Ringe zeigte, lag jetzt wie eine riesige Trennwand zwischen Hedda und den drei Männern.

Scheinbar interessiert trat Hedda an die Tafel heran und tat so, als würde sie die Informationen, die unterhalb der olympischen Ringe angebracht worden waren, durchlesen. In Wirklichkeit spitzte sie jedoch ihre Ohren und versuchte zu verstehen, was die Männer auf der anderen Seite der Tafel zu besprechen hatten.

»Ist das da das gleiche Schild, von dem du uns erzählt hast?«, fragte *Doof.* Seine näselnde Stimme hätte Hedda selbst mit geschlossenen Augen erkannt.

»Es ist genau das Gleiche. Wahrscheinlich konnten sie es reinigen«, sagte eine andere Stimme. Hedda wusste nicht, ob sie *Dick* oder dem anderen Mann gehörte.

»Und wo war jetzt nochmal das Blut?«, mischte sich jetzt auch die dritte Stimme in das Gespräch ein.

»Ich weiß nicht, ob es echtes Blut war. Ich habe das Ganze doch auch nur erzählt bekommen. Aber angeblich hat jemand mit blutroter Farbe ein paar Totenkreuze auf das Schild gemalt.«

»Und wo?«, näselte *Doof.*

»Ein Kreuz war in dem grünen Ring, ein weiteres in dem schwarzen und das dritte war neben den Ringen aufgemalt worden.«

»Daneben?«, fragte die zweite Stimme verwundert. Hedda vermutete, dass sie zu *Dick* gehörte. »Wieso daneben?«

»Das weiß ich auch nicht. Oder sehe ich so aus, als würde ich zum NSW gehören?«

»Du glaubst also auch, dass der NSW dahintersteckt?«, fragte *Doof* aufgeregt.

»Ich habe keine Ahnung! Es gibt da bisher nur Gerüchte. Am Ende ist es mir egal, wer dafür verantwortlich ist. Hauptsache, der Teufelskerl zieht die Sache durch und verhindert damit nicht nur diese bekloppte Ausländer-Olympiade, sondern gleichzeitig auch noch diesen vermaledeiten Hotelbau«, antwortete die Stimme des unbekannten Mannes. Der Zorn in seinen Worten war deutlich herauszuhören.

Er ist also auch gegen den Hotelbau! Hedda war froh, dass sie neben ihrem Onkel noch einen weiteren Gegner des Hotelprojektes gefunden hatte. *Ob er vielleicht mit diesem NSW unter einer Decke steckt?*

Erschrocken wirbelte Hedda herum, als ihr plötzlich jemand seine Hand auf die Schulter legte.

»Seit wann bist du denn so schreckhaft?«, scherzte Willm.

Hedda presste die flache Hand auf ihre Brust. Wie ein Vorschlaghammer hämmerte ihr Herz gegen ihren Brustkorb und versetzte ihren ganzen Körper in unangenehme Schwingungen. Für einen kurzen Augenblick hatte sie befürchtet, von *Dicks und Doofs* ideologischen Brüdern ertappt worden zu sein.

»Musst du dich denn so an mich anschleichen?«, fragte sie vorwurfsvoll.

»Entschuldigung! Ich wollte dich nur abholen, weil gleich Enno und sein Team auf die Bühne kommen.«

»Ich komme sofort! Ich muss nur noch schnell zur Toilette«, log Hedda und umkurvte schnell das Schild. Sie musste unbedingt herausfinden, wer dieser Unbekannte war.

Doch auf der anderen Seite der Reklametafel war niemand mehr. *Dick, Doof* und ihr unbekannter Freund mussten gegangen sein, als sie durch das Gespräch mit ihrem Onkel abgelenkt gewesen war.

»So ein Mist!«, fluchte Hedda und trat halbherzig gegen einen der Holzpfosten. Sie schloss die Augen und versuchte, sich an das Gespräch der drei zu erinnern. *Was hatte der Typ gesagt, wo die blutigen Totenkreuze aufgezeichnet gewesen waren? Eins war im grünen und das andere im schwarzen Ring. Aber wo war nochmal das dritte Kreuz?*

Fieberhaft versuchte Hedda sich daran zu erinnern, in welchem der übrigen Ringe das dritte Totenkreuz gezeichnet worden war, aber es fiel ihr einfach nicht mehr ein.

»Pass auf, dass du nicht danebenreierst!«, schrie plötzlich eine jugendliche Stimme hinter ihr.

Erschrocken drehte Hedda sich um und konnte gerade noch beobachten, wie ein anderer Jugendlicher mit dem Kopf voraus auf einen Mülleimer zustürmte, seinen Kopf darin vergrub und sich die Seele aus dem Leib kotzte.

Daneben. Das ist es! Er hat gesagt, das dritte Kreuz war neben den Ringen. Sie legte den Kopf in den Nacken und schaute zu dem bunten olympischen Symbol hinauf. Die Ringe waren lediglich von einem weißen Hintergrund eingerahmt.

Weiß, Schwarz, Grün, wiederholte Hedda in Gedanken den Farbverlauf. *Weiß, Schwarz, Grün.*

Im nächsten Moment fiel ihr die Erkenntnis wie Schuppen von den Augen. *Das erste Mordopfer trug einen weißen Gummiring an seinem Ringfinger. Und Bento Frerichs hat mir erzählt, dass die Leiche aus dem Badesee einen schwarzen Gummiring getragen hat. Ich wette, der Australier hatte einen grünen Gummiring am Finger.*

Aufgeregt drängelte sich Hedda durch das dicht stehende Publikum. Sie wollte unbedingt auf die andere Seite gelangen, um von dort aus irgendwie hinter die Bühne zu kommen. Sie musste mit Enno sprechen. Jetzt – sofort! Er musste ihr sagen, welche Ringfarbe das Emder Mordopfer gehabt hatte.

Den Protest der Leute, die sie teilweise unsanft zur Seite drängelte, nahm Hedda überhaupt nicht wahr. Wenn sich ihr Verdacht wirklich bestätigte, dann würde es bis zum Wochenende wahrscheinlich nicht nur zwei, sondern sogar drei weitere Mordopfer geben.

Der hintere Teil der Bühne war mit Bauzäunen abgesperrt worden. Vergeblich versuchte Hedda, einen Durchschlupf zu finden. Die an den Gittern befestigten Transparente der verschiedenen regionalen Werbepartner verhinderten zudem, dass man sehen konnte, wer sich hinter der Bühne aufhielt.

»Enno.« Hedda sagte seinen Namen erst leise, dann immer lauter. »Enno! ENNO!«

»Hedda? Bist du das?«

Hedda hörte Ennos vertraute Stimme durch das Transparent hindurch, konnte ihn aber nicht sehen. Er klang überrascht. Aber immerhin ahnte er bis gerade eben ja noch nicht, dass sein Vater, Willm und auch sie extra wegen ihm zu dieser Veranstaltung gekommen waren.

»Was machst du hier? Ich muss jeden Moment auf die Bühne.« Jetzt klang seine Stimme doch etwas genervt.

»Erkläre ich dir später! Du musst mir sagen, welche Farbe der Gummiring hatte, den der Australier getragen hat.«

»Was? Jetzt? Können wir nicht später darüber reden?«

»Nein, ich muss es jetzt wissen!«, flehte sie ihn an.

Enno schien kurz nachzudenken. »Du hast mir doch versprochen, dich aus der Sache herauszuhalten.« Er war besorgt, aber gleichzeitig auch ein wenig wütend. Warum konnte sie die Ermittlungen nicht einfach der Polizei überlassen?

»Bitte Enno, es geht vielleicht um Leben und Tod!«

»Wir müssen auf die Bühne!«, erklang plötzlich eine weitere Stimme hinter dem Transparent.

»Enno, bitte!«, flehte Hedda erneut.

Der Moderator auf der Bühne verkündete bereits den Auftritt des Ostfriesland-Teams.

»Enno?«

»Grün, er war grün«, antwortete er ihr, dann ging er mit den anderen Teammitgliedern auf die Bühne, um sich von der begeisterten Zuschauermenge feiern zu lassen.

Heddas Knie versagten ihr den Dienst. Sie sackte zusammen und setzte sich direkt auf die Wiese. Wenn ihr Verdacht richtig war, würde es noch drei weitere Mordopfer geben. Und das Schlimmste daran war, fast jeder kam als Opfer infrage.

Aber wer kann nur der Täter sein?

Rechtsextreme Untergrundkämpfer, die die mediale Präsenz der Ostfriesland-Olympiade nutzen wollen, um auf ihr ideologisches Gedankengut aufmerksam zu machen?

Skrupellose Gegner des Hotelbaus, die ihre eigenen Interessen über das Leben anderer stellen?

Oder war es vielleicht doch die betrogene Ehefrau, die sich an der gesamten Männerwelt rächen will? Vielleicht will sie ja durch die internationale Auswahl ihrer Opfer darauf hinweisen, dass alle Männer nur schwanzgesteuerte Schweine sind, vollkommen egal, von welchem Kontinent sie stammen.

»Da bist du ja!« Willm klang besorgt. »Ich habe dich schon überall gesucht. Du wolltest doch nur schnell zur Toilette.« Er kniete sich neben seine Nichte und legte ihr seinen Arm um die Schultern. »Ist alles okay mit dir?«

Hedda reagierte nicht. Geistesabwesend starrte sie auf das Gras zwischen ihren Füßen. Erst als ihr Onkel sich direkt vor sie hockte, ihr beide Hände auf die angewinkelten Knie legte und ihr direkt ins Gesicht schaute, nahm sie ihn wirklich wahr.

»Kann ich eigentlich wieder bei euch schlafen?« Sie schaute ihm zwar direkt in die Augen, schien aber dennoch eher durch ihn hindurchzusehen.

Willm seufzte. »Es tut mir leid, aber dein Zimmer wird gerade renoviert. Ein guter Freund von mir ist Maler und steckt in einer wirtschaftlichen Notlage. Er ist zu stolz, um sich Geld von mir zu leihen, darum habe ich ihm den Auftrag erteilt, das Zimmer neu zu tapezieren. Sarinya und ich dachten, der Zeitpunkt wäre günstig. Wir konnten ja nicht ahnen, dass sich die Sache mit dem Drohanruf so schnell aufklären würde. Dein Zimmer wird aber am Wochenende bestimmt fertig, sodass du am Anfang der nächsten Woche wieder zu uns zurückkehren kannst. Mit Bento habe ich das alles schon besprochen. Er und Enno freuen sich, wenn du noch ein paar Tage bei ihnen bleibst.«

»Aber ich könnte doch auch im Gästezimmer oder in der Stube schlafen«, schlug Hedda vor. Es gefiel ihr zwar, bei Bento und Enno zu wohnen, aber in ihrer aktuellen Lage wäre sie doch lieber wieder bei ihrem Onkel eingezogen.

Wieder seufzte Willm schwer, bevor er ihr antwortete. »Wir haben keine Schlafcouch in der Stube und das Gästezimmer brauche ich wahrscheinlich selbst, weil Sarinya doch dauernd Migräne hat. Außerdem wäre mir einfach wohler, wenn du erst nach Beginn der Spiele wieder zu uns zurückkommen würdest. Am Samstag und Sonntag finden die ersten Wettkämpfe direkt auf dieser Wiese hier statt. Ich habe gerade noch mit Hauptkommissar Franke gesprochen. Nach den Morden der vergangenen Tage befürchtet die Polizei, dass es weitere Anschläge geben könnte. Ihrer Meinung nach sind dabei die Tage vor und direkt nach dem Beginn der Spiele am gefährlichsten. Ich würde mich daher wohler fühlen, wenn du in dieser Zeit nicht direkt neben den Wettkampfflächen wohnen würdest.« Dass er außerdem ganz froh darüber war, dass Hedda bei dem anstehenden Treffen mit Brad und Kobe nicht im Haus sein würde, verschwieg er ihr lieber, um keine Nachfrage zu provozieren.

»Aber wenn die Polizei weitere Anschläge im Zusammenhang mit den Spielen befürchtet, wird es hier doch vor Einsatzkräften nur so wimmeln. Dann bin ich hier doch wirklich sicher aufgehoben. Der letzte Mord geschah doch auch in Emden. Vielleicht ist es dem Täter mittlerweile schon zu heikel geworden, hier in Neermoor zu morden«, argumentierte Hedda dagegen.

»Der Täter hat aber ein Mitglied des australischen Wettkampfteams ermordet. Die Mannschaft wurde nur deshalb in Emden untergebracht, weil alle Hotels in der Nähe bereits ausgebucht waren.« Die Gesichtszüge von Willm verfinsterten sich, als ihm beim Sprechen der Hotelneubau wieder in den Sinn kam. »Außerdem soll es in den frühen Morgenstunden auf diesem

Gelände noch einen weiteren bedenklichen Vorfall gegeben haben.«

Hedda wusste sofort, wovon ihr Onkel sprach. *Die blutigen Totenkreuze! Ich muss sofort Enno oder Hauptkommissar Franke von meinem Verdacht erzählen.* Ruckartig stand sie wieder auf den Beinen. »Wo ist Hauptkommissar Franke?«, fragte sie aufgeregt.

»Er steht im Publikum. Warum?« Irritiert schaute Willm seine Nichte an. Ihr Verhalten überraschte ihn wieder einmal.

»Kannst du mich zu ihm bringen? Ich muss ihm etwas Wichtiges sagen!«

Willm sparte sich die Frage nach dem *Warum.* Die Stimme seiner Nichte hatte so ernst geklungen, dass er ihrer Bitte sofort Folge leistete. Er nahm sie bei der Hand und zog sie durch die Menschenmasse hindurch hinter sich her.

Der Hauptkommissar stand im hinteren Drittel der Zuschauerreihen. Er trug keine Uniform, aber Hedda vermutete, dass er vielleicht gerade in zivil die Lage überprüfte. Nachdem Willm ihm erklärt hatte, dass Hedda unbedingt mit ihm sprechen wollte, reichte dem erfahrenen Polizeibeamten ein Blick in ihre Augen, um die Dringlichkeit ihres Anliegens zu erkennen. Er führte Hedda und ihren Onkel zu einem Platz, an dem sie sich ungestört unterhalten konnten.

»Was ist denn passiert?«, fragte er Hedda besorgt. Die schrecklichen Ereignisse der letzten Tage ließen ihn bereits das Schlimmste befürchten.

»Ich habe zufällig von der Sache mit den blutigen Totenkreuzen gehört«, begann Hedda zu erklären.

»Was? Woher weißt du davon?«

»*Dick und Doof* haben sich mit einem anderen Mann darüber unterhalten.«

»Wer?«

»*Dick und Doof,* so nenne ich die beiden Glatzköpfe, die ich auf der PTK-Demo belauscht habe.«

»Du hast was? Ich hatte dich doch des Platzes verwiesen.« Wütend rümpfte der Hauptkommissar die Nase.

»Ich weiß!« Betroffen senkte Hedda ihren Blick ein wenig. »Aber das ist jetzt nicht so wichtig. Viel wichtiger ist, dass es wahrscheinlich noch drei weitere Mordopfer geben wird.«

»Drei? Wie kommst du auf diese Zahl?«, fragte der Hauptkommissar verwundert.

»Die drei Totenkreuze stimmen nicht nur in der Anzahl mit den bisherigen Opfern überein. Sie entsprechen außerdem auch den Farben der Gummiringe, die die Toten an ihren Ringfingern trugen.«

»Ja, und?«, fragte Hauptkommissar Franke unbeeindruckt. Dass die Nationalitäten der Opfer im Zusammenhang mit den ostfriesischen Spielen standen und die Gummiringe eine Anspielung an die olympischen Ringe waren, hatten seine Kollegen und er auch längst vermutet.

»Verstehen Sie denn nicht? Der Täter ordnet den Opfern die Farben zu, die nach allgemeinem Irrglauben den jeweiligen Kontinenten zugesprochen werden. Darum trug das zweite Opfer auch einen schwarzen und das dritte Opfer einen grünen Ring. Aber beim ersten Opfer passte die Farbe des Ringes nicht. Er hätte eigentlich gelb sein müssen, war aber weiß.«

»Das stimmt. Wir vermuten aber, dass er vielleicht einfach keinen gelben Gummiring zur Hand hatte. Oder, dass er sich im Eifer des Gefechtes einfach vergriffen hat.«

»Schon möglich. Aber vielleicht war das erste Opfer auch nur eine Art "Freilos". Die weiße Hintergrundfarbe gehörte für den Schöpfer des olympischen Symbols genauso dazu, wie die Farben der fünf Ringe. Demnach wird es wahrscheinlich noch ein amerikanisches, ein europäisches und ein weiteres asiatisches Opfer geben.«

Nachdenklich schaute der Hauptkommissar auf die junge Frau hinab. »Du könntest mit deiner Befürchtung richtigliegen. Bisher sind wir davon ausgegangen, dass der Täter nur noch einen Amerikaner und einen Ostfriesen auf seiner Todesliste hat.

Erschrocken zuckte Hedda zusammen. Dass der Mörder es konkret auf einen Ostfriesen abgesehen haben könnte, war ihr bisher noch nicht in den Sinn gekommen, schien ihr aber durchaus logisch zu sein. Schließlich repräsentierten bei diesem Wettbewerb ausschließlich ostfriesische Sportler den europäischen Kontinent. Der Gedanke, dass vielleicht eine ihr bekannte Person unter den zukünftigen Opfern sein könnte, belastete sie schwer.

»Ich werde deine Überlegungen mit meinen Kollegen diskutieren. Bitte sprich mit niemandem über deine Befürchtungen. Wir wollen eine Panik in der Bevölkerung vermeiden. Schließlich wissen wir ja noch nicht mit Sicherheit, dass unser Verdacht richtig ist.«, bat sie der Hauptkommissar und holte Hedda mit diesen Worten in die Realität zurück.

»Wollen Sie die Bevölkerung denn nicht warnen? Immerhin könnte doch nach dieser Theorie nahezu jeder noch zum Opfer des verrückten Killers werden!« Ihr schien die Hoffnung, den Täter noch rechtzeitig zu fassen, auf einmal verschwindend gering.

»Das stimmt zwar«, gab Hauptkommissar Franke zu, »aber eine Panik oder gar eine Absage der Ostfriesland-Olympiade bringt uns auch nicht weiter. Wir werden die Bürger und die Sportveranstaltung mit einem großen Aufgebot an Polizeibeamten und zivilen Kräften schützen. Außerdem arbeiten unsere Profiler mit Hochdruck an der Erstellung eines Täterprofils. Wir werden das Schwein schon noch erwischen«, gab er sich optimistisch.

In der Menschenmenge sah Hedda plötzlich ein Gesicht, das sie bisher zwar erst ein einziges Mal gesehen hatte, welches sie aber dennoch wohl ihr Leben lang nicht mehr vergessen würde. Im Trubel der vergangenen Tage hatte sie nur noch selten an den Vorfall im Krankenhaus gedacht, aber jetzt war alles schlagartig wieder da. Die Angst, die Hilflosigkeit, aber auch das Mitleid, das sie für den Mann empfand, der ernsthaft geglaubt hatte, sie wäre seine totgesagte Tochter.

Sie hatte sich sicher gefühlt, nachdem sie das Krankenhaus verlassen hatte. Sie war davon ausgegangen, dass er sie niemals wiederfinden würde. Doch jetzt, lediglich drei Tage später, stand er nur wenige Meter von ihr entfernt. Wie alle Umherstehenden betrachtete er die Geschehnisse auf der Bühne. War er nur wegen der Eröffnungsfeier hier? War alles nur ein Zufall oder war er ihr bereits wieder auf den Fersen?

»Ist alles in Ordnung mit dir?«, fragte Hauptkommissar Franke. Seine Augen versuchten, Heddas Blickrichtung nachzuvollziehen. Gebannt suchte er die Menschenmenge nach einer potentiellen Gefahrenquelle ab. Ihm war die aufflackernde Furcht in Heddas Augen nicht entgangen. »Ist dir bei irgendeinem Zuschauer etwas aufgefallen?«

Hedda schaute den Hauptkommissar überrascht an, richtete den Blick aber sofort wieder auf die Stelle, an der ihr Entführer vor wenigen Augenblicken noch gestanden hatte.

Er ist weg! Wo ist er hin?

142

Ängstlich drehte Hedda den Kopf zur Seite und schaute sich in alle Richtungen um.

»Hedda!« Hauptkommissar Franke packte sie an den Schultern und zwang sie so, ihn anzusehen. »Sag mir doch, was mit dir los ist.«

Aus weit aufgerissenen Augen schaute Hedda den Polizeibeamten ängstlich an. Ihr ganzer Körper hatte unkontrolliert zu zittern begonnen. »Da… da war ein Mann…«, begann sie zu stottern und schaute wieder zu der Stelle hinüber, an der ihr Entführer in der Menschenmenge gestanden hatte. Hatte sie sich vielleicht nur getäuscht? War er vielleicht nur kurz weggegangen, um zur Toilette zu gehen?

»Was ist mit dem Mann?«, fragte der Hauptkommissar aufgeregt. »Hat er vielleicht etwas mit den Morden zu tun?«

»Er… er hat mich entführt, als ich im Krankenhaus war.«

»Wer? Wovon sprichst du?« Willm schaute Hedda an, als würde sie ihm gerade von einer Alien-Entführung berichten.

Hedda versuchte, sich zu beruhigen. Sie wusste, dass sie mit jemandem über den Vorfall sprechen musste, und sie ärgerte sich, dass sie es nicht längst getan hatte. Wie konnte sie nur so naiv gewesen sein und geglaubt haben, die Sache wäre vorbei? Selbst wenn sie in Sicherheit gewesen wäre, was war mit ihrem Onkel? Ihr Entführer hatte auch Willm vor dem Krankenhaus gesehen. Durch ihr Schweigen hatte sie also nicht nur ihr eigenes, sondern auch sein Leben riskiert. Und wer konnte denn schon wissen, ob er nicht vielleicht noch weitere junge Frauen finden würde, die er für seine Tochter halten würde.

Tränen rannen ihr über das Gesicht. Mit letzter Kraft erzählte sie dem Hauptkommissar und ihrem Onkel von der Entführung, der traurigen Geschichte des Täters, und wie sie es geschafft hatte, ihm zu entkommen.

»Machen Sie sich keine Sorgen! Wir werden den Kerl sicher schnell finden. Wenn seine Tochter wirklich bei der Geburt gestorben ist und der Oldtimer tatsächlich auf seinen Namen angemeldet wurde, dann dürfte es nicht lange dauern, bis wir diesen Typen aus dem Verkehr gezogen haben«, versuchte der Hauptkommissar, sie zu beruhigen.

Hedda wandte sich ihrem Onkel zu. »Es tut mir wirklich sehr leid«, sagte sie mit brüchiger Stimme. »Ich wollte dich nicht noch mehr beunruhigen.«

Willm zog sie an sich heran und drückte sie an seine breite Brust. »Ist schon gut«, flüsterte er und strich ihr sanft über die Haare.

»Es ist wohl am besten, wenn Hedda noch ein paar Nächte bei Enno und Bento bleibt«, empfahl Hauptkommissar Franke.

»Das sehe ich auch so«, stimmte Willm ihm zu.

Hedda konnte nur kraftlos nicken. Sie fragte sich, was in ihrem Leben eigentlich noch schieflaufen konnte.

»Ich werde mich jetzt auf dem Parkplatz umsehen. Vielleicht ist der rote Ford Mustang ja immer noch da«, sagte der Hauptkommissar. »Kommt ihr alleine klar?«

Hedda und Willm nickten zustimmend. Kurz darauf eilte Hauptkommissar Franke davon.

13. Kapitel

Donnerstag, 20. Juli 2017

Ein Hotel am See

Die Beruhigungstabletten, die Hedda von Bento Frerichs bekommen hatte, hatten glücklicherweise schnell ihre Wirkung gezeigt. Ohne die Medikamente hätte sie sicherlich die ganze Nacht kein Auge zugetan. Natürlich hatte Hauptkommissar Franke den gesuchten Wagen nicht mehr gefunden. Und selbstverständlich war ihr Onkel dickköpfig genug, um die Nacht, trotz der vermeintlichen Gefahr, in seinem eigenen Haus zu verbringen. Sarinya hingegen war vorsichtiger gewesen und hatte es vorgezogen, bei ihrer Freundin, der Frau des ersten Opfers, zu übernachten.

Nachdem Hedda am Morgen erwacht war, hatte sie gleich nach ihrem Handy gegriffen und ihren Onkel angerufen. Sie musste einfach wissen, ob es ihm gut ging. Nachdem er ihr mitgeteilt hatte, dass er bereits auf dem Weg nach Wilhelmshaven war, um seine Schicht anzutreten, atmete sie erleichtert auf.

Dort wird ihn der Verrückte bestimmt nicht finden!

Noch bevor sie aufstand, setzte sie den zweiten Anruf des noch jungen Tages ab. Es klingelte nur zweimal, ehe Enno an sein Handy ging.

»Hedda, wie geht es dir?« Seine Stimme klang besorgt.

»Es geht so«, antwortete sie wahrheitsgemäß. »Habt ihr schon etwas über den Entführer herausgefunden?«

Für einen kurzen Moment sagte Enno nichts. Er musste nicht darüber nachdenken, was er ihr erzählen durfte. Über diesen Punkt war er längst hinaus. Dafür hatte er Hedda ohnehin schon zu viele Details verraten, die sie eigentlich überhaupt nicht wissen durfte. Er machte sich vielmehr Gedanken darüber, wie er es ihr sagen sollte.

»Wir haben vom Leeraner Klinikum eine Liste mit den totgeborenen Babys der Jahrgänge 1995 – 2000 bekommen. Diese Daten haben wir dann mit den Haltern des von dir angegeben Fahrzeugtyps verglichen.«

»Und?«, fragte Hedda aufgeregt.

»Es gab keine einzige Schnittstelle.« Die Enttäuschung in Ennos Stimme war deutlich zu hören.

Hedda überlegte. »Und wenn die Geschichte doch wahr ist? Wenn man ihn wirklich nur in dem Glauben gelassen hat, dass seine Tochter kurz nach der Geburt gestorben ist?«

»Glaubst du das wirklich?«

»Ich weiß langsam wirklich nicht mehr, was ich noch glauben soll«, seufzte Hedda.

»Ich rufe dich an, sobald ich etwas Neues erfahren habe, okay?«

»Danke!«, antworte sie kraftlos, und legte ihr Handy zur Seite.

*

Gegen Mittag lag Hedda noch immer auf ihrem Bett. Sie hatte sich zwar zwischenzeitlich kurz aufgerafft, geduscht und sich angezogen, aber sie fühlte sich dennoch derart antriebslos, dass sie sich einfach zu Garnichts in der Lage fühlte. Auch Bento Frerichs, der über den Vormittag verteilt gleich mehrere Versuche unternommen hatte, um sie abzulenken, hatte sie nicht aus dieser Lethargie befreien können.

Gerade als ihr vor psychischer Erschöpfung die Augen zuzufallen drohten, holte sie der Klingelton ihres Handys zurück. Sie nahm das Gespräch entgegen, ohne auf das Display zu schauen. »Ja?«

»Ich bin's, Enno!«

Seine Stimme klang so freudig erregt, dass ihr Klang sofort Heddas Lebensgeister weckte. Ruckartig setzte sie sich in ihrem Bett auf. »Gibt es Neuigkeiten?«

»Wir wissen jetzt, wer er ist!«, berichtete Enno stolz.

»Wirklich?«, fragte Hedda erleichtert. »Wie?«

»Wir haben die Suche nach dem Oldtimer weiter ausgeweitet. Allzu viele Modelle von diesem Typ gibt es in der Umgebung ja glücklicherweise nicht. Dabei ist uns ein Fahrzeug aufgefallen, das kurz vor dem Wochenende in Oldenburg als gestohlen gemeldet worden ist. Es wurde auf dem Parkplatz des Oldenburger Krankenhauses entwendet und gehört einem Facharzt, der in der dortigen Psychiatrie arbeitet. Am selben Tag ist aus eben dieser Psychiatrie auch ein Patient ausgebrochen, der unter Schizophrenie leidet. Wir gehen davon aus, dass es sich um denselben Mann handelt, der auch in dein Krankenzimmer eingedrungen ist.«

»Aber ihr habt ihn noch nicht gefasst?«, fragte Hedda enttäuscht.

»Noch nicht«, gab Enno kleinlaut zu. »Aber wir wissen jetzt, wie er aussieht. Und wenn er immer noch mit dieser auffälligen Karre unterwegs ist, sollte es nicht lange dauern, bis wir ihn gefunden haben. Außerdem hat uns der Psychiater bestätigt, dass der Patient ständig unter neuen Wahnvorstellungen leidet. Das bedeutet, dass er wahrscheinlich längst nicht mehr von seiner vermeintlich verstorbenen Tochter besessen ist.«

Dafür quälen den armen Kerl jetzt irgendwelche anderen Dämonen, dachte Hedda traurig. So schwierig ihre aktuelle Situation auch sein mochte, das Schicksal hatte ihn weitaus schlimmer getroffen.

»Könntest du ihn anhand eines Fotos identifizieren? Dann wüssten wir, dass wir nach dem richtigen Mann suchen.«

»Ich denke schon«, antwortete Hedda zurückhaltend, dabei wusste sie genau, dass sie das Gesicht dieses Mannes ihr Leben lang nicht mehr vergessen würde. »Soll ich zu dir auf die Wache kommen?«

»Nein, ich komme lieber zu dir. Zu Hause bist du sicherer!«

Ennos Worte hallten in Heddas Gedanken nach. *Soll ich mich jetzt etwa für ewig hier verkriechen? Hat er nicht gerade noch gesagt, ich hätte nichts mehr zu befürchten? Oder macht er sich etwa Sorgen, dass gerade ich das europäische Opfer des Olympia-Killers werden könnte?*

»Nein«, entgegnete Hedda entschlossen. »Ich komme zu dir!«

»Bist du dir sicher?« Ennos Stimme klang unruhig. Es gefiel ihm nicht, dass Hedda sich unter die Leute wagen wollte. Zu Hause, bei seinem Vater, war sie in Sicherheit. Aber draußen auf der Straße würde er sie nicht beschützen können.

»Ich bin in einer halben Stunde bei dir«, bestätigte Hedda und beendete das Telefonat, um Enno nicht die Chance für einen erneuten Einwand zu lassen.

*

Nachdem Hedda den Mann auf dem Fahndungsfoto einwandfrei identifiziert hatte, war sie unter einem Vorwand schnell wieder gegangen. Erwartungsgemäß hatte Enno versucht, sie davon zu überzeugen, dass sie sich lieber noch ein paar Tage aus der Öffentlichkeit fernhalten sollte. Aber Hedda wollte davon nichts mehr hören. Anstatt sich in ihrem Gästezimmer zu verkriechen, wollte sie lieber selbst etwas tun, um dem Olympia-Killer auf die Spur zu kommen.

Als sie mit dem Fahrrad von Neermoor nach Warsingsfehn geradelt war, um Enno auf der Polizeidienststelle zu treffen, hatte sie sich überlegt, mit den Hotelbetreibern aus der Region zu sprechen. Vielleicht würden sie die dadurch gewonnenen Informationen ja auf eine ganz neue Fährte führen.

Das *Landhaus Oltmanns* war wahrscheinlich eines der bekanntesten und größten Hotels in Moormerland. Da das Hotel ohnehin auf Heddas Rückweg lag, machte sie hier den ersten Zwischenstopp. Sie stellte Sarinyas Rad in den Fahrradständer, betrat das Gebäude durch den Vordereingang und steuerte direkt auf die Rezeption zu.

»Guten Tag, mein Name ist Hedda Böttcher, ich schreibe einen Artikel über den geplanten Hotelbau in Neermoor und würde gerne mit der Hotelleitung ein kleines Interview führen.«

Die junge Frau hinter der Rezeptionstheke schaute Hedda skeptisch an. Sie schien sich nicht sicher zu sein, wie sie in diesem Fall reagieren sollte. Dann griff sie aber doch zum Telefon und tippte eine Kurzwahl in das Tastenfeld ein. Mit wenigen Worten teilte sie der Person am anderen Ende der Leitung Heddas Anliegen mit und lauschte danach konzentriert den Anweisungen, die ihr die Hotelleitung gab.

»Es tut mir leid, aber ein Interview ist heute aus terminlichen Gründen leider nicht möglich. Wir möchten Sie außerdem bitten, dass Ihre Redaktion uns beim nächsten Mal rechtzeitig eine schriftliche Anfrage zukommen lässt. Dann werden wir Ihnen gerne einen Interviewtermin zuteilen«, gab die Angestellte die Information höflich, aber bestimmt an Hedda weiter. Dann schob sie ihr noch eine Visitenkarte der Geschäftsführung über den Tisch.

Hedda nickte verständnisvoll, nahm die Visitenkarte entgegen und versprach, sich beim nächsten Mal rechtzeitig anzukündigen. Wütend auf sich selbst, drehte sie sich um und ging auf den Ausgang zu. *Wie kann man nur so blöd sein!*, schimpfte sie innerlich.

»Ach, Frau Böttcher, entschuldigen Sie bitte!«, rief die Hotelangestellte ihr plötzlich von hinten zu.

Überrascht drehte Hedda sich zu ihr um. »Ja?«

»Von welcher Zeitung kommen Sie eigentlich?«

Hedda wurde rot. Auch diesen Punkt hatte sie nicht bedacht. »Ich... ich komme von der *Ostfriesen-Zeitung*«, log sie, und beobachtete mit sorgenvoller Miene, dass die junge Frau sich sofort eine Notiz machte.

In diesem Hotel bekomme ich garantiert kein Interview mehr, war Hedda überzeugt. *Mit Sicherheit kennen die jemanden bei der Zeitung und fragen nach, ob ich da überhaupt arbeite. Wieso habe ich auch noch meinen echten Namen benutzt?*

Nach diesem Fiasko beschloss Hedda, zunächst einmal nach Hause zu fahren. Bevor sie den nächsten Versuch unternehmen würde, musste sie unbedingt besser vorbereitet sein.

*

Für ihren nächsten Versuch hatte Hedda sich bewusst für eine der kleineren Unterkünfte entschieden, die Schlafmöglichkeiten anbot. Der alte Bauernhof, der zu einem Hotel umgebaut worden war, hatte gerade einmal sechs Zimmer.

Dieses Mal war Hedda auf alles vorbereitet. In ihrem Portemonnaie steckte eine einlaminierte Visitenkarte, die sie als Jutta Müller, Reporterin der *Ruhr Nachrichten* auswies. Sie zog die Karte heraus und betrachtete sie. Das Ergebnis konnte sich wirklich sehen lassen. Ennos Vater hatte sie netterweise sein Büro benutzen lassen. Und da Hedda im Umgang mit dem installierten Grafikprogramm einigermaßen geübt war, produzierte sie so in kurzer Zeit eine professionell aussehende Visitenkarte.

Außerdem hatte sie aus der Erfahrung ihres ersten Fehlversuches gelernt und von ihrem Handy aus vorab bei dem Hotel angerufen, um sich einen Termin geben zu lassen. Die Frau am Telefon, die sich ihr als Ehefrau des Besitzers vorgestellt hatte, war sofort gesprächsbereit. Als Hedda dann auch noch davon berichtet hatte, dass sie den Artikel deshalb schreiben wolle, weil die Hotelkette auch in ihrem Heimatdorf die alteingesessenen kleinen Hotels verdrängt hatte, bekam sie sofort einen Termin.

Sie atmete einmal tief durch, zog ihre Bluse glatt und ließ die Luft geräuschvoll wieder entweichen. Dann betrat sie entschlossen den Eingang zum Hotel. Das Bauernhaus war liebevoll eingerichtet und versprühte einen rustikalen und liebenswerten Charme. Neben der Garderobe stand eine alte Milchkanne, in der die Gäste ihre

Regenschirme abstellen konnten. An den Wänden hingen Teile von alten landwirtschaftlichen Geräten. In der Ecke des Raumes stand ein alter Sekretär.

Das soll wohl die Rezeption sein, dachte Hedda und warf einen Blick auf ihre Armbanduhr. Sie war fünf Minuten zu früh dran. Als sie noch überlegte, ob sie die Klingel betätigen sollte, die auf dem alten Möbelstück stand, öffnete sich plötzlich eine der Zimmertüren, die sich über den langgestreckten Flur verteilten. Eine ältere kleine Frau trat aus dem Zimmer. Sie trug eine blau karierte Schürze um die Hüfte und hatte sich ein dazu passendes Halstuch umgebunden. Eine weiße Bluse und schwarze Lackschuhe rundeten ihren traditionellen Ostfriesen-Look ab. In ihrer Hand trug sie einen Eimer voller Schmutzwasser.

Als die Frau Hedda bemerkte, kam sie direkt auf sie zu und begrüßte sie freundlich. »Moin, Sie müssen die Reporterin sein«, sagte sie und gab sich dabei sichtlich Mühe, ihr Plattdeutsch zu unterdrücken.

»Jutta Müller, guten Tag!« Hedda ging auf sie zu und streckte ihr zur Begrüßung die Hand entgegen.

Die Frau stellte ihren Eimer auf den Boden und trocknete sich die Hände an der Schürze ab. »Entschuldigen Sie, ich war gerade am Feudeln«, erklärte sie, dann schüttelte sie Hedda die Hand.

»Feudeln?«, fragte Hedda. Sie gab sich ja schließlich als Fremde aus. Aber natürlich wusste sie, dass es sich um ein plattdeutsches Wort handelte. Da ihre Eltern immer nur hochdeutsch mit ihr gesprochen hatten, kannte sie die ostfriesische Landessprache aber nur von den Besuchen bei den Großeltern.

Ein Lächeln huschte über das rundliche Gesicht der kleinen Frau. »Ein Feudel ist ein Wischlappen. Wenn man damit den Boden wischt, nennt man das bei uns in Ostfriesland eben feudeln.«

Hedda lächelte die Frau dankbar an. Sie mochte die plattdeutsche Sprache, die, im Gegensatz zu vielen anderen Dialekten in der Bundesrepublik, eine offizielle und international anerkannte Sprache war. »Ich habe mit der Frau des Besitzers telefoniert. Ich habe einen Interviewtermin mit ihm.«

»Ich weiß!« Wieder lächelte die Frau freundlich. »Sie haben mit mir telefoniert.«

»Oh, entschuldigen Sie bitte.« Wieder wurde Hedda rot. Sie hatte die Dame für die Reinigungskraft des Hotels gehalten.

Ihre Gesprächspartnerin winkte ab. »Schon gut«, sagte sie. »Wir sind ein sehr kleines Hotel. Da bin ich Rezeptionistin, Köchin und Reinigungskraft in einem.«

Hedda nickte anerkennend. *Wenn ich mich auch zukünftig für keinen Beruf entscheiden kann, sollte ich vielleicht auch einfach alles machen.*

»Das Büro von meinem Mann ist am Ende des Flures. Folgen Sie mir!«

Die alte Frau ging den Flur entlang und Hedda folgte ihr. Ihre Füße klackerten laut auf dem gefliesten Fußboden. Vor der hintersten Tür, auf der rechten Seite des Ganges, blieb sie stehen und klopfte. Nachdem sie keine Antwort erhalten hatte, öffnete sie die Tür vorsichtig und schielte hinein. »Mein Mann scheint gerade nicht da zu sein. Wahrscheinlich tauscht er gerade den kaputten Wasserhahn in Zimmer zwei aus. Er ist nämlich nicht nur der Geschäftsführer, sondern gleichzeitig auch noch der Hausmeister des Hotels.« Mit einem Schmunzeln im Gesicht zwinkerte sie Hedda zu. »Nehmen Sie doch ruhig schon Platz, er wird sicher gleich kommen. Ich mache Ihnen in der Zwischenzeit schonmal einen Tee.«

Hedda setzte sich auf einen der beiden Ohrensessel, deren blau karierter Bezug große Ähnlichkeit mit der Schürze der Frau hatte. Neugierig schaute sie sich in dem kleinen Raum um. Zwischen den beiden Sesseln stand ein kleiner runder Tisch aus Nussbaumholz. Neben der Sitzgruppe befand sich ein wunderschöner gemauerter Kamin.

Es muss herrlich sein, hier im Winter neben dem Feuer zu sitzen und dabei eine Tasse Tee zu trinken.

In der anderen Ecke des Zimmers stand ein antiker Schreibtisch vor einem ebenso antiken Bürostuhl. Die Arbeitsplatte war mit unzähligen Dokumenten und Ausdrucken bedeckt.

Ob da etwas Interessantes dabei ist?

Skeptisch schaute Hedda zu der Bürotür hinüber. Die Frau hatte sie beim Hinausgehen einen Spaltbreit offen gelassen. Ob sie es hören würde, wenn sie zurückkam? Ob sie einen Blick riskieren könnte?

Vorsichtig erhob sie sich aus dem Sessel und machten einen Schritt auf den Schreibtisch zu.

»Moin!«

Erschrocken wirbelte Hedda herum. Im Türspalt stand plötzlich ein Mann. Als sie in sein Gesicht sah, überkam sie ein kalter Schauder. Es handelte sich um niemand Geringeren als den Mann, der sich mit *Dick und Doof* über die Totenkreuze unterhalten hatte.

»Mein Name ist Wigand Focken. Mir gehört dieses Hotel. Ich bin gleich wieder bei Ihnen. Ich muss mir nur noch schnell die Hände waschen.«

»Kein Problem«, presste Hedda mühsam hervor. *Ob er bemerkt hat, was ich vorhatte? Ob er mich erkannt hat?*

Sie haderte mit sich. Sollte sie einen zweiten Anlauf wagen? Oder sollte sie lieber so schnell wie möglich das Weite suchen? Langsam pirschte sie sich an die Tür heran. Sie stand jetzt sperrangelweit offen. Sie linste den Flur entlang und sah den Hotelbesitzer gerade noch am Ende des Ganges verschwinden. Auch von seiner Frau war keine Spur zu sehen.

Jetzt oder nie!

Mit schnellen kurzen Schritten huschte Hedda hinter den Schreibtisch. Sie traute sich nicht, die Unterlagen anzufassen. Viel zu groß war ihre Angst, dass er hinterher etwas bemerken könnte. Wie ein Scanner tasteten ihre Augen die Dokumente ab. Sie fand Rechnungen, Stornierungen, Statistiken und einen Zeitungsartikel, der sich mit dem Hotelbau am Badesee befasste. Aber nichts davon war eine überraschende Neuigkeit.

Der Typ ist nicht koscher. Irgendetwas muss es hier doch geben!, war Hedda sich sicher.

Ihr Blick fiel auf den Bildschirmschoner des Computermonitors. Er zeigte ein historisches Foto aus der Zeit des Nationalsozialismus. Sollte sie es wagen, einen Blick in seinen PC zu werfen? Angespannt lauschte Hedda in den Flur hinaus. Es war nichts zu hören. Hektisch setzte sie den *Affengriff* an. Der Bildschirmschoner verschwand, dafür tauchte ein Fenster auf, das sie zur Eingabe eines Passwortes aufforderte.

Was könnte nur sein Passwort sein?, überlegte Hedda.

Sie gab den Namen des Hotels ein und betätigte die Enter-Taste.

Mist!

Dann versuchte sie es mit der Zahl 88, einem in der rechtsradikalen Szene beliebten Pseudonym für den verbotenen Gruß an ihren angehimmelten Diktator.

Wieder falsch!

Hedda wurde nervös. Ein Schweißtropfen lief ihr die Schläfe entlang. Ihr blieb nicht mehr viel Zeit. Sie versuchte, sich an das Gespräch zu erinnern, das sie belauscht hatte. Worüber hatten die drei nur noch gesprochen?

Ich hab´s!

Hedda tippte: N, S, W.

Der Bildschirm öffnete sich. Auf einem pechschwarzen Untergrund waren die olympischen Ringe abgebildet. Neben den Ringen prangte ein großes blutiges Hakenkreuz. In dem gelben, dem grünen und dem schwarzen Ring waren ebenfalls die roten Nazisymbole zu sehen. An der rechten Bildschirmseite waren untereinander die Fotos der bisherigen Opfer in der Reihenfolge ihrer Ermordung aufgelistet. Unter dem Bild des Australiers, dem bisher letzten Opfer, waren zwei Bilderrahmen, die anstatt eines Fotos ein großes Fragezeichen enthielten.

Fast so wie auf dem Reklameschild am See. Nur dass hier die Totenkreuze durch Hakenkreuze ersetzt worden sind. Und dass statt auf dem weißen Hintergrund in dem gelben Ring ein Kreuz gemacht wurde. Die zwei leeren Bilderrahmen sollen sicherlich auf zwei zukünftige Opfer hindeuten. Dann ist meine Theorie, dass es möglicherweise doch zwei asiatische Opfer geben könnte, also vermutlich doch nicht richtig. Vielleicht habe ich das Gespräch ja auch nur falsch verstanden oder die Täter haben in der Aufregung einfach das Kreuz in dem gelben Ring vergessen?

Erschrocken schlug Hedda die Hand vor den Mund. Erst jetzt wurde ihr bewusst, dass sie wahrscheinlich nicht nur die Mordserie aufgeklärt, sondern gleichzeitig auch noch eine nationalsozialistische Untergrundorganisation aufgedeckt hatte. Was aber noch viel schlimmer war, sie würde gleich ein Interview mit einem potentiellen Mörder führen müssen.

Vom Flur her drang ein klackerndes Geräusch an ihr Ohr. Unverkennbar die Schuhe der Hausherrin. Schnell setzte Hedda erneut den *Affengriff* an und sperrte den Bildschirm wieder. Doch statt des Bildschirmschoners tauchte nur der Sperrbildschirm des Softwareherstellers auf dem Monitor auf.

So eine Scheiße! Wahrscheinlich aktiviert sich der Bildschirmschoner erst nach einer bestimmten Zeit.

Panik stieg in ihr auf. Dennoch versuchte sie, möglichst geräuschlos wieder zu ihrem Sessel zu gelangen.

»So, der Tee ist fertig!«, sagte die Frau des Hotelbesitzers, als sie das Büro wieder betrat. Sie ging auf Hedda zu und stellte das Tablett mit der Teekanne und dem Kluntje-Pott auf dem kleinen Tischchen ab.

»Danke«, sagte Hedda so ruhig wie möglich. In ihr tobte hingegen ein wahrer Orkan. Ihr Puls schlug ihr bis zum Hals und sie fühlte sich, als habe sie gerade einen Einhundert-Meter-Lauf hinter sich gebracht. Was sollte sie nur tun? Sollte sie unter einem Vorwand das Büro verlassen und abhauen? Aber was wäre, wenn jemand bemerken würde, dass sie an dem Computer gewesen war, noch ehe sie das Gebäude verlassen hätte?

»Vielen Dank, dass Sie gewartet haben!« Jetzt stand auch Wigand Focken plötzlich in der Tür. »Danke für den Tee, mein Schatz.« Im Vorbeigehen gab er seiner Frau einen Kuss. Dann setzte er sich auf den freien Ohrensessel und lächelte Hedda an.

Er wirkte auf sie eigentlich freundlich. Hätte Hedda nicht sein Gespräch mit *Dick und Doof* belauscht, beziehungsweise die Grafik auf seinem Monitor gesehen, sie würde ihn für einen ganz normalen Mann gehalten haben. Sofern es so etwas wie normale Männer überhaupt gab.

Ich muss ihn so lange beschäftigen, bis der Bildschirmschoner wieder anspringt, dachte Hedda und entschied sich, ihn mit Interviewfragen abzulenken.

»Vielen Dank, dass Sie sich so kurzfristig Zeit für mich genommen haben«, sagte sie und probierte sich in einem freundlichen Lächeln.

»Sehr gerne! Meine Frau hat mir gesagt, in Ihrem Heimatort haben die Kapitalistenschweine auch die kleinen Hoteliers in den Ruin getrieben?« Für einen Moment blitzte hinter seiner freundlichen Fassade eine Fratze auf, die viel besser zu einem skrupellosen Mörder passte.

»Das stimmt. Die Situation ist vergleichbar mit der hier in Neermoor. Damals gab es bei uns das Gerücht, dass sich ein großer Freizeitpark ansiedeln könnte. Dazu ist es zwar nie gekommen, aber das Hotel wurde trotzdem gebaut. Der Investor hat dann die Zimmerpreise so lange gedrückt, bis fast alle umliegenden Hotels schließen mussten. Seitdem sind die Preise wieder rasant gestiegen«, gab Hedda die Fakten wieder, die sie im Internet recherchiert hatte.

»Ich habe davon gehört. Wissen Sie, ich habe versucht, politischen Einfluss auf die Baugenehmigung zu nehmen. Aber leider ist meine Partei bei den letzten Wahlen an der Fünf-Prozent-Hürde gescheitert. Die meisten Wähler hier sind dumme Bauern, die alles glauben, was ihnen erzählt wird. Sie glauben an steigende Grundstückspreise und an eine Heerschar von Touristen, die ihnen das Geld einfach so vor die Füße werfen wird.« Er schluckte, als müsse er einen großen schlecht schmeckenden Kloß hinunterwürgen. »Dabei dauert diese beschissene Olympiade gerade einmal eine Woche. Eine Woche! Das Jahr hat aber 52 Wochen. Haben Sie sich hier mal umgesehen? Wir sind kein Küstenort. Wir haben nur einen kleinen Badesee. Die Touristen werden den Rest des Jahres auf den Ostfriesischen Inseln, in Greetsiel, Norddeich oder Neßmersiel verbringen. Aber doch niemals hier bei uns!«

Hedda nickte betroffen. »Das sehe ich genauso.«

Plötzlich klingelte das Telefon.

»Entschuldigen Sie bitte! Ich muss da mal kurz rangehen«, sagte er und erhob sich aus seinem Sessel.

Hedda hielt den Atem an. Sie glaubte nicht, dass die Zeit gereicht hatte, um den Bildschirmschoner wieder zu aktivieren. Sie musste ihn unbedingt davon abhalten, ans Telefon zu gehen. Hilfesuchend schaute sie sich um.

Die Teekanne!

Hedda nahm die weiße Kanne mit dem traditionellen blauweißen Blumendekor von dem Teestövchen und ließ sie im selben Moment zu Boden fallen. Das Porzellan zersprang, Tee und Scherben verteilten sich auf dem Fliesenboden und Hedda schrie erschrocken auf.

»Können Sie denn nicht aufpassen!«, raunzte der Hotelbesitzer sie an. Er bückte sich, hob den Teil der Kanne auf, der noch heil geblieben war und betrachtete ihn. »Das war ein Erbstück!«, schrie er wütend.

Das Telefon klingelte noch immer, schien ihn aber in seiner Wut nicht mehr zu erreichen.

Jetzt zeigt er also sein wahres Gesicht!, dachte Hedda, kniete sich neben ihn und begann damit, die Scherben aufzulesen. »Das tut mir sehr leid! Die Kanne war so heiß... Ich wollte doch nur...«

Die Frau des Hotelbesitzers betrat den Raum. Sie schlug die Hände vors Gesicht und schaute erschrocken auf die Bescherung zu ihren Füßen. Im Gegensatz zu ihrem Mann schien sie sich aber schnell wieder gefangen zu haben. Sie kniete sich neben Hedda und legte ihr eine Hand auf die Schulter. »Lassen Sie mich das machen«, sagte sie in einem ruhigen, besonnenen Tonfall.

Hedda nutzte die allgemeine Aufregung, stand auf und machte ein paar Schritte zur Seite. Das Telefon hatte längst aufgehört zu klingeln. Von ihrer neuen Position aus konnte sie den Bildschirm des Monitors erkennen. Der Bildschirmschoner hatte sich wieder eingeschaltet.

»Ich sollte jetzt wohl besser gehen«, seufzte Hedda gespielt und verschwand so schnell wie möglich aus dem Büro. Erleichtert ging sie mit großen Schritten den Gang entlang.

»Warten Sie!«, schrie ihr die Frau des Hotelbesitzers hinterher.

Hedda drehte sich nicht um, aber das Klackern ihrer Schuhe kam dennoch immer näher.

»Mein Mann hat es sicher nicht so gemeint. Wissen Sie, er ist sehr angespannt in letzter Zeit. Er arbeitet oft bis tief in die Nacht, und dann ist da ja auch noch der Ärger mit dem Hotelbau am See.« Sie seufzte, schlug die Augen nieder und schüttelte kaum merklich den Kopf.

Die Arme! Sie hat wahrscheinlich keine Ahnung, wer ihr Mann wirklich ist.

14. Kapitel

Freitag, 21. Juli 2017

Die Aussprache

Hedda saß in ihrem Kinosessel neben Enno und beobachtete ihn heimlich, während er gedankenverloren seinen Blick über die ebenfalls wartenden Besucher schweifen ließ. Jetzt hatten sie also schon ihr zweites richtiges Date. Zur Feier des Tages hatte Enno sie zunächst ins *Mama Mia*, ein italienisches Restaurant in der Leeraner Altstadt, ausgeführt. Anschließend hatten sie einen schönen Spaziergang gemacht und waren schließlich im Kino gelandet. Angeblich hatte Enno sie ja nur eingeladen, um mit ihr den gemeinsamen Fahndungserfolg zu feiern. Aber Hedda glaubte, dass er diesen Umstand gerne vorgeschoben hatte, um sich erneut mit ihr treffen zu können.

Nachdem Hedda der Polizei berichtet hatte, was sie auf dem Monitor des Hotelbesitzers gesehen hatte, war alles ganz schnell gegangen. Die IT-Spezialisten der Kripo hatten die beschriebene Internetseite im Darknet schnell ausfindig gemacht, auf der sich der *NSW* mit den Morden rühmte, die in den vergangenen Tagen fast die gesamte ostfriesische Halbinsel in Atem gehalten hatten. Aufgrund der aktuellen Gefährdungslage lag der Durchsuchungsbefehl für die Büro- und Privaträume des Hoteliers noch am selben Tag vor. Die Beamten beschlagnahmten Festplatten, Aktenordner und durchsuchten jeden Winkel des alten Bauernhofes, der sowohl den Hotelbetrieb, als auch die privaten Räume der Besitzer beherbergte. Die dabei gefundenen Beweise reichten aus, um Wigand Focken vorläufig festzunehmen. Er schien nicht nur der heimliche Anführer der rechtsextremen Untergrundorganisation *NSW* zu sein, sondern auch die Verantwortung für die Morde der vergangenen Tage zu tragen. Auch wenn er Letzteres vehement bestritt, ging die Kriminalpolizei dennoch davon aus, dass es nur eine Frage der Zeit sein würde, bis man ihm die Taten definitiv nachweisen konnte.

Durch die weggefallene Anspannung fand Hedda dieses Date noch schöner als das vorherige. Wieder einmal kämpfte sie mit sich selbst. Ein Teil von ihr wollte unbedingt mit Enno zusammen sein,

ein anderer warnte sie jedoch immer noch davor, sich zu schnell in eine neue Beziehung zu stürzen.

»Ich muss nochmal schnell zur Toilette, sonst schaffe ich den Film nicht«, grinste Enno sie verlegen an. »Soll ich dir auf dem Rückweg noch etwas mitbringen?«

Schmunzelnd schaute Hedda auf die große Tüte Popcorn, die Enno in den Händen hielt und die zwei 1-Liter-Getränkebecher, die sie sich gekauft hatten. »Ich glaube, das sollte reichen.«

»Bin gleich zurück!« Enno drückte ihr das Popcorn in die Hand, stand auf und verließ den Kinosaal.

Sehnsüchtig schaute Hedda ihm hinterher. *Wenn er nur nicht so einen knackigen Hintern hätte.*

*

»Schön, dass ihr da seid!« Willm lächelte seine Arbeitskollegen gequält an. Einerseits hatte er seit Tagen dem gemeinsamen Grillabend mit einem flauen Gefühl in der Magengegend entgegengesehen, andererseits war er auch froh, dass ihr Konflikt heute endlich ein Ende finden würde. »Geht es dir besser?« Die Frage war an Kobe gerichtet. Obwohl er die letzten Tage nicht zur Arbeit gekommen war, war er dennoch zu ihrem vereinbarten Treffen erschienen, um ihr gemeinsames Problem aus der Welt zu schaffen.

Der Afrikaner nickte. »Geht schon!«

Wollen wir erst einmal etwas essen und ein paar Bierchen trinken, bevor wir die schwierigen Themen angehen?«, fragte Willm weiter. »Wir haben natürlich auch nichtalkoholische Getränke da.«

Brad schüttelte schnaufend den Kopf. »Ich würde lieber erst unser Problem besprechen und dann hinterher mit euch anstoßen. Die ganze Sache drückt mir jetzt schon seit über einer Woche auf den Magen. Ich habe sogar abgenommen.« Er stand auf, schob sein T-Shirt nach oben und rieb sich demonstrativ über den Bauch.

»Wie wäre es mit einem Bier vorweg und dann besprechen wir alles«, schlug Kobe vor.

Willm und Brad schauten sich überrascht an. Ein Kompromissvorschlag von Kobe? Sollte es an diesem Abend vielleicht doch noch eine gütliche Einigung zwischen den drei Arbeitskollegen geben?

»Einverstanden!«, antworteten beide im Chor.

Wie aufs Stichwort betrat Sarinya die Gartenhütte. In der rechten Hand trug sie zwei, in der linken Hand eine Bierflasche. Alle Flaschen waren bereits geöffnet. Sie begrüßte die Männer mit einem zurückhaltenden Nicken. Mit gesenktem Blick reichte sie jedem eine Flasche und verabschiedete sich wieder.

»Ist alle okay mit ihr? Hat sie wieder Migräne?«, fragte Brad.

»Nein, es ist alles in Ordnung. Ich habe ihr nur gesagt, dass wir etwas Wichtiges zu besprechen haben und sie uns möglichst wenig stören soll«, antwortete Willm.

»Du hast ihr also nichts von unserem Fund erzählt?« Brad sah Willm prüfend an.

»Nein!«, log Willm und versuchte, dabei möglichst überzeugend zu klingen. »Das haben wir doch so abgemacht.«

»Prost Männer!« Auffordernd hielt Kobe den beiden seine Bierflasche entgegen.

»Prost!« Willm und Brad hoben ebenfalls ihre Getränke an. Die Flaschen stießen klirrend zusammen. Dann legten die drei ihre Köpfe in den Nacken und nahmen jeweils einen kräftigen Schluck.

*

Kurz nachdem Enno den Kinosaal verlassen hatte, setzte sich eine junge gutaussehende Frau auf den frei gewordenen Platz. »Entschuldige bitte, wenn ich dich einfach so anquatsche, aber ich muss dich dringend warnen.«

»Warnen, wovor?« Hedda schaute ihre neue Sitznachbarin verdutzt an.

»Meine Freundinnen und ich sitzen da hinten.« Sie drehte ihren Kopf über die Schulter und zeigte auf zwei junge Frauen, die in der vorletzten Reihe saßen und Hedda daraufhin verkrampft zulächelten.

»Ich verstehe nicht. Muss ich die beiden kennen?«

»Nein, aber wir alle kennen deinen Freund.« Die Gesichtszüge der Frau verfinsterten sich.

»Enno? Er ist nicht mein Freund«, entgegnete Hedda.

»Dann belass es auch lieber dabei!« Die junge Frau nickte Hedda auffordernd zu und erhob sich wieder von Ennos Platz.

159

»Halt!« Hedda packte sie am Handgelenk. »Was meinst du damit? Warum soll ich nicht mit Enno zusammenkommen?«

Die Unbekannte presste nachdenklich die Lippen aufeinander. Dann setzte sie sich wieder. »Wir haben alle schon mal etwas mit ihm gehabt. Er hat uns nur benutzt und danach wie den letzten Dreck behandelt.«

Hedda schüttelte ungläubig den Kopf. »Enno? Der hat doch noch nie eine Freundin gehabt.«

Die Augen ihrer Sitznachbarin weiteten sich für einen Moment. Sie schien überrascht von dieser Aussage zu sein. Doch nur Sekunden später entspannten sich ihre Gesichtszüge wieder. »Er hat jeder von uns etwas anderes erzählt, um sie ins Bett zu kriegen. Glaubst du wirklich, ein Typ wie er wäre noch Jungfrau?« Ihr Mund verzog sich zu einem schiefen, bemitleidenden Lächeln.

Es war wirklich schwer zu glauben, dass Enno noch nie mit einer Frau zusammen gewesen sein sollte. Aber ebenso unglaublich war das, was ihr die Fremde da gerade erzählt hatte.

»Du glaubst mir nicht, oder?«, fragte die junge Frau, kramte plötzlich in ihrer Handtasche herum und holte schließlich ihr Handy hervor. »Hier!«, sagte sie, nachdem sie zuvor ein paarmal auf dem Touchscreen herumgewischt hatte und reichte Hedda ihr Handy.

Neugierig nahm Hedda das Gerät in die Hand und warf einen skeptischen Blick auf das Display. Auf dem Bildschirm war ein Foto ihrer attraktiven Sitznachbarin zu sehen. Auf dem Arm trug sie ein Baby. Hedda reichte das Smartphone zurück und schaute die Besitzerin fragend an.

»Das ist sein … unser Baby!«, sagte sie und presste ihre Augenlider so zusammen, als wolle sie unbedingt ihre Tränen zurückhalten. Dann drehte sie erschrocken ihren Kopf zur Seite. »Er kommt zurück! Bitte sag ihm nicht, dass ich mit dir gesprochen habe«, flehte sie Hedda an und eilte in geduckter Körperhaltung zurück zu ihrem Sitzplatz.

»So, jetzt kann der Film losgehen«, sagte Enno und ließ sich in den gerade frei gewordenen Kinosessel fallen.

Im selben Moment verdunkelte sich der Kinosaal und über die Leinwand flackerte der Werbespot eines Eiscremeherstellers.

Während Enno gebannt auf die bewegten Bilder starrte, lief in Heddas Kopf ein ganz anderer Film ab. *Kann das wirklich wahr sein? Ist Enno in Wirklichkeit ein egoistischer und frauenverachtender Macho, der nur seine eigene Befriedigung im Sinn hat?*

Diese Vorstellung passte so gar nicht zu dem Bild, das Hedda von Enno gewonnen hatte. Sollte sie sich wirklich so sehr in ihm getäuscht haben? Hatte sie so eine schlechte Menschenkenntnis? Hedda musste an Jan denken. Auch ihm hätte sie niemals zugetraut, dass er sie mit ihrer besten Freundin betrügen könnte. Und Vanessa! Ihre ehemals beste Freundin hatte sogar ihre geliebten Zwergkaninchen entführt und ihr eine Drohung geschickt, nur um sie von Jan fernzuhalten. Dabei hatte sie geglaubt, dass sie sich immer auf sie würde verlassen können.

Nein, resümierte Hedda ihre Gedanken. *Ich habe zurzeit wirklich keine gute Menschenkenntnis.*

*

»Ich fühle mich, als hätte ich eine ganze Flasche *Kruiden* getrunken«, stöhnte Brad und fasste sich an den Kopf. Es fühlte sich an, als würde unentwegt jemand mit einem Messer in seinem Gehirn herumstochern. »Hast du mir etwas ins Bier getan?« Vorwurfsvoll schaute er zunächst Willm und danach Kobe an. Er musste die Augen zusammenkneifen, damit sich die Bilder in seinem Kopf nicht gegeneinander verschoben. Willm schien es ebenfalls schlecht zu gehen. Er hatte seine Ellenbogen auf dem Tisch abgelegt und musste seinen Kopf mit beiden Händen stützen.

»Natürlich nicht!«, widersprach Willm seiner Anschuldigung. »Aber ich fühle mich auf einmal auch total müde.«

Die beiden Männer schauten hilfesuchend zu Kobe. Der saß mit verschränkten Armen auf seinem Gartenstuhl und grinste sie überlegen an. »Habt ihr die Goldbarren dabei?«

»Du... du hast uns was ins Bier getan«, kombinierte Willm. »Aber wie?«

Das Lächeln in Kobes Gesicht wurde noch ein wenig breiter. »Prinzessin, kommst du mal bitte!«, rief er und lehnte sich zufrieden in seinen Stuhl zurück.

Wenige Augenblicke später betrat Sarinya wieder die Gartenhütte. Sie stellte sich direkt hinter Kobe, legte ihre Arme um seinen Hals und gab ihm einen Kuss auf die Wange. Willm rieb sich mit Zeigefinger und Daumen die müden Augen. Er konnte nicht fassen, was er da eben gesehen hatte. Und noch viel weniger wollte er begreifen, was das, was er da eben gesehen hatte, bedeuten musste.

»Ihr steckt unter einer Decke!« Mit ausgestrecktem Arm deutete Brad auf die beiden und versuchte dabei aufzustehen. »Ihr habt uns was ins Bier getan, damit ihr uns das Gold abnehmen könnt.«

»Schau an, so ein schlaues Kerlchen.« Kobe lachte und schnaubte dabei verächtlich durch die Nase.

»Du mieses Arschloch!« Willm presste beide Hände auf die Tischplatte und versuchte jetzt ebenfalls aufzustehen.

»Das würde ich schön sein lassen!« Kobe richtete eine Pistole, die ihm Sarinya im selben Moment zugesteckt hatte, auf die beiden Männer. »Setzt euch wieder hin!«

Willm und Brad fixierten Kobe mit einem wütenden Blick, folgten aber seiner Anweisung und setzten sich wieder. Ihnen fehlte ohnehin die Kraft, um sich auf den Beinen zu halten.

»Ihr sagt mir jetzt einfach, wo das Gold ist und danach verschwinden wir beide auch schon und lassen euch in Ruhe.«

Verzweifelt versuchte Willm, einen Blickkontakt zu seiner Frau herzustellen. Doch Sarinya hielt ihren Blick die ganze Zeit über gesenkt. »Warum?«, fragte er sie. »Was habe ich dir denn getan?«

Sarinya schaute ihn auch jetzt nicht an. Stattdessen ergriff Kobe das Wort und antwortete für sie. »Hast du dich schonmal im Spiegel angesehen? Glaubst du wirklich, dass sie der Liebe wegen mit dir nach Deutschland gekommen ist? Sie hatte doch gar keine andere Wahl. Sie musste ihre Familie in Thailand unterstützen. Damit es ihnen gut ging, hat sie ihren Körper an dich verkauft. Was glaubst du, warum sie dir so oft einen Migräneanfall vorgespielt hat? Es hat sie angeekelt, sich mit dir das Bett teilen zu müssen. Erst als sie mich kennengelernt hat, hat sie zum ersten Mal erlebt, was echte Liebe ist. Nur leider konnte ich ihr und ihrer Familie bisher nicht die nötige finanzielle Unterstützung bieten. Doch das wird sich ab sofort ändern!«

Fassungslos schüttelte Willm den Kopf. »Sarinya! Sag, dass das nicht wahr ist!« Tränen der Verzweiflung liefen über sein Gesicht.

»Schluss jetzt mit dem Geheule. Gebt mir jetzt sofort euer Gold!« Kobe sprang von seinem Stuhl auf und zielte mit der Waffe auf Brad.

Intuitiv riss Brad die Arme in die Höhe. »Ich… ich habe es nicht mitgebracht«, antwortete er mit zittriger Stimme.

»Was?« Kobe machte einen energischen Schritt auf ihn zu, packte ihn am Schopf, riss seinen Kopf zurück und hielt ihm die Waffe direkt an die Schläfe. »Wir hatten doch damals vereinbart, dass jeder seinen Anteil des Fundes heute wieder mitbringt, damit wir endgültig entscheiden können, was wir jetzt mit dem Schatz machen werden.«

»Ich habe intensiv darüber nachgedacht und bin zu der Entscheidung gekommen, dass Willm recht hatte. Wir dürfen das Gold, das wir bei unseren Baggerarbeiten gefunden haben, nicht behalten. Es gehört uns nicht! Wir müssen den Fund anzeigen und die Goldbarren abgeben.« Mit weit aufgerissenen Augen schielte Brad zu seinem Widersacher hinauf. Er wusste, dass ihn diese Aussage noch wütender machen würde, aber was hätte er sonst sagen sollen?

»War ja klar, dass du dich von dem Fettsack überreden lassen würdest. Glücklicherweise haben meine Prinzessin und ich uns eine alternative Lösung einfallen lassen, bei der wir das Gold auch ohne eure Zustimmung behalten können.« Wieder lachte Kobe die Männer höhnisch aus.

»Damit kommt ihr niemals durch! Wir werden zur Polizei gehen«, widersprach Willm energisch und wischte sich dabei die letzten Tränen aus dem Gesicht.

Kobe schnaubte verächtlich. »Das lass mal unsere Sorge sein. Wenn ihr erst tot seid, wird niemand mehr mit der Polizei sprechen können.«

»Damit kommst du niemals durch!«, schrie Brad wütend.

»Oh doch!« Kopfnickend entfernte sich Kobe wieder von seinem Opfer, stellte sich direkt neben Sarinya und legte ihr einen Arm um die Hüfte.

»Sarinya, hör nicht auf ihn! Willst du dich zur Mörderin machen lassen? Willst du wirklich den Tod zweier Menschen auf dem Gewissen haben?«, richtete Willm einen letzten, verzweifelten Appell an seine Frau.

»Sie ist doch schon längst zur Mörderin geworden«, lachte Kobe verächtlich.

*

Der Kinofilm steuerte auf seinen romantischen Höhepunkt zu, aber Hedda hatte kaum etwas von der Handlung mitbekommen. Die ganze Zeit über musste sie über die Worte der Frau nachdenken, die Enno angeblich geschwängert haben sollte.

Als der schüchterne Hauptdarsteller des Films endlich den Mut gefunden hatte, die atemberaubende Schönheit zu küssen, die er schon den ganzen Film über angehimmelt hatte, fasste auch Enno sich ein Herz, streckte seinen Arm aus und legte ihn um Heddas Schultern.

Insgeheim hatte sie zwar darauf gehofft, dass Enno ihr gegenüber endlich seine Scheu ablegen würde, aber das war gewesen, bevor sie von seiner vermeintlichen Vaterschaft erfahren hatte. Jetzt fühlte sich seine Umarmung in etwa so unbehaglich an, als würde er ihr dabei gleichzeitig auch noch eine Pistole an den Kopf halten.

Was soll ich nur machen? Wenn es wirklich stimmt, was die Frau mir erzählt hat, dann hat er mich die ganze Zeit über nur angelogen. Dann hat er mir den schüchternen, verständnisvollen Typen nur vorgespielt, um mich ins Bett zu kriegen. Aber wenn es nicht stimmt, dann hat er gerade zum ersten Mal den Mut aufgebracht, den nächsten Schritt mit einer Frau zu gehen. Wenn ich ihn jetzt abblitzen lasse, wird das seinem erstarkten Ego einen herben Schlag versetzen. Aber wieso sollte die Frau mich angelogen haben?

Das Nachdenken machte Hedda so unruhig, dass sie es auf ihrem Sitz einfach nicht mehr aushielt. »Ich muss mal zur Toilette«, flüsterte sie ihm ins Ohr, stand auf und verließ den Kinosaal.

Nachdem sie erfolglos einige Minuten lang versucht hatte, ihre Gedanken zu ordnen, verließ sie die Kabine der Damentoilette wieder und machte sich auf den Rückweg. Sie wusste noch immer nicht, was sie jetzt tun sollte, aber sie konnte Enno auch nicht länger warten lassen, ohne dass ihm etwas auffallen würde.

Wahrscheinlich ist es am besten, wenn ich ihn nach dem Film direkt darauf anspreche.

Als sie den Kinosaal wieder betrat, fiel ihr sofort die junge Frau wieder auf. Sie hockte im Gang und schien sich mit Enno zu unterhalten. Beide hatten ihr den Rücken zugedreht und konnten sie daher nicht sehen.

Was sie wohl mit ihm bespricht?, fragte Hedda sich und ging langsam auf die beiden zu.

Kurz bevor sie ihren Platz erreicht hatte, sprang die junge Frau aus ihrer hockenden Position auf, holte mit ihrem Arm weit aus und verpasste Enno eine schallende Ohrfeige. Unter wüsten Beschimpfungen und mit Tränen in den Augen rannte sie Richtung Ausgang. Wäre Hedda ihr nicht ausgewichen, wären sie frontal zusammengestoßen.

Hedda schaute zunächst der Unbekannten hinterher und anschließend zu Enno. Er saß da und hielt sich die Wange, drehte sich aber nicht um. Plötzlich wirbelten die ganzen Emotionen der letzten Tage wie ein Gefühlstsunami durch Heddas Kopf. Sie sah die Mordopfer, das Blut, Jan und Vanessa. Dann machte sie etwas, das sie niemals von sich gedacht hätte. Sie machte auf dem Absatz kehrt und flüchtete aus dem Kino.

*

»Was meint er damit?«, fragte Willm und versuchte, erneut Augenkontakt mit Sarinya herzustellen. Er glaubte immer noch daran, dass er seine Frau irgendwie erreichen könnte.

Doch wieder übernahm Kobe das Antworten für Sarinya. »Sie hat diesem Asiaten die Kehle aufgeschlitzt. Der war nämlich genau so scharf auf sie wie du und ich.« Er schnaubte verächtlich durch die Nase und bedachte Willm dabei mit einem abschätzigen Blick. »Das kann man ihm also nicht verübeln. Aber was er mit seiner Ehefrau gemacht hat, das ging nun wirklich nicht. Sarinya konnte es nicht länger mit ansehen, wie er ihre wehrlose Freundin gedemütigt hat. Darum hat sie die Sache halt selbst in die Hand genommen.« Stolz sah er Sarinya an, aber die schaute weiterhin nur apathisch zu Boden. »Dummerweise hat sie sich aber dazu hinreißen lassen, ihm hinterher diesen blöden Gummiring an den Finger zu stecken. Nachdem seine Frau ja gleich ein ganzes Dutzend davon am Ringfinger tragen musste, stand sie natürlich sofort im Fokus der Polizei. Es hätte sicher nicht lange gedauert und die Polizei wäre auch Sarinya auf die Schliche gekommen. Doch zum Glück ist mir dann eine Lösung eingefallen, mit der wir gleich zwei Fliegen mit einer Klappe schlagen konnten.«

Erwartungsvoll schaute Kobe seine beiden Opfer an. »Nun kommt schon! Jetzt bin ich aber enttäuscht. Ihr wollt gar nicht wissen, was mir Tolles eingefallen ist?« Wieder schaute er seine

Arbeitskollegen abwechselnd an. »Also gut, ich erzähle es euch trotzdem. Schließlich sind wir ja Kollegen. Nachdem wir bei den Baggerarbeiten das Gold gefunden hatten, wusste ich sofort, dass das meine Chance war, um ein neues Leben mit Sarinya zu beginnen. Aber ihr wolltet unseren Fund ja unbedingt melden, damit ihr euer reines Gewissen behalten könnt. Da habe ich mir überlegt, ich könnte euch das Gold ja einfach abnehmen. Aber hättet ihr das stillschweigend mitgemacht?« Kobe wartete einen Moment, ob er vielleicht wirklich eine Antwort auf seine rhetorische Frage bekommen würde.

»Nein, hättet ihr nicht! Deshalb muss ich euch beseitigen. Aber wie soll ich das anstellen, ohne dass ich dabei in Verdacht gerate? Als Sarinya mir von ihrem Mord und dem Gummiring erzählt hatte, kam mir die rettende Idee. Ich würde das Ganze nach einer Mordserie aussehen lassen. Ein Mord für jeden Ring des olympischen Symbols. Jedes Opfer von einem anderen Kontinent.«

»Und nach dem verstümmelten Asiaten, dem ertränkten Afrikaner und dem ermordeten Australier, sollen Willm und ich jetzt also deine mörderische Weltreise abrunden?«, kombinierte Brad.

»Gut aufgepasst, kleiner Brad.« Kobe klatschte applaudierend in die Hände. »Jetzt wünscht ihr euch doch, ihr hättet mein erstes Kompromissangebot angenommen, oder? Aber dafür ist es jetzt leider zu spät.« Kobe hob entschuldigend die Hände empor und zuckte verlegen mit den Schultern. »Leider hat Sarinya bei ihrem Mord noch nicht an die passende Farbauswahl des Gummirings gedacht. Damit unsere Dorfpolizei den Zusammenhang mit den folgenden Toten dennoch erkennen konnte, habe ich gleich nach ihrer Tat einen anonymen Drohanruf an deine Nichte abgesetzt. War echt ein toller Zufall, dass ausgerechnet sie die Leiche gefunden hat. Nachdem ich dann auch noch recherchieren konnte, dass die Farbe Weiß genauso Bestandteil des olympischen Symbols ist wie alle anderen, war die Lösung ganz einfach. Ich werde nach euch beiden einfach noch irgendein weiteres Schlitzauge abschlachten. Dann ist mein Werk vollendet.«

»Du lügst doch! In den Medien haben sie gesagt, dass die Morde auf die Rechnung dieser rechtsextremen Untergrundorganisation gehen«, widersprach Willm.

»Ist das nicht klasse? Jetzt bekomme ich nicht nur das ganze Gold und das hübsche Mädchen, sondern habe gleichzeitig auch noch das unverschämte Glück, dass sich diese hohlköpfigen Glatzen mit unseren Taten schmücken wollten. Besser konnte es doch gar nicht laufen!«

»Da magst du teilweise recht haben, aber unser Gold kriegst du nicht!« Willm spuckte Kobe verächtlich vor die Füße.

»Vielen Dank, dass du mich daran erinnerst. Bei der ganzen Prahlerei über meinen tollen Plan hätte ich das Wesentliche doch fast vergessen.« Er machte zwei Schritte auf Brad zu und presste ihm den Lauf seiner Pistole gegen das linke Auge. »Du wirst mich jetzt sofort zu dem Gold fahren!« Er packte ihn am Kragen und zerrte ihn zur Hütte hinaus.

»Und ich?«, fragte Sarinya verängstigt.

Kobe hielt inne. »Ach ja«, sagte er, als habe er seine Geliebte und deren Mann für einen Moment vollkommen vergessen. Nachdenklich schaute er sich in der Hütte und im Garten um. »Halt das mal«, sagte er schließlich und reichte ihr die Pistole.

Während Sarinya mit der Waffe Brad in Schach hielt, ging Kobe auf Willm zu. Heddas Onkel versuchte, auf ihn loszugehen, aber die Betäubungsmittel lähmten ihn noch immer. Er konnte die Faustschläge nicht abwehren, die Kobe auf ihn niederprasseln ließ. Mit jedem Schlag trieb der Afrikaner ihn etwas weiter in den Vorgarten hinaus. Ein harter rechter Hacken nahm ihm schließlich das Bewusstsein.

Kobe knebelte sein wehrloses Opfer und fixierte anschließend noch die Hände und Beine mit Kabelbindern. »Der sollte dir keine Probleme mehr bereiten«, schnaufte er, erschöpft vom Kampf. Er nahm ihr die Pistole wieder ab und reichte ihr stattdessen ein großes Fleischermesser. »Und falls doch, stichst du ihn einfach ab.«

Sarinya nickte.

»Du weißt, wo er sein Gold versteckt hat?«

Wieder nickte Sarinya stumm.

»Dann hol es. Ich kümmere mich in der Zwischenzeit um den hier.« Er zeigte mit der Pistole auf Brad, der ebenfalls noch mit der Wirkung der Betäubungsmittel zu kämpfen hatte. »Wir werden zusammen einen kleinen Ausflug machen. Ich wollte schon immer einmal deine Frau kennenlernen.« Er holte einen weiteren Kabelbinder aus seiner Hosentasche und verschnürte die Hände des Amerikaners hinter dessen Rücken. Nachdem er auch ihn geknebelt hatte, trieb er ihn vor sich her zu seinem Wagen.

15. Kapitel

Freitag, 21. Juli 2017

Ein tödlicher Schatz

Nachdem Hedda das Kino fluchtartig verlassen hatte, war sie zunächst ziellos die Mühlenstraße auf und ab gelaufen. Erst dann hatte sie sich entschieden, sich ein Taxi zu nehmen, um sich zu ihrem Onkel fahren zu lassen.

Hoffentlich hat Sarinya nicht schon wieder Migräne, betete sie, als sie die letzten Meter zum Haus ging. Wegen der Malerarbeiten würde sie so wenigstens im Gästezimmer übernachten können.

Sie hatte sich von dem Taxifahrer extra einige hundert Meter vorher absetzen lassen, in der Hoffnung, dass ihr der kurze Fußmarsch eventuell doch noch ein paar klare Gedanken bescheren würde. Während sie sich gemächlichen Schrittes dem Haus näherte, sog sie die erfrischend kühle Nachtluft in sich ein und schaute sich den wolkenfreien Sternenhimmel an.

Als sie das Tor zum Vorgarten erreicht hatte, entdeckte sie einen nächtlichen Schatten, der mit einer Schaufel in der Nähe der Hundehütte herumhantierte. Verwundert blieb sie einen Moment lang stehen. Der Schatten war nicht besonders groß. Willm konnte es also nicht sein, aber wer sollte sonst in seinem Garten graben? Und dann auch wieder genau an dieser Stelle.

Nahezu geräuschlos öffnete sie das Gartentor und ging auf die Person mit der Schaufel zu. Sie gab sich keine Mühe, besonders leise zu sein, da sie keine Gefahr befürchtete. Dennoch schien die Gestalt, die ihr den Rücken zugewandt hatte, sie nicht zu bemerken.

Sarinya! Warum buddelt jetzt Sarinya unter der Hundehütte?

»Was machst du denn da?«, fragte Hedda mit einer Mischung aus Verwunderung und Belustigung. Es war schon komisch, mit anzusehen, wie die zierliche Asiatin sich mit der Schaufel abmühte. Sarinya wirbelte erschrocken herum und starrte Hedda entgeistert an. Im selben Augenblick bemerkte Hedda einen großen Schatten, direkt neben dem Erdhaufen, den ihre Schwägerin bereits aufgehäuft hatte. »Willm?«

Noch ehe Hedda ihren Onkel mit Sicherheit in der Dunkelheit identifizieren konnte, stürzte Sarinya auf sie zu und riss sie zu

168

Boden. Ohne abzuwarten, prügelte ihre Tante auf sie ein. Allerdings waren ihre Schläge so unpräzise und kraftlos, dass sie bei Hedda kaum Wirkung hinterließen. Schützend hielt sie sich zunächst die Unterarme vors Gesicht. Dann vollführte sie mit ihrem Oberkörper zwei schnelle, entgegengesetzte Drehungen, sodass ihre Kontrahentin das Gleichgewicht verlor und zu Boden stürzte.

Blitzschnell rappelte Hedda sich auf und warf sich jetzt ihrerseits auf ihre Gegnerin. Trotz Sarinyas Gegenwehr bekam sie mühelos die Handgelenke ihrer Kontrahentin zu fassen und presste sie auf den Boden. »Was soll der Scheiß?«, schrie sie, vollkommen außer Atem. »Was hast du mit meinem Onkel gemacht?« Sie schaute zu Willms leblosem Körper hinüber.

Sarinya versuchte, sich mit aller Kraft aus Heddas Haltegriff zu befreien, schaffte es aber nicht. Hedda überlegte angestrengt, wie sie nach ihrem Onkel sehen konnte, ohne dabei einen erneuten Angriff ihrer scheinbar wahnsinnig gewordenen Tante zu riskieren.

Auf einmal spürte sie einen schmerzhaften Ruck an ihrem Hinterkopf. Irgendjemand hatte sie an den Haaren gepackt, riss ihr zunächst den Kopf in den Nacken und anschließend ihren ganzen Körper zu Boden. Jetzt war erneut sie es, die mit dem Rücken auf dem Rasen lag. Auf ihrem Oberkörper saß ein großer, kräftiger Mann mit dunkler Hautfarbe. Während er mit einer Hand ihre Schläge scheinbar mühelos abwehrte, presste er ihr die andere so doll auf den Mund, dass jeglicher Hilferuf darunter erstarb.

»Da bin ich ja wohl gerade noch rechtzeitig gekommen«, sagte Kobe zu Sarinya. »Wer ist denn das hübsche Vögelchen?«

»Das sein Nichte von Willm«, antwortete Sarinya völlig außer Atem. Sie hatte sich zwischenzeitlich aufgerappelt und stand jetzt direkt neben ihm.

»Ach, das ist also die berühmte Nichte. Sieht ihm gar nicht ähnlich.«

Der lüsterne Blick in Kobes Gesicht versetzte Hedda in Panik. Wer war dieser Mann und was hatte er mit ihr vor?

»Greif mal in meine Tasche und hol den Knebel raus!«

Sarinya hockte sich neben ihn, holte den besagten Knebel aus der Seitentasche seines Sweatshirts und streckte ihn Kobe hin.

Mit der Kraft der Verzweiflung versuchte Hedda um sich zu schlagen, doch sie hatte keine Chance. Ihr Angreifer riss ihr die Hand vom Mund und stopfte ihr im selben Moment den Knebel hinein. Dann drehte er sie um, setzte sich auf ihren Rücken und fixierte den Knebel hinter ihrem Kopf. Aus einer Hosentasche kramte er einen weiteren Kabelbinder hervor. Unsanft verschränkte er Heddas Hände hinter ihrem Rücken und band sie so fest zusammen, dass Hedda vor Schmerz aufschreien musste. Durch den Knebel war davon jedoch nur ein verzweifeltes Grunzen zu hören.

»Scheiße, das war mein letzter Kabelbinder«, fluchte Kobe, während er seine sämtlichen Taschen absuchte. »Wie sollen wir die kleine Schlampe jetzt am Fortlaufen hindern?« Suchend schaute er sich um. Dann stand er ruckartig auf, packte Hedda am Kragen und schleifte sie Richtung Hundehütte. Dort schmiss er sie auf den Boden, hob die eiserne Hundekette auf und legte ihr das lederne Halsband um, das am Ende der eisernen Kette befestigt war. »Das sollte ausreichen, um unsere Wildkatze im Zaum zu halten.«

Hedda unternahm keinen weiteren Versuch, um sich aus ihrer Situation zu befreien. Entmutigt ließ sie sich auf die Knie sinken, drehte ihren Kopf zur Seite und betrachtete Willms geschundenen und mit blutigen Wunden überzogenen Körper.

»Hast du Gold von Brad bekommen?«, fragte Sarinya.

Wütend schüttelte Kobe den Kopf. »Der Wichser wollte mich reinlegen. Er hat mich an eine abgelegene Stelle geführt, an der er das Gold angeblich vergraben hat. Dann hat er mich angegriffen. Die Betäubung schien bei ihm bereits nachgelassen zu haben. Ich musste ihn erschießen, ansonsten hätte er mich vielleicht sogar bezwungen.«

»Und jetzt?«

»Keine Panik, Baby. Ich bin mir sicher, seine Frau weiß, wo das Gold versteckt ist. Leider konnte ich ihn nicht mehr fragen, wo er und seine Frau wohnen. Aber dieser Fettsack hier ...«, er zeigte auf den immer noch bewusstlosen Willm, »... der weiß es ganz bestimmt.« Er versetzte dem leblosen Körper ein paar Tritte in die Seite. Als diese nicht die gewünschte Wirkung erzielten, presste er seinen Schuh direkt auf das Gesicht seines Opfers. »Wieso wacht die Schweinebacke nicht auf? Bei dem Körpergewicht müsste er das Betäubungsmittel doch viel besser verdauen als dieses halbe Hemd von Ami.«

»Ich habe gegeben ihm etwas mehr«, sagte Sarinya entschuldigend.

»Nun ja, den bekommen wir schon noch wach. Hast du sein Gold schon gefunden?«

»Ich haben gegraben an Stelle, er hat mich erzählt. Aber bisher ich nichts haben gefunden.«

Kobe leuchtete mit seinem Handy das Loch aus, das Sarinya gegraben hatte. »Der Wichser hat dich angelogen!«, schrie er wütend und versetzte Willm eine Salve weiterer schwerer Tritte in die Seite. »Wach endlich auf!«

Röchelnd kehrte das Leben in Willm zurück. Er krümmte sich zusammen und spuckte eine Mischung aus Magensäure und Blut auf den Rasen.

»Du führst mich jetzt sofort zu der Stelle, wo du dein Gold versteckt hast.« Kobe kniete sich neben Willm und durchtrennte den Kabelbinder an dessen Füßen mit seinem Taschenmesser. »Und anschließend zeigst du mir, wo Brad wohnt, verstanden? Ansonsten wird dein kleiner Sonnenschein hier mein nächstes Opfer.« Er richtete die Pistole, die er zwischenzeitlich wieder in die Hand genommen hatte, auf Hedda.

Durch energisches Nicken signalisierte Willm seine Bereitschaft, Kobe das Versteck zu zeigen. Gleichzeitig versuchte er, etwas zu ihm zu sagen, aber auch sein Knebel ließ allenfalls ein unverständliches Brummen zu. Willm spürte den Lauf der Pistole in seinem Rücken, als er, vollkommen entkräftet, einen Fuß vor den anderen setzte. Er würde Kobe zum Versteck des Goldes führen, auch wenn er sich sicher war, dass er ihn anschließend dennoch töten würde. Aber vielleicht würde er Hedda ja tatsächlich verschonen?

»Pass gut auf die Kleine auf! Sobald ich das Gold habe, komme ich zurück«, rief Kobe Sarinya noch zu, ehe er mit Willm hinter der Hausecke verschwand.

Sarinya fixierte Hedda mit einem aufmerksamen Blick und hielt zudem das Küchenmesser bereit.

Ich muss Willm helfen! Aber wie soll ich hier nur wegkommen? Erschöpft lehnte Hedda sich mit dem Rücken an den Erdhaufen, der sich direkt hinter ihr befand. *Das Feuerzeug!*, schoss es ihr plötzlich in den Sinn. *Es muss in dem Aushub liegen.* Möglichst unauffällig begann sie, sich mit den Fingern durch das lose Erdreich zu wühlen. *Da!* Ihre Fingerkuppen stießen an einen rundlichen, metallischen Gegenstand. *Die Dose!* Sie nahm die

Blechdose in ihre gefesselten Hände und versuchte, den Deckel zu lösen. *Geschafft!*

Vorsichtig fingerte sie das Sturmfeuerzeug aus der Dose und drehte es in ihren Händen zurecht. Sie öffnete die Klappe und versuchte, mit der Flamme den Kabelbinder durchzuschmoren. Aber das Feuer fraß sich nicht nur in das Plastik, sondern gleichzeitig auch noch in die Haut an ihrem Handgelenk. Hedda biss die Zähne zusammen und versuchte, den Schmerz zu ertragen, ohne dabei eine Rührung zu zeigen. Sie wusste, wenn Sarinya ihr das Feuerzeug abnehmen würde, war ihr letzte Chance vertan.

»Was du machen da?«, fragte Sarinya und beäugte Hedda skeptisch.

*

Willm führte Kobe auf die benachbarte Wiese, auf der morgen die Ostfriesland-Olympiade beginnen sollte. Mit langsamen Schritten steuerte er auf die hölzerne Bühne zu, die mitten auf dem Gelände stand. Alle Vorbereitungen für den morgigen Eröffnungstag schienen bereits abgeschlossen zu sein. Jedenfalls war weit und breit keine Menschenseele zu sehen.

»Hast du es neben der Bühne vergraben?«, fragte Kobe, als sie nur noch wenige Meter von der großen Konstruktion trennten.

Willm schüttelte verneinend den Kopf und ging langsam weiter. Ein heftiger Stoß zwischen seine Schulterblätter ließ ihn nach vorne stolpern. Mit letzter Kraft schaffte er es, sich auf den Beinen zu halten. Sein Körper war noch immer geschwächt von der Betäubung, aber sein Geist war inzwischen wieder hellwach. Unentwegt suchte er nach einem Weg, wie er Kobe überwältigen oder wenigstens entkommen könnte.

Auf der Bühne liegt etwas. Vielleicht kann mir das ja irgendwie nützen, überlegte Willm. Doch als er näher an die Holzkonstruktion herantrat, erkannte er, dass ihm der Gegenstand auf der Bühne leider nicht mehr helfen konnte. *Brad!* Er stürzte an den Rand der Bühne und starrte auf den leblosen Körper seines Freundes. Mit ausgestreckten Armen und Beinen lag der Amerikaner auf der Bühne und rührte sich nicht mehr. Vor Wut schnaubend drehte sich Willm zu seinem Peiniger um.

»Er hat mich angegriffen. Es war quasi Notwehr«, lachte Kobe und zuckte unschuldig mit den Schultern. »Ich habe ihm zum Abschied aber noch einen schönen roten Gummiring geschenkt.«

Willm schnaufte vor Wut. Wäre er nicht gefesselt, würde er Kobe mit bloßen Händen erwürgen.

»Wir haben keine Zeit für Sentimentalitäten. Zeig mir jetzt sofort, wo du das Gold versteckt hast. Schließlich musst du mich ja auch noch Brads Witwe vorstellen.«

Sabrina! Der Gedanke an Brads wundervolle Frau trieb Willm die Tränen in die Augen. Sie und Brad waren ein so tolles Paar gewesen. Den Tod ihres Mannes wird sie nur sehr schwer verkraften. Auf keinen Fall durfte Willm ihr Leben riskieren, indem er Kobe zu ihr führte.

»Wird's bald oder soll ich deinen fetten Körper gleich danebenlegen?« Kobes Stimme klang gereizt. Immer wieder schaute er sich nervös um.

Willm ging an der Seite der Bühne entlang und blieb an der hinteren Ecke stehen. In derselben Nacht, in der Hedda ihn beim Buddeln im Vorgarten überrascht hatte, war er hierhergekommen und hatte die Goldbarren zehn Schritte hinter dem Eckpfeiler der Bühne vergraben. Damals war die Wiese, bis auf die Bühne, noch vollkommen leer gewesen. Jetzt standen überall Bierbuden und Imbissstände herum, da einige der Wettkämpfe in unmittelbarer Nähe stattfinden würden.

Besorgt schaute Willm auf eine Bratwurstbude, die ungefähr dort stand, wo er das Gold vergraben hatte. Im Stechschritt ging er auf die Bude zu und zählte dabei in Gedanken seine Schritte ab. *Eins, Zwei, Drei, Vier, Fünf, Sechs, Sieben, Acht …*

*

Kurz bevor Sarinya sie erreicht hatte, hatte die Flamme das Plastik so weit geschmolzen, dass Heddas Kraft ausgereicht hatte, um sich von ihrer Fessel zu lösen. Noch bevor ihre Tante realisierte, was geschehen war, trat Hedda ihr so fest gegen die Kniescheibe, dass sie schreiend zu Boden fiel. Blitzschnell sprang Hedda auf, presste ihr die Hand auf den Mund, entwand ihr das Messer und hielt es ihr an den Hals. Sie war bereit, ihr beim nächsten Schrei genau das anzutun, was Sarinya ihrem ersten Opfer angetan hatte.

Obwohl Hedda aufgrund des Knebels nicht sprechen konnte, schien ihre Tante verstanden zu haben. Widerstandslos ließ sie sich auf den Rücken rollen, sodass Hedda sich mit den Knien auf sie setzen konnte. Als Hedda das Gefühl hatte, Sarinya könne nicht mehr entkommen, legte sie das Messer ab und nestelte mit beiden Händen an ihrem Nacken herum. Wenige Augenblicke später hatte sie den Metallstift aus der Öse des Lederhalsbandes gelöst und war wieder frei. Dann nahm sie das Halsband und legte es um den Hals ihrer Tante. Danach verpasste sie ihr auch noch den Knebel.

»Wenn dein Freund meinem Onkel etwas angetan hat, komme ich zurück und bringe dich um!«, drohte sie. Es kostete sie ein wenig Überwindung, aber sie schlug danach so lange auf den Kopf ihrer Tante ein, bis diese schließlich das Bewusstsein verloren zu haben schien. Da sie zuvor nichts hatte finden können, womit sie Sarinya hätte fesseln können, blieb ihr gar keine andere Wahl. Dann rannte sie in die Richtung davon, in die zuvor bereits Kobe und Willm verschwunden waren.

Als sie auf die benachbarte Wiese gestürmt kam, sah sie, wie Kobe sich abmühte, den gewichtigen Körper ihres Onkels auf die Bühne zu zerren. Diese Aufgabe forderte von ihm so viel Kraft und Konzentration, dass er ihre Anwesenheit überhaupt nicht zu bemerken schien.

Hilflos schaute Hedda zurück. Was sollte sie jetzt tun? Sollte sie ihrem Onkel zur Hilfe kommen oder lieber umkehren und die Polizei rufen? Sie wusste in diesem Moment genau, welches die vernünftigere Entscheidung war. Aber ob ihr Onkel noch leben würde, wenn sie mit den Beamten zurückkehren würde, das wusste sie nicht. Auf die Idee, die Polizei zunächst mit ihrem Handy zu informieren und danach sofort ihrem Onkel zur Hilfe zu eilen, kam sie vor lauter Aufregung aber nicht.

Ihre Finger verkrampften sich um den Griff des Messers. Mit leisen Schritten und in gebeugter Körperhaltung versuchte sie, sich zur anderen Seite der Bühne zu schleichen. Auf Zehenspitzen schlich sie die wenigen Stufen zur Bühne hinauf, während Kobe auf der gegenüberliegenden Seite immer noch versuchte, Willms Körper emporzuwuchten. Er hatte ihn unter den Achseln gepackt und mühte sich, seinen Körper rücklings die Stufen, die auf der anderen Seite der Bühne hinaufführten, nach oben zu zerren.

Heddas Herz schlug immer schneller, als sie sich ihrem Angreifer näherte. Ein zu hastiger Schritt, ein zu tiefer Atemzug, und Kobe würde sie sofort bemerken. Körperlich hatte sie ihm nicht viel entgegenzusetzen. Sie durfte es daher nicht auf einen Kampf ankommen lassen. Sie hatte nur dann eine Chance, wenn sie ihm einen überraschenden Wirkungstreffer mit dem Messer verpassen würde. Aber wohin sollte sie die Klinge stoßen, um eine große, aber dennoch nicht tödliche Wirkung zu erzielen? Sie wollte doch nicht zur Mörderin werden.

Mit ihren Augen tastete Hedda die Rückseite ihres Gegners ab. Aber welche Körperstelle sie auch ins Auge fasste, eine tödliche Wirkung konnte sie einfach nicht ausschließen. Sie entschied sich daher, ihm das Messer mit voller Wucht von hinten in die rechte Schulter zu rammen. Ihre Finger verkrampften sich erneut um den Griff. Irgendetwas in ihr hielt sie davon ab, dieses Ungeheuer anzugreifen. Viel Zeit blieb ihr jedoch nicht mehr. Kobe hatte bereits die letzte Treppenstufe erreicht.

Hedda schloss die Augen, nahm einen letzten tiefen Atemzug, dann stürmte sie auf Kobe los. Doch als sie das Messer bereits herunterschnellen ließ, hörte sie hinter sich plötzlich einen lauten Schrei.

»KOBE!«, hörte sie Sarinyas laute Stimme. Sie hatte ihr Bewusstsein bereits zurückerlangt und da Hedda ihr die Hände nicht hatte fesseln können, war es für sie nicht schwierig gewesen, sich von ihrem Halsband und dem Knebel zu befreien.

Der Gerufene zuckte erschrocken zusammen, ließ Willm auf die Holztreppe fallen, drehte sich schwungvoll um und schaute Hedda direkt an. Der Anblick seiner schreckgeweiteten Augen reichte aus, um Hedda in ihrer Bewegung erstarren zu lassen. In diesem kurzen Moment wirkte er auf sie so menschlich, dass sie einfach nicht mehr zustechen konnte.

Doch mit dem nächsten Wimpernschlag war bereits wieder jegliche Menschlichkeit aus seinem Gesicht gewichen. Sein Faustschlag traf Hedda so hart und unvorbereitet, dass sie bewusstlos auf der Bühne in sich zusammensackte.

*

Als Hedda ihr Bewusstsein zurückerlangte und die Augen langsam öffnete, brauchte sie einen Moment, bis sich all die schrecklichen Vorkommnisse wieder in ihr Gedächtnis zurückgeschlichen hatten. Ihr Onkel und sein Arbeitskollege waren tot. Sie selbst lebte zwar, aber die Frage war, wie lange noch?

Mit ihrer linken Hand tastete sie vorsichtig nach ihrer schmerzenden Nase. *Ob sie gebrochen ist?*

Vorsichtig drehte sie den Kopf hin und her. Es war stockdunkel. *Wo bin ich?*

Langsam stand sie auf und tastete ihren restlichen Körper ab. Ihr Handy, ihr Portemonnaie, alles war weg. Aber sie war weder gefesselt noch geknebelt. Behutsam tastete sie sich durch die Dunkelheit, bis sie schließlich gegen einen hüfthohen Gegenstand stieß. Sie streckte ihre Hände aus und ließ sie über das Hindernis gleiten. *Das muss Willms Eisenbahn sein. Sie haben mich also in den Keller gesperrt*, kombinierte sie.

Die Wand mit den Händen abtastend, arbeitete sie sich vorsichtig in die Richtung vor, in der sie den Lichtschalter vermutete. Als sie ihn endlich gefunden hatte, musste sie jedoch ernüchtert feststellen, dass er nicht funktionierte. *Wahrscheinlich haben sie die Sicherung rausgedreht.*

Hedda war zum Heulen zumute. Am liebsten hätte sie lauthals losgeweint und um Hilfe geschrien, aber sie war sich sicher, dass dies ihre Situation nur verschlimmern würde. Mutlos ließ sie sich auf den Boden sinken und vergrub das Gesicht in ihren Händen.

*

Nervös kaute Kobe auf seinen Fingerkuppen herum und ging dabei in der Küche auf und ab. Sarinya saß auf einem Stuhl und beobachtete ihn mit sorgenvoller Miene.

»Scheiße, Scheiße, Scheiße!«, fluchte er und warf einen der Holzstühle auf den Boden. »Der Idiot hat das Gold ausgerechnet dort vergraben, wo jetzt eine Fressbude steht. Da komme ich nicht ran. Und ich Idiot war in diesem Moment so wütend, dass ich ihn gleich erschossen habe. Wer soll mich denn jetzt zu Brads Ehefrau führen?«

Sarinya zuckte erschrocken zusammen. »Aber wir doch haben dein Gold. Und wenn Buden wieder weg, wir immer noch können holen das Gold«, versuchte sie ihn zu beruhigen.

Kobe blieb ruckartig stehen und starrte sie wütend an. »Aber ich wollte das ganze Gold jetzt, verstehst du das nicht? 300.000 Euro sind viel Geld. Aber da draußen liegt noch einmal doppelt so viel versteckt«, schnaubte er und begann wieder, im Zimmer umherzutigern. »Außerdem macht mir noch etwas ganz anderes Sorgen. Woher wollen wir wissen, dass Brad seiner Frau nichts von dem Goldfund und unserer Vereinbarung erzählt hat? Wenn seine Alte davon weiß und ihr Mann und Willm plötzlich tot aufgefunden werden, wird die Polizei ganz schnell darauf kommen, dass ich etwas damit zu tun haben muss. Dann fällt unser sorgsam aufgebautes Alibi wie ein Kartenhaus in sich zusammen, und wir landen beide im Knast, wenn wir hier nicht sofort abhauen. Dann haben wir keine Zeit mehr, um auf das Ende dieser beschissenen Sportveranstaltung zu warten.«

»Wir vielleicht besser jetzt schon abhauen?«, fragte Sarinya ängstlich.

Nachdenklich rieb sich Kobe über das Kinn. »Nein«, sagte er schließlich. »So schnell gebe ich nicht auf. Du suchst jetzt in Willms Büro, ob du irgendwo die Adresse von diesem amerikanischen Hurensohn findest. Ich werde mir währenddessen überlegen, wie wir das kleine Biest im Keller loswerden können.«

»Du... du willst auch Mädchen töten?«

»Was denkst du denn? Sie weiß doch alles. Wir können sie auf keinen Fall am Leben lassen. Und die Frau von Brad muss auch dran glauben. Ich bin mir nur noch nicht sicher, wie ich sie erledigen soll.«

Das Klingeln der Türglocke ließ beide erschrocken zusammenfahren. Im selben Moment hörten sie Heddas Stimme, die aus dem Keller verzweifelt um Hilfe rief.

»Egal wer es ist, du gehst zur Tür und wimmelst ihn ab. Ich bringe das Mädchen zum Schweigen«, befahl Kobe und hastete zum Sicherungskasten, um das Licht im Keller wieder einzuschalten.

Sarinya wartete noch so lange, bis er im Keller verschwunden und die Schreie ihrer Nichte endlich verstummt waren, dann ging sie zur Tür und öffnete.

»Ist Hedda bei Ihnen?«, fragte Enno verlegen, nachdem Sarinya ihm geöffnet hatte.

Sarinya schaute sich nach allen Seiten um, aber der junge Mann schien alleine gekommen zu sein. Er trug auch keine Uniform. Er war also vielleicht wirklich nur auf der Suche nach Hedda. »Hedda nichts da«, antworte sie und schüttelte dabei verneinend den Kopf.

»Kann ich vielleicht kurz mit Willm sprechen? Weiß er vielleicht, wo sie steckt?« Er machte einen energischen Schritt auf Sarinya zu und versuchte, sich an ihr vorbei ins Haus zu drängeln.

Entschlossen hielt Sarinya ihn am Oberarm fest. »Willm auch nicht da sein. Kommen erst morgen wieder. Ist arbeiten.«

»Tut mir leid.« Enno senkte entschuldigend den Kopf. »Können Sie Hedda bitte sagen, dass ich hier gewesen bin und dass sie mich anrufen soll? Das war doch alles nur ein riesen Missverständnis.« Mit hängenden Schultern trottete er zu seinem Auto zurück.

*

Voller Panik starrte Hedda zu der geschlossenen Kellertür hinauf. Sie hoffte so sehr, dass Enno sie gleich öffnen und sie aus Kobes Umklammerung befreien würde. Sie hatte seine Stimme genau erkannt, aber leider kein Wort von dem verstanden, was er mit Sarinya besprochen hatte.

Kobe hatte sie die ganze Zeit über im Schwitzkasten gefangen gehalten und ihr dabei die andere Hand so fest vor den Mund gepresst, dass sie kaum noch Luft bekam. Sie hatte keine Chance gehabt, sich gegen ihn zu wehren. Ihre einzige Hoffnung war Enno. Als aber nicht er, sondern Sarinya schließlich die Kellertür öffnete, starb auch die.

»Wenn du nicht die Klappe hältst, komme ich wieder und bringe dich um«, drohte Kobe ihr, während er den Keller wieder verließ.

Doch diese Drohung hatte ihren Schrecken für Hedda ohnehin längst verloren. Sie war sich sicher, dass er sie töten würde. Wahrscheinlich überlegte er nur noch, ob er auch sie als eines der Olympia-Opfer würde verkaufen können.

Das Licht ist ja immer noch an! Ob er vergessen hat, die Sicherung wieder rauszunehmen?

Hastig ließ Hedda ihre Augen über sämtliche Gegenstände fliegen, die sich in dem Kellerraum befanden. Aber nichts davon eignete sich, um sich gegen ihre Geiselnehmer zur Wehr setzen zu können. Der Raum besaß noch nicht einmal ein Fenster.

Hier komme ich nie lebend raus!

Entmutigt ging Hedda zu der Modelleisenbahn hinüber, die fast den kompletten Raum für sich beanspruchte. Ihr Onkel hatte die Anlage wirklich mit sehr viel Liebe zum Detail aufgebaut. Es gab Wälder, Berge, kleine Dörfer, Autos und unzählige Menschen, die fast jeden Teil der Anlage bevölkerten. Sie stellte sich vor das Steuerungspult der Modelleisenbahn und betätigte wahllos einige Knöpfe und Hebel, bis schließlich die komplette Anlage aufleuchtete und sogar einer der Züge zu fahren begann. Gebannt schaute Hedda der Lokomotive bei der Umrundung der Anlage zu. Als der Zug gerade in einem großen Tunnel verschwunden war, hörte sie ein knirschendes Geräusch. *Was war das denn?*, fragte sie sich und richtete ihren Blick auf das Ende des Tunnels. Aber der Zug kam einfach nicht wieder heraus.

Ob er da drinnen feststeckt? Hedda steckte ihren Arm in den Tunnelausgang und tastete nach der Lokomotive. *Was ist das?* Ihre Finger umfassten einen flachen, glatten Gegenstand und zogen ihn heraus. *Ein Netbook? Warum versteckt Onkel Willm ein Netbook im Tunnel seiner Modelleisenbahn?*

Sie setzte sich mit dem Computer auf den kalten Betonboden und schaltete ihn ein. Der aus der Mode gekommene kleine Taschencomputer brauchte ein wenig, bis er alle Systeme hochgefahren hatte, aber er schien noch einwandfrei zu funktionieren. Der Desktop war ziemlich leer. Lediglich die Verknüpfung zu einem Word-Dokument mit dem Namen "BuchFuerSarinya" fiel Hedda sofort ins Auge. Sie öffnete die Datei und las die ersten Seiten.

Deshalb war Willm so oft hier unten. Er hat nicht mit seiner Eisenbahn gespielt, er wollte ein Buch für Sarinya schreiben. Bei dem Gedanken daran, wie sehr ihr Onkel die Frau geliebt hatte, die für seinen Tod mitverantwortlich war, begann sie zu weinen. Sie wurde so wütend, dass sie beinahe das Netbook genommen und es gegen die nächste Wand geworfen hätte.

Doch plötzlich fiel ihr noch etwas auf dem Desktop auf. Etwas, das ihr vielleicht doch noch das Leben retten würde.

*

»Ich weiß jetzt, wie wir es machen!«, sagte Kobe wie aus dem Nichts heraus. Zuvor hatte er minutenlang schweigend dagesessen und nachgedacht, wie er Hedda loswerden könnte.

Sarinya, die gerade damit beschäftigt war, Willms Schreibtischschubladen zu durchwühlen, drehte ihren Kopf über die Schulter und schaute ihn fragend an.

»Ich werde meine Taucherausrüstung holen und das Miststück im See ertränken. Dann kette ich sie an den Betonklotz, damit ihre Leiche nicht auftreiben kann. Das Ding hat schon den Drecksack Amaru ausgehalten, da dürfte das Fliegengewicht des Mädchens keine Chance haben.«

Nachdenklich legte Sarinya ihre Stirn in Falten. »Und was ist, wenn Polizei hat Betonklotz mitgenommen?«

»Verdammte Scheiße!«, fluchte Kobe. Daran hatte er nicht gedacht. Er stützte den Kopf auf seine Hände und versuchte, eine andere Lösung zu finden.

»Ich haben es!« Triumphierend hielt Sarinya ein kleines Büchlein in die Höhe.

»Was?«, fragte Kobe genervt. Erst als er realisierte, dass Sarinya die Adresse von Brad gefunden haben musste, wich die Anspannung in seinem Gesicht einem erschöpften Lächeln. »Das ist gut, das ist sehr gut«, soufflierte er gedankenverloren vor sich hin.

»Du könntest töten beide Frauen und legen sie zu den Männern. Dann ich könnte sagen, waren alle zu Grillfeier bei uns. Ich haben geschlafen wegen Kopfschmerz. Mörder vielleicht war überrascht wegen Frauen und hat dann einfach mit umgebracht. Und du müssen so tun, als wärest entkommen und haben Polizei gerufen«, schlug Sarinya vor.

Kobe schaute sie skeptisch an. »Das könnte klappen«, sagte er, nahm ihr das Büchlein ab, schnappte sich seine Pistole vom Küchentisch und eilte zur Haustür. »Ich hole mir jetzt die Schlampe und das Gold. Pass du nur auf, dass dich die Göre nicht wieder reinlegt.«

*

180

Ziellos fuhr Enno in seinem Wagen umher. Er hoffte immer noch, Hedda irgendwo auf den nächtlichen menschenleeren Straßen zu entdecken. Plötzlich vibrierte sein Handy auf dem Beifahrersitz. Entgegen seiner polizeilichen Vernunft nahm er das Smartphone während der Fahrt zur Hand, um nachzusehen, welche Nachricht er erhalten hatte.

Eine Email von Hedda!

Hastig öffnete er die Nachricht und las den Text: *HILFE! Ich bin im Keller von Willms Haus eingesperrt. Sarinya und ihr Freund wollen mich töten. Willm liegt regungslos auf der Bühne der Ostfriesland-Olympiade. Ich weiß nicht, ob er noch lebt. Hedda.*

Ungläubig las Enno die Email erneut. Erst das laute Hupen und die Scheinwerfer des Gegenverkehrs, dem er in die Spur geraten war, holten ihn ins Hier und Jetzt zurück. Er machte eine Vollbremsung, wendete seinen Wagen und raste zurück zum Haus von Heddas Onkel. Während der Fahrt rief er über den Notruf noch Verstärkung.

Als er fast an seinem Ziel angekommen war, entdeckte er die Scheinwerfer eines Wagens, der gerade von Willms Haus aufbrechen wollte. Ruckartig riss er das Lenkrad zur Seite und stieg gleichzeitig voll auf die Bremse. Sein Wagen schleuderte herum und stellte sich quer auf die Straße, sodass das entgegenkommende Fahrzeug nicht mehr an ihm vorbei konnte.

Ohne darüber nachzudenken, sprang Enno aus dem Wagen und ging zügigen Schrittes auf das ausgebremste Fahrzeug zu. Erst nachdem der Griff nach seiner Waffe ins Leere ging, realisierte er, dass er ja überhaupt nicht im Dienst war. Reflexartig duckte er sich und entging so gerade einer Salve von Schüssen, die aus dem fremden Auto heraus auf ihn abgefeuert wurden. Enno suchte Schutz hinter einem Baum, während der Schütze den Rückwärtsgang einlegte und mit quietschenden Reifen zurücksetzte.

Der fährt zurück zum Haus!

Enno rannte den Weg entlang, um so ebenfalls zu Willms Haus zu gelangen. Als er das Wohnhaus erreicht hatte, stand der Wagen mit laufendem Motor und offener Fahrertür direkt davor.

So ein Mist!, fluchte Enno. *Wahrscheinlich hat er sich mit Hedda da drinnen verschanzt. Hoffentlich tut er ihr nichts!*

*

»Die Polizei. Die haben uns!«, schrie Kobe aufgebracht und stürmte an Sarinya vorbei zur Kellertür. Wenig später stand er mit Hedda in der Küche. Wie ein Schutzschild presste er sie vor seinen Körper und hielt ihr dabei seine Pistole an die Schläfe.

»Was wir sollen machen?«, fragte Sarinya hilflos und spähte aus dem Küchenfenster nach draußen. Die Nacht wurde mittlerweile von unzähligen blauen Blinklichtern erhellt.

»Hau von dem Fenster ab!«, schrie Kobe sie wütend an. »Oder willst du, dass die Bullen dich abknallen?«

Ängstlich wich Sarinya mehrere Schritte zurück.

»Verdammte Scheiße, hier kommen wir nicht mehr raus!«, fluchte Kobe. Vor lauter Verzweiflung ließ er die Waffe sinken und raufte sich mit beiden Händen die Haare.

Diesen unbedachten Augenblick nutzte Sarinya und rammte ihm das Küchenmesser in die Seite. »Du nicht, aber ich!«, sagte sie, während Kobe seine Geliebte fassungslos anstarrte. Er versuchte noch, etwas zu sagen, aber er würgte lediglich einen Schwall seines eigenen Blutes hervor. Dann brach er tot zusammen.

Hedda, die von der Aktion ihrer Tante ebenfalls überrumpelt worden war, stand regungslos daneben und starrte auf ihren toten Peiniger hinab. Sie fragte sich, was hier gerade geschehen war. Erst als sie bemerkte, dass ihre Tante sich nach der Pistole bückte, wurde ihr alles klar. Das Miststück wollte sie beide töten, um sich hinterher als einzige Überlebende des Olympia-Killers präsentieren zu können.

Sie versuchte, ebenfalls an die Pistole zu gelangen, war aber nicht schnell genug. Zunächst hörte sie den lauten Knall des Schusses, der sich aus der Pistole gelöst hatte, dann spürte sie den unglaublichen Schmerz, den die Patrone an der Stelle verursacht hatte, in der sie in ihren Körper eingedrungen war. Sie sah das Rot des Blutes auf ihrer Hand, nachdem sie damit nach der Wunde getastet hatte. Dann umfing sie eine beängstigende Gleichgültigkeit, ehe es vollkommen schwarz um sie herum wurde.

Epilog

Ein neuer Fall

Hedda stand am Fahrradständer des Pflegeheims und fischte eine Packung Zigaretten aus ihrer Handtasche. Es befand sich nur noch ein einziger Glimmstängel darin.

Du wirst die letzte Zigarette meines Lebens!, schwor sie sich, zündete sie an und nahm einen tiefen Zug.

Während sie den Rauch inhalierte, betrachtete sie das Sturmfeuerzeug, mit dem sie die Zigarette entzündet hatte. Es war genau das Feuerzeug, das Willm im Garten vergraben hatte. Ursprünglich wollte er seinen Goldfund unter der Hundehütte verstecken. Nur weil Hedda ihn dabei überrascht hatte, hatte er sich ein neues Versteck suchen müssen. Er kannte schließlich die Neugierde seiner Nichte und hatte ihr deshalb zum Nachgrübeln einfach dieses Feuerzeug hinterlassen. Ein Spaß, der letztlich wohl ihnen beiden das Leben gerettet hatte. Das Gold, das aus einem Bankraub stammte, der bereits Jahrzehnte zurücklag, hatten sie zwischenzeitlich den verantwortlichen Behörden übergeben.

Sie steckte das Feuerzeug zurück in ihre Handtasche und holte ihr Handy hervor. Das Display zeigte ihr eine neue Nachricht von Enno an. Nachdem sie die Sprachnachricht abgehört hatte, huschte ein Lächeln über ihr Gesicht. Die junge Frau aus dem Kino hatte ihr längst gestanden, dass sie die ganze Geschichte von Ennos Umtriebigkeit und der vermeintlichen Vaterschaft nur erfunden hatte, weil sie seit Jahren hoffnungslos in ihn verliebt war. Das Foto zeigte sie lediglich mit dem Baby ihrer Schwester. Dennoch hatten Hedda und Enno es in den vergangenen Monaten sehr langsam angehen lassen, hatten sich hauptsächlich geschrieben und nur ab und zu telefoniert. Doch heute Abend sollte es dann endlich zu ihrem dritten Date kommen. Hedda freute sich schon seit Tagen darauf.

Sie warf die Zigarette auf den Boden, trat sie mit dem Fuß aus und ging zum Haupteingang des Pflegeheims. Im Eingangsbereich hängte sie ihren Wintermantel an die Garderobe und ging lächelnd auf ihre Kolleginnen zu. »Guten Morgen!« Sie drückte jede Einzelne zur Begrüßung und setzte sich dann an ihren Schreibtisch, um die Aufgaben des heutigen Tages zu studieren.

Seit zwei Monaten absolvierte sie jetzt ihren freiwilligen Dienst in diesem Pflegeheim. Aufgrund ihrer Verletzung und der psychischen Folgen des Erlebten, hatte sie ihre Tätigkeit erst mit zweimonatiger Verspätung beginnen können.

Sie fasste sich an ihre linke Schulter. Der glatte Durchschuss, den Sarinya ihr verpasst hatte, war zwar zwischenzeitlich vollständig verheilt, dennoch juckte die Narbe manchmal unerträglich. Als ob sie verhindern wollte, dass Hedda vergaß, was geschehen war. Dabei war sie sich sicher, dass sie die schrecklichen Ereignisse niemals würde vergessen können.

Hätten Enno und seine Polizeikollegen nicht das Haus gestürmt, nachdem sie den Schuss von Sarinya gehört hatten, wäre sie heute wahrscheinlich tot. Hätte Sarinya damals sofort erkannt, dass Hedda nur ohnmächtig und keinesfalls gestorben war, hätte sie mit Sicherheit noch ein weiteres Mal auf sie gefeuert. Stattdessen aber hatte sie den hereinstürmenden Beamten das arme Opfer vorgespielt. Nur Enno, der durch Heddas Email ja bereits vorgewarnt war, kaufte ihr die Opferrolle nicht ab. Und als Hedda eine Stunde später aus ihrer Ohnmacht erwachte und ihre Aussage zu Protokoll geben konnte, war die hinterhältige Schlange endgültig überführt.

»Wie geht es deinem Onkel?«, fragte Waltraut, eine der älteren Kolleginnen aus dem Pflegeteam.

»Er hat damals echt wahnsinnig viel Glück gehabt. Nachdem er von der Kugel getroffen worden war, hat sein Körper das Notfallprogramm aktiviert und ihn bewusstlos werden lassen. Nur darum hat Kobe ihn für tot gehalten. Wären die Rettungskräfte nur ein wenig später eingetroffen, wäre er heute wahrscheinlich nicht mehr bei uns.« Bei diesem Gedanken musste Hedda zunächst einmal kräftig schlucken, ehe sie weitersprechen konnte.» Körperlich ist er jetzt schon fast wieder der Alte, aber seine seelischen Wunden werden wohl noch sehr lange brauchen, bis sie endlich verheilt sind.«

Waltraut presste ihre Lippen fest aufeinander und suchte nach den passenden Worten. Hedda hatte ihr die ganze Geschichte von Sarinya und ihrem Onkel vor dem Wochenende zum ersten Mal erzählt. Davor war es für sie noch unmöglich gewesen, über ihre schrecklichen Erlebnisse zu sprechen.

»Ein Herz, das derart brutal gebrochen wurde, heilt wahrscheinlich nie wieder ganz«, sagte Waltraut betroffen. »Ich wünsche deinem Onkel, dass er trotzdem irgendwann wieder genug Vertrauen haben wird, um eine neue Frau in sein Herz lassen zu können.«

»Das hoffe ich auch!«, seufzte Hedda traurig. Sie wollte unbedingt ihren lebenslustigen Onkel wiederhaben.

»Immerhin lebt er noch. Ich musste am Wochenende immer mal wieder an die Frau seines Kollegen denken. Wie hieß er noch?«

»Brad.«

»Brad, genau. Weißt du, wie es seiner Frau geht?«

Hedda schluckte. Sie hatte schon länger nicht an Brad und Sabrina gedacht. »Ich habe sie seit der Beerdigung nicht mehr gesehen. Sie besucht Willm ab und zu, aber ich traue mich nicht, ihn nach ihrem Befinden zu fragen.«

Hedda spürte etwas Weiches an ihren Beinen entlangstreifen. »Otto!« Hedda lächelte den graugetigerten Kater an und kraulte ihn hinter den Ohren. Er war vor einigen Monaten plötzlich im Pflegeheim aufgetaucht. Jeder Versuch, ihn zu verscheuchen oder seinen Besitzer ausfindig zu machen, blieb jedoch erfolglos. Otto kam einfach immer wieder. Und obwohl Otto eine wirklich beängstigende Fähigkeit besaß, hatte ihn auch ein Großteil der Heimbewohner so tief ins Herz geschlossen, dass er schließlich im Heim bleiben durfte.

Seit er auch nachts im Heim schlief, gab es in dieser Einrichtung keinen Todesfall mehr, den Otto nicht vorhergesagt hätte. Wenige Stunden vor Eintritt des Todes sprang er zu den Betroffenen aufs Bett und kuschelte sich auf deren Decke ein. Erst nach Eintritt des Todes stand er wieder auf und ging seines Weges. Wegen dieser Eigenart hatte Otto von den Pflegern den unschönen Spitznamen "Engel des Todes" erhalten. Dennoch wussten sowohl die Angestellten als auch die Patienten Ottos Dienste zu schätzen.

»Und, hast du am Wochenende wieder jemandem auf die andere Seite geholfen?«, fragte Hedda den Kater liebevoll.

»Nein, hat er nicht«, antwortete Annegret. Sie hatte in der letzten Nacht Dienst gehabt und war gerade dabei, ihre Sachen zu packen, um nach Hause zu fahren. »Aber es ist trotzdem jemand gestorben!«

»Was?«, fragten die übrigen Kolleginnen fassungslos. Sie konnten nicht glauben, was Annegret da gerade gesagt hatte.

»Doch, es stimmt! Otto hat die ganze Nacht in seinem Körbchen gelegen und geschlafen.« Sie zeigte auf den geflochtenen Korb mit der blauen Kuscheldecke, den die Heimleitung extra für den Kater besorgt hatte.

»Und, wer ist gestorben?«, wollte Hedda wissen.

»Gerda Janssen.«

Erschrocken zuckte Hedda zusammen. »Nicht Gerda!«, sagte sie fassungslos und schlug sich die Hände vors Gesicht. Die alte Dame war ihr sehr ans Herz gewachsen. Außerdem hatte sich zwischen Hedda und Gerdas Enkeltochter eine wahre Freundschaft entwickelt. »Wie soll ich das nur Gesa beibringen?«

»Ich verstehe das auch nicht. Sie hat am Abend wirklich noch einen sehr guten Eindruck auf mich gemacht.« Betroffen zuckte Annegret mit den Schultern.

Diese Antwort setzte sofort Heddas kriminalistische Fantasie in Gang. War die alte Dame wirklich eines natürlichen Todes gestorben?

Ostfrieslandkrimi Empfehlungen
des Klarant Verlages

Lernen Sie die Ostfrieslandkrimi-Serie „Mona Sander und Enno Moll ermitteln" von Sina Jorritsma kennen:

Friesische Inselidylle? Von wegen! Auf der ostfriesischen Insel Borkum lösen Kommissarin Mona Sander und ihr Kollege Enno Moll knifflige Mordfälle. Die emotionale Kommissarin geht bei der Verbrecherjagd gerne ihren eigenen Weg und scheut dabei kein Risiko ... Bei der Krimireihe der Autorin Sina Jorritsma ist Hochspannung garantiert!

In der Serie sind bereits folgende Ostfrieslandkrimis erschienen:

„Friesenbraut", Band 1
Taschenbuch ISBN: 978-3-95573-557-9
eBook ISBN: 978-3-95573-556-2

Auf der ostfriesischen Insel Borkum verschwindet eine Braut kurz vor der Eheschließung. Zunächst glauben die Kommissare Mona Sander und Enno Moll noch an einen dummen Streich. Aber wenig später wird das blutverschmierte Brautkleid gefunden. Ist die dunkelhaarige Schönheit einem Gewaltverbrechen zum Opfer gefallen? Die Inselkommissare finden Indizien, die aber nicht zusammenpassen. Hat der undurchsichtige Exfreund der Braut seine Hände im Spiel? Wer war an den geheimen Sex Spielen im Ferienhaus beteiligt? Und welches Interesse verfolgt der machtbesessene zukünftige Schwiegervater? Dann findet die Polizei eine Leiche – und muss feststellen, dass die Dinge ganz anders sind, als sie auf den ersten Blick scheinen. Die Mörderjagd versetzt nicht nur die friedliche Nordseeinsel in Aufruhr, sondern wird auch zur persönlichen Herausforderung für Mona Sander. Sie wird selbst zur Zielscheibe des Mörders...

„Friesenkreuz", Band 2
Taschenbuch ISBN: 978-3-95573-552-4
eBook ISBN: 978-3-95573-600-2

Eine Leiche in den Dünen von Borkum gibt Kommissarin Mona Sander und ihrem Kollegen Enno Moll Rätsel auf. War es Mord? Wie lange liegt der Tote schon unter dem Sand begraben? Als die Identität des Mannes geklärt ist, nimmt der Fall erst recht an Fahrt auf. Plötzlich geschieht ein weiteres Verbrechen, und Mona Sander kommt einem Mordverdächtigen persönlich näher. In dem ostfriesischen Idyll gibt es viele Menschen, die etwas zu verbergen haben. Um den Täter entlarven zu können, muss die Kommissarin ein dunkles Geheimnis aus der Vergangenheit lösen…

„Friesenlauf", Band 3
Taschenbuch ISBN: 978-3-95573-553-1
eBook ISBN: 978-3-95573-618-7

Ein Jogger beißt ins Dünengras und stirbt scheinbar eines natürlichen Todes. Hat sich Hardy Lohmann beim traditionellen Meilenlauf auf Borkum einfach zu viel zugetraut? Kommissarin Mona Sander ist als Ersthelferin vor Ort und bemerkt verdächtige Symptome. Eine Obduktion des Toten schafft Gewissheit: Das Opfer wurde vergiftet. Hat seine junge schöne Geliebte ihre Hand im Spiel gehabt? Und welche Rolle kommt einem zwielichtigen Abmahnanwalt zu? Wem gehören die 100.000 Euro, die in Lohmanns Ferienhaus gefunden werden? Mona Sander und ihr Kollege Enno Moll beginnen mit der Untersuchung des Mordfalls. Doch als plötzlich ein undurchsichtiger Mann aus Monas Vergangenheit auftaucht, spitzen sich die Ereignisse dramatisch zu…

„Friesenflirt", Band 4
Taschenbuch ISBN: 978-3-95573-542-5
eBook ISBN: 978-3-95573-541-8

Ein rätselhafter Todesfall erschüttert die ostfriesische Insel Borkum. Im Hotel Teutonia wird eine junge Frau erhängt aufgefunden. Zunächst spricht einiges für einen Selbstmord, doch bei der Obduktion werden Spermaspuren von zwei Männern an der Toten entdeckt. Ist ihr ein scheinbar harmloser Flirt zum Verhängnis geworden?
Die Inselkommissare Mona Sander und Enno Moll ermitteln und finden heraus, dass die attraktive Blondine als Treutesterin gearbeitet hat. In Verdacht: Markus Winter, der dubiose Chef der Treuetest-Agentur. Er war zur Tatzeit auch auf Borkum und verstrickt sich immer mehr in Widersprüche... Andere Hinweise deuten auf ein mysteriöses Doppelleben der Toten. Kommissarin Mona Sander lässt nicht locker und kommt dem Täter dabei gefährlich nah ...

„Friesenwahn", Band 5
Taschenbuch ISBN: 978-3-95573-622-4
eBook ISBN: 978-3-95573-623-1

Am Strand von Borkum wird eine Brandleiche in einem Ruderboot angespült. Der Körper ist bis zur Unkenntlichkeit verbrannt, doch bald steht die Identität des Toten fest: Es handelt sich um den erfolgreichen ostfriesischen Strafverteidiger Fokke Huizinga. Der Ermordete war auf Borkum zu einem Treffen von Hobbywikingern. Gab es Streit unter den Wikingern, der tödlich endete? Und welche Rolle spielt der obskure Geistheiler Jeremias Brock? Seine Anhänger scheinen einem regelrechten Wahn zu verfallen, und die Frau des Ermordeten ist eine von ihnen... Die Liste der Verdächtigen wird immer länger, und die Inselkommissare Mona Sander und Enno Moll stehen vor einem Rätsel. Als der Fall für Enno zu einer persönlichen Angelegenheit wird, droht endgültig alles außer Kontrolle zu geraten...

„Friesenstalker", Band 6
Taschenbuch ISBN: 978-3-95573-688-0
eBook ISBN: 978-3-95573-701-6

Die ostfriesische Insel Borkum wird von einem düsteren Mord erschüttert. Ein verurteilter Stalker wird tot aufgefunden, gnadenlos stranguliert mit einem Seil. Handelt es sich um einen gemeinschaftlichen Racheakt? Ausgerechnet die drei jungen Frauen, die den Stalker angezeigt hatten, machen gerade zusammen Urlaub auf Borkum. Haben Reina, Hanna und Janina ein Mordkomplott geschmiedet und sich an ihrem Peiniger gerächt? Einiges deutet darauf hin, doch die Inselkommissare Mona Sander und Enno Moll ermitteln in alle Richtungen. Ins Visier gerät auch die Schwester des Ermordeten, Helena Kiebing. Sie scheint ihren Bruder zutiefst gehasst zu haben, und sie ist in merkwürdige Machenschaften verstrickt ... Je tiefer die Kommissare graben, desto unübersichtlicher wird der Fall. Schließlich überschlagen sich die Ereignisse auf der Nordseeinsel, und plötzlich gerät Mona in tödliche Gefahr …

„Friesenjuwel", Band 7
Taschenbuch ISBN: 978-3-95573-764-1
eBook ISBN: 978-3-95573-765-8

Bei einem Überfall auf das renommierte Juweliergeschäft Hettinga auf Borkum wird der Inhaber getötet. Schnell wird den Inselkommissaren Mona Sander und Enno Moll klar, dass es sich keineswegs um einen „normalen" Raubüberfall handelte, denn ganz offensichtlich kannte der Räuber die Kombination des Safes. Und warum wurde nur eine ganz bestimmte wertvolle Schmucksammlung gestohlen, eine große Summe Bargeldes aber liegen gelassen? Und weshalb wurde der unbewaffnete Juwelier erschossen? Systematisch gehen sie den verschiedensten Hinweisen nach und je tiefer sie graben, auf umso mehr Abgründe stoßen sie – verbotenes Glücksspiel, Hehlerei und Drogen auf der beschaulichen Nordseeinsel! Immer neue Verdächtige geraten in den Fokus der Ermittlungen und es gibt einen weiteren Toten. Aber als sich langsam der Nebel lichtet und sich ein klares Bild herauskristallisiert, ist plötzlich Mona verschwunden.

Fieberhaft machen sich ihre Kollegen auf die Suche, denn der skrupellose Täter geht im wahrsten Sinne des Wortes über Leichen…

„Friesenwrack, Band 8
Taschenbuch ISBN: 978-3-95573-796-2
eBook ISBN: 978-3-95573-797-9

Ein rätselhafter Mord erschüttert die ostfriesische Insel Borkum. Eine junge Frau wird erstochen im Wrack einer Yacht aufgefunden, ebenfalls an Bord: ihr mutmaßlicher Mörder. Bodo Steiner ist vollgepumpt mit Drogen ein Mord im Rausch? Die Inselkommissare Mona Sander und Enno Moll stoßen auf ein Meer an Fragen: Weshalb wurde die Ruderanlage der Yacht zerstört? Welche Bedeutung hat die große Summe Geld, die an Bord gefunden wird? Und warum verschwindet plötzlich eine Schlüsselfigur des gesamten Falles spurlos? Nur eines ist sicher: Bei der Toten handelt es sich um die Enthüllungsjournalistin Nele Dijkstra. Viel deutet darauf hin, dass sie ausgerechnet Bodos Vater, dem reichen Industriellen Ernst Steiner, dunkle Machenschaften nachweisen wollte. Doch je tiefer die Ermittler graben, desto länger wird die Liste der Verdächtigen, denn die schöne Journalistin hatte sich viele Feinde gemacht...

Klarant Verlag

Lernen Sie die Ostfrieslandkrimi-Titel des Klarant Verlages kennen und besuchen Sie uns im Internet unter:

www.ostfrieslandkrimi.de

und

www.klarant.de

Sie können dort Näheres über unsere Autoren erfahren, viele weitere interessante Bücher und eBooks finden und Leseproben herunterladen. Mit dem kostenlosen Newsletter auf

www.ostfrieslandkrimi-lesen.de

erhalten Sie aktuelle Informationen rund um das Verlagsprogramm, wie beispielsweise spannende Neuerscheinungen und Gewinnspiele.